刘琼 著

蜜蜂与候鸟人

经济日报出版社

图书在版编目（CIP）数据

蜜蜂与候鸟人 / 刘琼著. -- 北京：经济日报出版社, 2022.9
　　ISBN 978-7-5196-1177-4

Ⅰ.①蜜… Ⅱ.①刘… Ⅲ.①纪实文学-中国-当代 Ⅳ.①I25

中国版本图书馆 CIP 数据核字（2022）第 154857 号

蜜蜂与候鸟人

作　　者	刘　琼
责任编辑	王　含
责任校对	蒋　佳
出版发行	经济日报出版社
地　　址	北京市西城区白纸坊东街 2 号（邮政编码：100054）
电　　话	010-63567684（总编室）
	010-63584556　63567691（财经编辑部）
	010-63567687（企业与企业家史编辑部）
	010-63567683（经济与管理学术编辑部）
	010-63538621　63567692（发行部）
网　　址	www.edpbook.com.cn
E - mail	edpbook@126.com
经　　销	全国新华书店
印　　刷	成都兴怡包装装潢有限公司
开　　本	880mm×1230mm　1/32
印　　张	9.00
字　　数	190 千字
版　　次	2023 年 3 月第 1 版
印　　次	2023 年 3 月第 1 次印刷
书　　号	ISBN 978-7-5196-1177-4
定　　价	58.00 元

目 录
CONTENTS

月夜搬蜂

对于养蜂人来说，最辛苦的事莫过于搬蜂了。

搬蜂，就是给蜜蜂搬家。没有养过蜜蜂的人，根本不知道搬蜂是怎么回事，即使养了蜜蜂而又有搬过家的养蜂人，也不会知晓搬蜂的细节。

追花赶蜜的养蜂人就要经常搬家，一年四季跟着花跑。我们家住四川省邻水县九龙镇，家里养了几箱蜜蜂，前些年，只在附近几处赶花。

九龙是平坝。春季，我们本地的油菜花摇蜜后，就搬到比九龙高一些的山上——九峰去赶油菜花。九峰海拔高，油菜比九龙开花要迟十几天，九龙的油菜花快谢了，到九峰采蜜正当时。

九峰油菜花谢后，柑橘开花了，就搬到柑橘基地去。这些地方，我们都是找一人家，把蜜蜂放在那里，叫他们帮忙照看，我们抽空去管理。

蜜蜂对气温最敏感。气温高于32℃时，蜜蜂的正常生活就会受到影响，当气温高于36℃时，蜜蜂的生命就会受到威胁。多数年头，平坝地区夏季气温高于36℃的时间长达四五十天，并且，夏季九龙附近没有蜜源。所以，蜜蜂在家里度夏难度很大。

还好，我和先生都是教师，有寒暑假。为了小蜜蜂，也为了我们自己，几年来，夏天我们连同蜜蜂，都是到高山上度假避暑。

前几天，烈日炎炎，骄阳似火，气温骤升。蜜蜂爬出蜂箱，在蜂箱外面趴着、飞快地扇动翅膀，扇风降温。蜂箱四周壁上及前后地面，都趴着密密麻麻的小蜜蜂，黑压压一片。

这些出巢的蜜蜂，除了翅膀飞快地扇动和胸部起伏不停地运动外，它们趴在那里，一点也不挪动。由于气温过高，这些离巢的蜜蜂不吃不喝，要不了多久，就会衰竭而死。

蜜蜂为社会性昆虫，一群蜜蜂有几万只，巢里还有大量的幼虫和蛹。为了保持蜂箱里恒定的温度，当气温过高时，成年蜂就会爬出蜂箱，使蜂箱里的温度保持恒定，不至于温度过高而使卵、幼虫和蛹夭折。

看着蜂箱外这些小生命一副可怜巴巴的样子，我们决定：必须尽快给蜜蜂搬家。

6月29日周六，晚上8点多钟，老公和小林子他们一起去蜂场，用装满水的喷水壶对着满地的蜜蜂喷水。他俩用了两个多小时，使出浑身解数，但由于气温太高，小蜜蜂还是不愿进巢，他们只好作罢。等天降雨，气温下降后再做打算。

6月30日，白天是阴天，气温虽降了一些，但还是感觉闷热。趁着阴天气温稍低，我们决定：无论如何，要抓紧时间晚上搬蜂。

你一定和很多人一样，会问一个同样的问题："为何蜜蜂要晚上搬呢？"

我来讲给你听吧。蜜蜂非常勤劳，早出晚归。搬蜂要等天黑之后次日天亮之前，能归巢的蜜蜂都归巢了，才搬走。搬走前，等外出的蜜蜂回到蜂箱里，还要把蜂箱外的蜜蜂收回蜂箱，这个过程叫"收蜂子"。

一箱蜜蜂虽然很多，但养蜂人非常爱惜蜜蜂，他们要尽可能把蜜蜂都收进箱后，再把蜂箱连同蜂箱里面的蜜蜂一同搬走。这样，可以减少蜜蜂的损失。如果蜂箱外面有蜜蜂，搬蜂和运蜂的过程中有可能会蜇人。

每次给蜜蜂搬家，必须搬离原蜂场5千米以外。蜜蜂是非常灵性的动物，5千米内，蜜蜂只认它们原来的家。如果搬家在5千米以内，蜜蜂会飞回原处而不飞到新家。这样，蜂群会损失惨重。

6月30日，天刚黑，邻水的夏老师打来电话，说邻水下很大的雨。夏老师的老婆前些年下岗后没有工作，在家里养了几十箱蜜蜂，夏老师空闲时帮着照看。他们家养蜂几十年，夏老师很有经验，知道大雨天搬蜂不好操作，他在电话里和我先生就搬蜂的有关事宜交谈了一阵后，我先生就坐在沙发上看起电视来。没过多久，窗外风呼啦呼啦地吹，一会儿下起了大雨，哗啦哗啦，雨势不小。本是农历五月十五，但天空却一片漆黑。不久，气温降了下来，人也不觉得闷热了。

我问了先生几次："今天晚上如果一直下雨，那就不搬吗？"我自己也说不清楚，究竟是想搬还是不想搬。

先生总是回答："看看情况吧。"

天公作美，雨逐渐小了。淅淅沥沥，淅淅沥沥，透过窗户，外面月光朦胧。10点左右我上床睡觉时，外面只听见沙沙沙沙的雨声。

心里想着要搬蜂，一会儿就醒来，一看，才11点多。先生还在看足球，我有些不高兴，说："明明知道要搬蜜蜂，还不早点休息。"我叫他快点睡觉，先生没说什么，去阳台外看了看天，然后去睡了。

我心里有事，不敢贪睡。先生睡下后，我躺在床上睡不着。一是中途醒了一次扰乱了睡眠，二是怕睡过了头，耽误了搬蜂的时机。

我起床几次，反复拿起手机看时间。其实人非常疲倦，很想合上眼睛，畅快地睡一觉。但我不能也不敢睡，我就是这样的人，一有点事心里就挂着。

我索性睁开眼睛，躺在床上，不时拿起手机看时间。到了凌晨1点半，雨已经停了。我叫醒先生，他麻利地穿衣起床。

出门一看，圆圆的月亮很低很低，月亮周围有很大很大的晕；天空东一处、西一处有一些云朵；街道两边的几排电线上站着密密麻麻的燕子，它们似乎进入了梦乡，偶尔有一只动一下翅膀、伸一下腿。地上到处都是明晃晃的水。夜很静很静，静得听得见自己的心跳。

白天还闷热难受，现在已经凉爽了。我和先生开车去蜂场，车子在公路上行驶，我把头伸出窗外仰视天空，月晕慢慢退去，月亮在云朵中穿行，庄稼、树木、房屋笼罩着淡淡的月光。

童年的夏天，我喜欢在夜里和月亮比谁走得快。记得那时候，每当圆圆的月亮挂在天空，把大地照得如同白昼，老家的晒坝上，劳累了一天的大人们都躺在凉椅、凉板上，享受夜间的清凉。我就和几个小伙伴在晒坝的空隙处，迈开大步走，嘴里唱着："月亮走，我也走，走到孃孃大门口……"我们发现，我走，月亮走，我停，月亮也停。每当我们停下脚步看月亮，月亮总是在我们头顶笑盈盈地看着我们。

想到这里，我突发奇想：月亮，月亮，你现在总追不上我们的车了。但当我把头伸出窗外，月亮还是挂在我们头上。

路上，一片寂静，特别凉爽，空气格外清新。偶尔听到几声蛙鸣，草丛中，蛰伏的蛐蛐不时弹奏几声。很快，我们的车把一座座房屋甩在身后。穿过一片又一片似青纱帐的苞谷林，来到蜂场。我从车里下来，仰望天空，月亮周围的晕散了，圆圆的月亮挂在天空，周围多了许多白云。

在车灯的照射下，晃眼一看，蜂箱外壁仍然有一些蜜蜂，但跟昨天晚上比起来，那简直就是小巫见大巫了。

我们赶紧下车，拿来喷烟器，装上点燃的柴火，对准蜂箱外的蜜蜂喷烟。蜜蜂最怕烟了，一有烟，它就躲进蜂箱里。先生来回对所有的蜂箱喷了两次烟，由于箱内温度还高，进箱的蜜蜂又出来一些。为了节省时间，我拿起装满水的喷水壶，对准蜂箱外面的蜜蜂喷水，喷水可以降低蜂箱周围的温度，水雾喷在蜜蜂身上，蜜蜂误以为是下雨了，就会进巢。

我俩一个喷烟，一个喷水，双管齐下，等蜜蜂都入巢了，就把巢门关闭。弄好后，我打开手机一看，已是凌晨2点半。我打电话叫来小林子和小李老师（他俩各有两箱蜜蜂），又打电话给之前联系好的货车司机小杜，叫他来装车。他们很快就到了，等我们装完车，已经4点了。我抬起头一看，月亮周围的云彩已是一片淡黄，大地已有一点点晨光。

我们的车尾随着拉蜜蜂的货车，沿山路经风垭乡，过合流、牟家，到华蓥山脉中天意谷上面的高登山落户。

走完九峰一段的山路，来到210国道，天已露出鱼肚白，路上有一两个拉着菜去赶早的农民。那时，我上眼皮和下眼皮直打架，先生叫我睡一会儿，我努力克制自己。

刚过合流，实在招架不住，我紧闭双眼，让酸胀的眼睛稍作放松，意识开始有些朦胧，但我不能入眠。我怕我的瞌睡会影响先生的开车状况，赶紧睁开双眼，陪他说话。还好，很快赶走了疲劳，当我们来到高登山蜜蜂的新家时，已经6点多钟了。

高登山上，云雾缭绕，空气格外清新，沁人心脾。与我国大部分地区的炎炎夏日相比，这里清凉宜人，如隔世桃源，人间天堂。

我们把蜂箱放置妥当后，天已大亮。先生打开一箱箱的巢门，小蜜蜂纷纷从蜂箱里爬出来，一跃而起，飞向山野。人们常说："树挪死，人挪活。"蜜蜂也一样，搬家到凉爽的高山上，舒适的气候，前几天还萎靡不振的蜜蜂，一下子精气神十足。

望着高登山上满山遍野含苞待放的野山花，凝视那生气勃勃的小蜜蜂，我心里憧憬着：今年夏季又有一个好收成吧！

天赐贵人

　　高登山位于华蓥市与邻水县交界处，是华蓥山脉的主峰，最高峰宝鼎海拔 1700 多米，是四川省广安市海拔最高的地方，也是四川盆地底部的最高峰。高登山脚下有邻水著名的景点天意谷，背面有红色旅游胜地——华蓥山石林。

　　我们的蜜蜂蜂箱一字儿排在高登山半山腰的公路边，这个地方海拔 1200 米，当地人叫二郎山（本来 6 月份我们几个还准备把高登山上垭口附近那条废弃的公路打扫出来做蜂场，但后来先生和夏老师决定还是设在二郎山处）。这里，就是我们蜜蜂的新家园了，它们将在这里度过一个暑假。

　　刚收拾妥当，我说："给谢大姐打个电话。"我摸出手机，拨通了谢大姐的电话："喂！谢大姐，我们已经到了。"

　　谢大姐问："妹，你们几个人？"

　　"我们连司机一共 5 人，谢大姐，给我们煮点稀饭嘛。"我说。

　　谢大姐爽快地回答："好！妹。"

　　谢大姐已 60 多岁了，她虽是女流，但为人豪爽，对人热情，特别爱帮助人。

从 2012 年起，我们每年暑假都到高登山避暑放蜂，整个假期在谢大姐他们那里吃住。高登山这个村叫斜岩村，谢大姐是斜岩村四组的人，她现在住的房子也不是她自己家的，是黎琼碧修的。

黎琼碧夫妻俩在重庆附近承包工程十多年了，挣了不少钱。由于斜岩村海拔较高，夏天凉爽，所以，几年前，黎碧琼夫妇把斜岩村四组老家的旧房拆了，修了别墅。

2012 年，我第一次见到黎琼碧夫妻时，他们只有 40 岁左右。平时，他们和孩子住在重庆，夫妻俩又多数时间在建筑工地上，只有夏天最热的时候，才到斜岩村高登山的别墅住上一段时间。这两年由于他们外地的工地离不开人，夫妻俩连夏天都没有来别墅避暑，只有黎琼碧七十几岁的老父母每年夏天会来小住一段时间。

黎琼碧修了一高一低 3 栋房屋，成工字型。高的一栋是别墅，在左侧面，一楼一底，3 个开间，内外装修都很时尚、豪华，配置了音响设备还有几桌麻将，黎琼碧他们自家住。低的两栋是平房。谢大姐家住了一栋，另一栋房在右侧，与黎碧琼别墅相对，是两间厨房，黎碧琼自己用一间，谢大姐用一间。平时，谢大姐给他们照看房屋。

黎琼碧的别墅位于高登山的半山腰。下有天意谷景区，上有华蓥山石林景区，附近还有天池景区、广安的小平故里。华蓥山石林在山西边，天意谷在山东边，是一座山的两个坡面。石林景区是大自然的杰作，鬼斧神工，怪石林立，苍松翠柏，古树盘龙虬枝。华蓥山游击队、"双枪老太婆"使华蓥山名扬四海，家喻户晓；天意谷峡谷里，水流气势磅礴，幽深清秀，瀑布、洞中天河浑然天成。两个景点不但景色秀丽，而且盛夏凉爽宜人，是避暑纳凉的好去处。别墅就在两个景区的之间。前些年，5月到10月，景区游客甚多，每天从黎碧琼别墅外过往的车辆络绎不绝，游客如织。

谢大姐有一双寻觅商机的慧眼，她在这里搞起了农家乐。十几年前，邻水周边没几处农家乐，谢大姐的生意相当火爆。但这两年，由于附近农家乐如雨后春笋、层出不穷，再加上全国各地观光景点、避暑胜地越来越多，谢大姐家庭式农家乐生意就淡了。

几年前，通过我弟弟联系到谢大姐。其实，那时我弟弟只是在谢大姐的农家乐吃过两次饭而已，他们也不熟。记得那是6年前，我们家的蜜蜂在九龙家里饲养，一到夏天，从蛹羽化出来的幼蜂飞不起，在地上到处爬，蜂箱外10米左右的范围，蜜蜂的尸体在地上密密麻麻铺了厚厚一层。

蜜蜂是完全变态的昆虫。蜂王产的卵孵化成幼虫后，由工蜂饲喂，幼虫到成虫中间有个蛹期。在蛹期，工蜂要用蜡把巢房封住，把幼虫封在里面。封盖前，工蜂会算计好蛹期所需的水分和养料，并把水和养料贮存在巢房里，供蛹期所需。如果夏季气温过高，会蒸发一些蜂巢里的水分，致使蛹期水分不足。由于蛹期缺水，羽化出来的幼蜂翅膀卷起，不能起飞，出房的幼蜂在地上爬行，养蜂人把蜜蜂的这种病叫"卷翅病"，有的又叫"爬蜂病"。其实，高温引起的爬蜂只是爬蜂病的一种，爬蜂还有其他原因引起的。盛夏前，一个蜂群有十几匹满蜂，由于爬蜂，夏天结束，只有一两脾蜂了。

我们本地有几个蜂友，经常在一起探讨蜜蜂养殖的有关问题。他们有的养了几十年蜂，据他们介绍：我们平坝地区，蜜蜂越夏是养蜂人最头疼的事。夏天，平坝地区养蜂人工作量相当大。由于天气炎热，每天要用厚布浸水后，覆盖在蜂箱顶的副盖上，给箱里的蜜蜂降温。气温高的时候，覆盖的湿布不一会儿就干了，又要浸水，有时一天要浸几次水。如果蜜蜂养得多，一天到晚都在不停地来回做这个工作。尽管很辛苦、劳累，但蜜蜂还是越来越少。

夏天，平坝地区又没有大蜜源，外面只有很稀少的丝瓜花、南瓜花等蔬菜的花，零零星星。蜜蜂趁早晚气温低时，出去采一点，不能满足生存所需。这段时期，养蜂人就要以储藏的蜂蜜或白糖作为饲料喂养蜜蜂，蜜蜂才不至于饿死。尽管这么劳民伤财，蜂王在7月就停产了。即使你看到蜂脾上有卵，但气温过高，工蜂也不去孵化，要等到8月底9月初大雨下地后，气温下降了，工蜂才会孵化蜂王产出的卵。蜜蜂生命周期本来就不长，高温天气下生命周期更短，加上2个月没有孵化幼虫，新老接替不上，到秋季，一箱里蜜蜂数量非常少。

那是2012年，我们本地的一个姓刘的蜂友对我们说，邻水那边的高登山海拔高，夏天不但凉快，而且蜜源丰富。他听说，到高登山上去度夏养蜂的马师傅，一个夏季在那里摇了两次蜜。他又对先生说："张老师，你们夏天放假有时间，自己又有车，去高登山看看嘛。"记得刘姓蜂友给我们说这话时，已经是那年的盛夏了。

说这话过后没几天，我们就到邻水县城，和弟弟谈起高登山养蜂一事。弟弟说他晓得高登山在哪里，他们在高登山一个农家乐吃过饭，那个农家乐的老腊肉很有特色，很好吃。

我说："我们明天就去高登山吃老腊肉。"大家都一致同意。

第二天，我家先生开车，我、弟弟、弟媳还有小侄女几人兴高采烈到高登山吃老腊肉。我们开车由大佛寺经牟家，过甘坝，沿天意谷上行。第一次走高登山，感觉弯道太多、山太陡，一路上都提心吊胆。高登山满山遍野都是灌木丛，路边偶尔有几棵大树。我们的车一路前行，车行到路旁边有几颗梨树处，弟弟叫停车，说这里就是他去过的农家乐。

先生把车停在路边，我们下车一看，公路上有一道几十米长、十几米高的坎，坎用整齐的石头砌成，坎当中有十多级台阶。几十米的坎被树荫笼罩，十分阴凉。我们沿着台阶拾级而上，"啊！好宽敞的坝子，还有别墅式的房子，好气派。"弟媳说，"哎呀！还有篮球场和乒乓球台。"

我们绕着地坝闲逛。坝子边有几个大花台，还有大瓷器盆栽。大花台有圆形的，有长方形的，里面都种有一些花和景观树。房屋后面，有个圆形的水池，池子中有假山，池水清澈见底，一些红金鱼悠闲自在地游着。屋外的坝子很大，转了一圈，又回到公路坎边。坎上地坝边有一片地，与地坝相平，栽了十几株梨树，排成几行，连成一片，形成一个小型的梨树林。梨树上挂有很多黄灿灿的梨子，一颗一颗，枝条压得很低很低，随手可摘。

梨树林下方就是公路。梨树林下的坎，依地形修整成三级，下面两级是长条形坝子，种有几棵梨树和高大的梧桐树，与上面的梨树林连成一体。梨树林地面平整，没有杂草，干干净净。有的是水泥地板，中间是地砖铺就的一条小路。梨树林里还有几张石条椅，有瓷砖砌成的休闲石桌凳。

梨树上系了几个吊床，花花绿绿，很是诱人，很是休闲。听到房屋里面有好些人叽叽呱呱在说话，我们没有进去打听，因为我们不光是想去吃老腊肉，主要目的还是为了寻找与蜜蜂有关的信息。

本来，刚才在路上，距天意谷景区门口往上不远处的路边，放了几十个蜂箱，但我们觉得位置低，没有去询问。现在来到这个农家乐，目的没有达到，我们还得继续往前走。

我们几个又回到车上，先生把车发动，刚走不到 100 米，就看到旁边有个蜂场，大约六七十箱蜂。我们赶紧下车，先生把车停好。

听到停车的声音，帐篷里钻出一个男人来，戴着一副眼镜，高高瘦瘦、精精神神。一看从车上走下几个人，帐篷边用铁链拴着的狗汪汪汪地叫着，向我们扑来，吓得我们连忙躲闪。

"眼镜"把套狗的链子紧了一下。从帐篷后面走过来一高个女人，大声吼道："旺旺，莫讨嫌，是客人来了。"听到女人这么一说，狗狗安静下来，朝着我们伸出舌头，摇尾摆尾起来。

我们假装去买蜂蜜，好与他们搭上话。先生问："蜂蜜卖多少钱一斤？"

"眼镜"和女人都说："80 元。"

"眼镜"赶忙打开装着蜜的桶盖，跟我们一一介绍起来："这是山花蜜，那是槐花蜜，还有油菜花蜜。"

我们蜜蜂不多，没有转地饲养。我们九龙地域的蜜源只有油菜花和桉树花，还有柑橘花。虽然养了几年蜂，也只在附近转地。我们只知道油菜花蜜结晶后雪白雪白，像猪油一样，很受当地人欢迎；其次就只有桉树花蜜了，黄色，有一股酸味，不结晶，上面浮着一些泡沫；橘子花蜂蜜夏天不结晶，冬天半结晶，白色，流质状。其他的蜜我们就不懂也不知了。

我们认真看了，也认真听了"眼镜"的介绍，第一次见到像矿泉水一样的槐花蜜，还有黄澄澄结晶的山花蜜，好兴奋。原来还有这么多的蜂蜜。"眼镜"还给我们介绍了内蒙古的苦荞蜜，说还有枣花蜂蜜、苹果花蜂蜜、荔枝蜜等。荔枝蜜这个知道，初中课本上学过。第一次听到这么多的蜂蜜，我们真是长了知识。眼镜又用勺子把几种蜜舀给我们品尝，然后抬起头来，看着我们，他说："你们要多少？如果要得多，价格可以少一些。"

我们慢慢走出帐篷，"眼镜"看着我们走出帐篷，轻言细语地说："我们这个蜜非常纯正，是真正的纯蜂蜜。我是退休教师，爱人和儿子没有工作，在家养蜂。"他指了指身边的女人，说是他爱人。说儿子趁他暑假有时间来蜂场看管，现在去学车了，准备去报考公务员。

听说是同行，我们更兴奋了，先生说："我们也是退休教师，来山上耍，我们也养了几箱蜜蜂。"

"眼镜"说："还是同行哦。"由于是同行，大家都更亲近了，"眼镜"自我介绍："我姓夏。"

左右逢"缘"

我们运气好，初次到高登山遇到了夏老师。先生和我也向夏老师做了自我介绍，同时，我们也介绍弟弟弟媳也是教师。

夏老师带着我们参观了他的蜜蜂，给我们介绍他蜜蜂的情况。

夏老师的蜜蜂飞得很欢，进进出出，忙得不亦乐乎。小蜜蜂肚子胀鼓鼓的，两只腿上都粘了很大一粒花粉，淡黄色，粉嫩粉嫩。养蜂人一看就知道，这山上有丰富的蜜源，蜜蜂才这样繁忙地出入。

我掏出手机一看，正是中午12点。尽管骄阳当顶，但凉风习习，不觉得热，不像我们山下，把人都要烤焦。先生说："8月中旬的晴天，我们九龙中午12点钟，蜜蜂几乎没有进出的。我们那里的蜜蜂，只有早晚凉快时，偶尔有几只出外活动。"

夏老师又把我们带到蜂箱处，指着蜂箱说："这里太阳越大，蜜蜂出勤越繁忙。"

我们在蜂场上来回走动，的确，每个蜂箱的巢门处，堆着很多蜜蜂。巢门开得大大的，蜜蜂还在巢门处打拥挤。蜂场上空密密麻麻的蜜蜂在穿梭，像织了一张大网笼罩着整个蜂场。小蜜蜂

－ 蜜蜂与候鸟人 －

像箭一样飞过，跳着它们自己才懂的舞蹈。蜂场"嗡嗡嗡嗡"，发出很大的声响。我们养蜂人懂得，夏老师当前蜜蜂的出勤现象，是蜜源植物大泌蜜时，蜂群才有的飞行状况。

我们说："我们家的蜜蜂现在御临白龙峡附近，那里有几千亩的荆条，也有很多盛开的五倍子树。荆条花、五倍子花开得正旺，可蜜蜂根本不外出活动。"

夏老师说："既然那么多的花，怎么会不活动呢？怪了。"

先生说："大概是气温过高，蜜蜂停止外出。巢门处，早晚只有很少的蜜蜂进出采水，中午根本见不到蜜蜂进出。"

夏老师对我们说："高登山上气温越高，蜜蜂越活跃，中午时分，蜜蜂出勤最繁忙。"

先生分析：御临海拔二三百米，海拔低，气温很高，又是石灰岩喀斯特地貌，尽管我们蜂场附近有大量的荆条花和五倍子花，荆条花泌蜜的温度是28℃~32℃，五倍子泌蜜的温度低于25℃。气温高于32℃时，荆条花和五倍子花即使泌蜜，也被高温蒸发掉了，所以蜜蜂采不到蜜。外面没有蜜源，蜜蜂不会出勤。何况气温高于36℃，蜜蜂自身难保，即使外面植物花朵有蜜，它们哪有精力去采回来呢？

夏老师又领我们来到公路边，公路两边有很多的五倍子树和刺芽儿树，两种树都开花了，在太阳的炙烤下，空气中弥漫着一股浓郁的花香。五倍子枝条顶端，着生一大坨一大坨淡黄色塔状的花簇，每个花簇上排列着一条条的花序，花序上簇拥着像小米粒一样粉黄色的小花朵。刺芽儿的花簇也在枝条的顶端，每条花序很长。所有花序，围着枝条顶端成放射状分布，上面的花朵很小很小，米黄色，每条花序上对称排列着一朵朵像高粱粒一样的花朵。

蜜蜂们在五倍子花和刺芽儿花中上下翻飞，异常繁忙。我们九龙养的蜜蜂，盛夏中午，蜜蜂只是趴在蜂箱外面不停地扇动翅膀，腹部大幅度起伏，像人气喘吁吁一样，停止户外活动，繁忙的只是养蜂人，不停地给蜜蜂换湿布覆盖降温。这一对比，我们见识了蜜蜂不但能轻松度夏，还能收获蜂蜜的另一片天地。

我们一直在聊天，夏老师叫我们到公路边上梨树下坐一会儿，我们才打量起周围环境来。哟！怎么又回到了刚才的农家乐梨树下呢？原来夏老师的蜂场，就在弟弟所说的那个农家乐的旁边。夏老师领着我们，来到农家乐地坝边的梨树下。

我们站在梨树底下，夏老师又去农家乐里，拿来摘梨子的专用竹叉，摘树上的梨子给我们吃。我们几个怯生生的，生怕主人出来干涉。小心翼翼地问了几次夏老师，夏老师却说，这里的梨子你们尽管吃，下面还有一大坡，想吃都可以去摘。

我心里想：这人说话太大势了，会不会是骗我们的哟？

弟媳试探着问："这个吊床可不可以坐？"

夏老师把树上最好最大的梨子摘下来，递给我们，说："没事，你们坐就是。"

一阵阵凉风吹过，吹得树叶哗啦哗啦响。我们几个争着去坐吊床，弟媳说："哎呀！我是第一次坐吊床，好舒服，这里好凉快哦！"

其实，我们几个都是第一次坐吊床，感觉非常新鲜。鸟儿叽叽喳喳，梨树上的蝉鸣此起彼伏。树干上爬着几只蝉，鼓着琴声。先生把手一伸，一下捉着一只。他把蝉递给小侄女，小侄女害怕，不敢用手去拿，别扭地躲开，随后又捡起地上的一根小枝条，试探地拨弄先生手上的蝉。小侄女玩了一阵，先生索性双手一摊，把抓来的蝉放了。噗噗噗噗，蝉扑闪着翅膀，栽倒在地，一会儿，振翅飞走了。凉风吹个不停，树叶一直在哗啦哗啦地响，躺在吊床上，好不惬意。

弟弟去农家乐打听，由于预订的客人很多，我们没有预定，估计要两个小时以后才能吃到饭。此行的目的已经达到，我们也不在乎能否吃到老腊肉。

我们和夏老师彼此留了电话，就打道回邻水城。夏去秋来，寒来暑往，先生和夏老师通过几次电话，探讨蜜蜂养殖的一些问题。夏老师家比我们养蜂时间久，经验丰富，他总是不厌其烦、毫无保留地给先生传授一些技术。到了第二年春天，先生试探着给夏老师打电话："夏老师，我们今年夏天和你一起到高登山去养蜂嘛。"

夏老师迟疑了一下，还是回答："那就挨着我的蜂场，对外说是我的，反正你们也只有几箱蜜蜂。但我们是搭帐篷哦，看你们吃住怎么办?"

先生知道夏老师蜂场边有农家乐，就一口说："我们就住农家乐。"

尽管夏老师这里说好了，其实那个时候跟他只有一面之交，另外就是通了几次电话而已。

我们跟弟弟谈了夏天要到高登山放蜂，弟弟说夏老师附近农家乐那个女老板原来是村干部，姓谢，她老公是甘坝的一个退休老师，弟弟的一个朋友跟这个退休教师熟。弟弟说，叫他的朋友给我们联系在农家乐吃住。不多久，弟弟回话，那个农家乐女老板答应了。

要放暑假了，我们必须趁早把蜂场和吃住的问题落实下来。

记得是一个星期天，我们打电话联系夏老师上高登山去。虽然跟夏老师说我们上山后吃住在那个农家乐里，但当时我们还没有农家乐老板的电话，我们更没有和她联系过。

开车从邻水出发时，夏老师就跟女老板谢大姐联系好了，说我们几个人要上山去。当我们来到农家乐时，才上午9点多，谢大姐正等在家里。她那时50多岁，身体健壮，微胖，皮肤黝黑，明显是高山上强烈的紫外线辐射后留下的痕迹。她说话声音洪亮，跟夏老师说话一说一个哈哈，看得出她很活跃，也很开朗。

夏老师对谢大姐说我们今天来看场地，准备过几天把蜜蜂搬上山来。我就给谢大姐自我介绍："谢大姐，前段时间有个人联系你们农家乐，说有人暑假要到你们这里吃住，就是我们要来。"

谢大姐没有什么表情，说了一句："来就是嘛。"

我问了一句："怎么算费用呢？"

她不假思索地说："来了再说。"

我心里有些纳闷：怎么来了再说？我把蜜蜂搬来了，你说什么价，还是得给什么价，来了就只有任你怎么说了。

我脑子里转了几圈，尽管有些不好意思，但还是大起胆子说："谢大姐，你就说个具体数嘛。"我的意思是看她说出来的价钱我们能否接受。如果过高，我们就另做打算，何况那时，我们只有几箱蜜蜂，也不一定非得上山。

谢大姐还是一口说，来了再说。

夏老师接过话去，"谢大姐好说话，不会乱收费。"

我不好意思再开口了。

谢大姐问夏老师："夏老师，蜜蜂好久搬上来？"

夏老师又对谢大姐说："我们今天就是来考察，准备过几天就来。我们现在要上山到处去看看，寻找场地。"

谢大姐说："你们去看嘛，我把饭煮好，中午就在这里吃饭。"

夏老师带着我和先生，在高登山到华蓥景区这一段找场地，不但要找能够安下我们和他家的蜜蜂的场地，还要找住人安放帐篷的宽敞平整的地方。每到一个宽敞的地带，夏老师就给我们介绍，郭师傅在这个场地，陈师傅在那个场地，包师傅、马师傅、许师傅各在哪个场地。夏老师的意思是，我们要找一个好场地，但人家几个养蜂人占有的场地，他们虽然还在外地放蜂没有回来，尽管现在场地空着，我们也不能去占。

看了很多处，最后我们决定，还是把蜂场建在夏老师原来的地方，就是谢大姐农家乐的旁边，我们的蜜蜂就放在谢大姐农家乐的前面，跨过公路的路边，也就在农家乐地坝边的梨树对面。

我们回到谢大姐处，在谢大姐家吃了中午饭。我想谢大姐本来就是开店的，就问夏老师："这顿饭给她多少钱？"

夏老师说："算了，她可能不会收钱。"

但我觉得不好，跟谢大姐第一次见面就去她家吃饭，人家又是做生意的，就摸了100元钱给谢大姐。她死活不收，我觉得很不好意思。

谢大姐说："朋友之间，吃顿饭收啥子钱哦。"

没几天，夏老师先把蜜蜂搬去了。又过了几天，我们要搬蜜蜂上山。我们搬蜂的当天傍晚，先给夏老师和谢大姐都打了电话。晚上12点多，我们拉蜜蜂的车到了。那天晚上，风特别大，吹得整个山都呜呜地叫。我们九龙盛夏的夜晚热得像蒸笼一样，哪见过这样的风和这样的凉爽。我们穿的是短袖上山，夜风吹得几个人都直不起身，一个劲地打寒战。

谢大姐起床帮我们把蜜蜂安置妥当，然后叫我和她住在一起，先生和司机就在凉亭的凉板上凑合着睡一夜。第二天早上，天亮了，谢大姐起来煮早饭，一个70多岁的老太太从农家乐别墅里出来。谢大姐跟她小声嘀咕着，说我们要在那里度夏。老太婆就是别墅主人黎碧琼的母亲。她们两人嘀咕了一阵，安排我们租黎碧琼一间房住，吃饭在谢大姐家。说是在谢大姐家吃饭，其实很多时候也在黎琼碧母亲那里吃饭。他们两家有一个不成文的规矩，哪家的饭先煮好，就叫吃饭。包括谢大姐也经常在黎琼碧母亲那里吃饭，还有夏老师也是。黎琼碧的父母和亲戚，也经常在谢大姐家吃饭。本来夏老师他们搭了帐篷，也自己开火做饭，但谢大姐和黎琼碧的母亲饭煮好后，就在地坝边大声叫："夏老师，来吃饭咯。"夏老师和他爱人也不推，叫吃饭就来吃饭，声音一落，他们就过来了。就这样，我们几家人在农家乐组成一个大家庭，一起煮饭吃。

开始我们很不好意思，他们经常开导我们，叫我们随便一些。久而久之，我们也把那里当成自己的家了。暑假结束回家，我们给谢大姐吃饭的钱，结果，你猜怎么着？

－ 蜜蜂与候鸟人 －

雨夜野宿

"你在发什么呆？蜜蜂才换了个场地，我们在这里观察一会儿，看有没有异常情况。你坐小杜的车，到谢大姐那里去吃早饭。"先生把搬来的蜜蜂安置停当，对发呆的我说。

他又补充道："小杜要急着回去拉货，你把他带到谢大姐那里去，吃了早饭再走，我还要给蜜蜂喷水。"先生说完，拿起地上事先装满水的喷水壶，朝蜂箱走去。

我们蜜蜂每次移动的路程都不远，最多就两个小时的车程。但有的以养蜂为职业的养蜂人追花夺蜜，他们装在蜂箱里的蜜蜂，用货车运输，要几天才能到达目的地。

车子在行走途中，蜜蜂会由于颠簸震动，受到惊吓而频繁活动，使蜂箱里温度骤升。养蜂人在蜜蜂上车之前，要用喷水壶通过盖蜂箱的塑料网状副盖，向蜂箱里面的蜜蜂喷水。喷水的目的，一来降低蜂箱里的温度，二来给蜜蜂补水。搬蜂距离远的，拉蜂的途中，一般是把巢门开着，并把蜂箱副盖上的一层遮光的布掀开一角，以保证运输途中通风透气，蜜蜂不至于闷死。

我们每次搬动的距离不远，时间不长，即使蜜蜂躁动，温度也不至于升得很高。所以，我们都是把巢门关着装车，免得蜜蜂飞逸，损失蜜蜂。但搬到目的地放置好，等蜜蜂稍稍安静，就要对蜂箱里的蜜蜂喷水。不然，蜜蜂长途搬运缺水口渴，性情会很暴躁不安静。放出来后，会到处找水喝而蜇伤人畜。

先生揭开蜂箱木质外盖，拿着喷水壶对着蜂箱的副盖喷水。我爬上小杜的车，随车来到谢大姐处。谢大姐已经煮好了早饭等着我们。

不一会儿，先生、小林子、小李他们几个喷完水，观察了一会儿蜜蜂，觉得没有异常，也下来吃饭。

蜜蜂才搬家，有可能出现突发事件，所以先生他们几人吃完饭，又急匆匆上蜂场去了。

我和谢大姐收拾碗筷后，坐在厨房外的凉亭里，谢大姐一直陪我聊天。我问了她几次有没有农活，她都说不忙，我们两个东拉西扯聊了一上午。谢大姐就是这样的人，尽管农村的活很忙，我们一去，她就要停下农活来给我们做饭，陪我们。

记得第一年搬蜜蜂到高登山，我们才和谢大姐第二次见面。那次，是我表妹夫的货车给我们拉的蜜蜂，还有先生的外甥也来帮忙搬运。

我想表妹夫和外甥很难到高登山一次，索性就叫他们去华蓥山石林游玩。我一说，谢大姐就说她带我们去，门票可以优惠。

记得那天，谢大姐把早饭煮给我们吃了，收拾完后，真的带我们一行连同她8人去游览石林景区。并且，她打了好几通电话联系熟人，还真优惠了我们一行8个人的门票。也就是那一次，由于我们第一次大热天搬蜜蜂，不懂蜜蜂的习性，结果，等我们下午从石林景区回来，蜜蜂因为搬家不适应环境，跑了好几箱。由于有前车之鉴，以后，每次搬蜂后，我们都要认真观察蜜蜂的动静。才搬家的蜜蜂，如果有什么异常，有人在那里，好针对情况处理。所以，先生他们吃完早饭，马上就去蜂场了。

说到这里，你肯定会问："你们给了谢大姐多少钱，她这么上心？"

在山上的第一个暑假，我们在谢大姐和黎琼碧母亲那里吃饭。走时给她们钱，她们无论如何都不收。此后，我们已经在高登山上度过了7个暑假，她都没收过我们的钱。

每年，我们要上山的前两天，谢大姐就会把我们原来的蜂场平整一番，锄去地上的杂草。黎琼碧的母亲也盼着我们去，她还经常对谢大姐说，张老师（我先生）他们走了，我们都不习惯。

大前年，夏老师的蜂场不在谢大姐旁边了，搬到离他们住处往山上行两三千米处，也就是我们现在的二郎山蜂场处。黎琼碧的母亲怕我们也把蜜蜂搬到夏老师那里去，对谢大姐说："无论如何都要把张老师他们留下来，不要让他们到夏老师那里去。"

所以，尽管这两年，我们蜜蜂虽然搬到夏老师他们蜂场处，离谢大姐的农家乐有一段距离，但我们仍然吃在谢大姐的农家乐，住在黎琼碧的别墅里。但前年，黎琼碧的父亲过世后，她母亲一个人夏天也没有上山来了。七八年了，谢大姐已经和我们亲如姊妹，但我和先生也不是那种不懂事的人，肯定不会光让她吃亏的。回想起第一次见谢大姐时，我扭着她，准备和她讨价还价，我都为自己的小肚鸡肠而不好意思起来。

快11点钟了，谢大姐对我说："妹，我们谭老师的母亲这个月跟我们，她在下面老家里，中午我还要去给她煮饭。"谢大姐一直都叫我妹，从没有叫过我的名字或其他称呼。

谭老师就是谢大姐的丈夫，身体精神很好，我见过几次。

2012 年，我们到高登山之前他就退休了，退休后在重庆他弟弟的公司帮忙管理酒店。我说："谢大姐，你去照顾老人家。这里我煮中午饭就行。"过了一会儿，我又说："你跑上跑下多麻烦哦，干脆把老人家接到上面来，我们一起耍嘛。"

谢大姐的老家就在现在这个农家乐下面的斜岩村四组村民聚集地，那里叫谭家塆子，距谢大姐农家乐下行大约三四百米。他们老家在四组大塆中间，那里有很多户人家，都是几十年在一起住的本组人。

谭老师的母亲本来前些年跟着谭老师幺弟，住在邻水县城。老人家现在由几个儿女轮流照顾，农村有个老习惯，养儿防老，人老了，都是几个儿子负责照顾。几千年来都认为"嫁出去的女儿，是泼出去的水""是别家屋里人"。老辈根深蒂固地认为该儿子儿媳养老，嫁出去的女儿是没有养娘家父母的义务，只是由她们自愿。可能是过去每家孩子都多，生活困苦，手长衣袖短，自己家都顾及不上，加上那些年人们思想道德落后，没有更多的精力和财力以及心理来管那么多的老人，就形成了这么一条不成文的规矩。但改革开放以来，农村逐渐富裕了，随着人们受教育水平的提高，人们的思想境界也高了，出嫁的女儿也对娘家父母尽力所能及的义务了，这使得老人对子女养老这个问题上，看法也有所改变。

谭老师的母亲去邻水前在老家住了几十年，对那里的人和物有感情，所以她现在回到老地方，就想住老家。

现在的农村，村村通水泥公路，已经通到他们老家的屋门外了。但这里是山，并且这条公路坡度很大，从谭家塆子老家到谢大姐现在住的农家乐，得一直往上爬坡。

中午，先生和小林子从蜂场到谢大姐农家乐吃饭，没有见到小李来。我问:"小李呢? 怎么没有来?"他们回答已经回去了。

我看先生一副无精打采的模样,问他怎么了。他和小林子两个都说,他们在蜂场附近的树下系吊床休息,风太大,温度过低,受了风寒感冒了,有些拉肚子。可能是从老家40℃的高温来到20C°左右的另一个环境,气温骤降,不适应造成拉肚子。

傍晚时分,先生把手机充上电就去洗澡了。我无意中去屋里,看见手机上有未接电话,是谢大姐打来的,已经过去8分钟了。

我连忙把电话打过去,谢大姐说:"妹,叫张老师来拉一下我妈,她脚疼走不动。"

先生正在洗澡,我叫小林子开车去接。一会儿,他们就到了,我把老人家从车上搀扶下来。听说老人家有87岁高龄,但看上去没有老态龙钟的感觉,皮肤白皙细腻、丰满,脸上还泛着淡淡的红晕。虽然她拄着拐杖,但走路速度很快,很稳。她一下车,像见着老熟人一样,笑着和我们打招呼。

吃过晚饭,小林子家里打电话叫他回去。

二郎山蜂场离谢大姐农家乐有2千米路程,只有我们家、小林子、小李的蜜蜂在那里,夏老师的蜜蜂还没有搬来。要是夏老师他们蜜蜂搬来,他们要在蜂场处搭帐篷,我们就可以不去蜂场守护了。

先生打电话问了夏老师,夏老师说还要等两天才来。蜂场前不着村,后不挨店,我们必须去守候。小李由于家里有事,必须赶回去,小林子就是考虑先生一个人守太寂寞,所以才留下来的。但晚饭还没有煮好,小林子家就打电话来,叫他回去,他觉得有些为难。

先生说:"既然家里打来电话,你就回去嘛。"

吃过晚饭，小林子开车往家里赶。我担心先生一个人在野外，我要求和他同去壮胆。先生开始不许，我说："我去，有个人说说话也要热闹一些，何况在下面农家乐里我一个人也害怕。"

先生知道我胆子很小，一个人最怕黑，所以就同意了。我们开着车来到蜂场，雨淅淅沥沥地下着，打开车门，一阵风袭来，很冷。我T恤衫外面套了一件外套，冷得不敢下车。先生下车，沿着公路走着。我坐在车里，车窗稍开大一点，凉风就灌进来，浑身冷得受不了，我只好把车窗摇下一点，留一条缝来通风透气。

天色越来越暗，雾很浓。先生在公路边慢悠悠地走着，用他的话说，就是去散步。我坐在车上只看见远处他模模糊糊的身影，有时又看不见。我有些担心也有些害怕，不时压低声音叫着他的名字。先生有时答应，即使回音也虚无缥缈，有时我叫几声都没有听到回应。他不答应，我越加害怕，但又不敢下车跟去。小时候，听老人说，傍晚和夜间听到有人叫自己名字，不能随便答应，也不能回头，怕是鬼怪在叫。如果是鬼怪在叫，答应了或回头，鬼怪就会把魂抓走，此人不死也要大病一场。所以，老人也吩咐傍晚和夜间不能随便叫人名字，怕鬼怪知道了也来叫这个名字。

黑压压的夜色袭来，不知是小时候受了这种暗示，还是看多了魔幻的电视剧，我不敢放肆大叫，生怕声音稍大就惊动了山中的野灵精怪，会张着血盆大口向我们扑来。但我还是放心不下，生怕先生出什么意外。我憋着嗓子不停地低声地叫，又竖起耳朵听他的声音从什么地方传来，同时，又用耳朵收集附近有没有异动的声响。

— 蜜蜂与候鸟人 —

我在车里坐了一会儿，先生还没有回来，我打开车门，又浅浅地叫了先生几声，他在不远处应着，但看不见人。我把车窗开大一些，一阵强烈的凉风灌进来，把手伸出车窗外，已经看不见五指了。手被雨水打湿，冰凉冰凉。雨还在下，但落在车上却听不到响声，先生还在公路上溜达。我叫了他一声，说："天已经黑了，又在下雨，你还在外面干啥？"

暮色茫茫，深不可测。我怕先生这样走下去，走进黑洞，进入时空隧道，不会再出现。我一直不停地叫着他，催他回到车上。

先生刚上车，小林子打来电话说要回来。先生说你已经走了一段路程就回去吧。小林子也担心先生一个人寂寞，觉得自己回家不好，9点多钟他又到蜂场了。

小林子叫我回农家乐去，我想没有几个小时天就亮了，就在车上委屈一下。我从没在野外过夜，想体验一下，积累一些写作素材。

我和先生坐在我们车里，小林子在他车里。外面黑乎乎的，听不到什么声响。除了我们几个，感觉整个世界都已经沉睡，似乎能听到大山发出的鼾声。野外过夜很新鲜，我睡意全无。

黑夜的山里，空旷、寂寞，我们似乎与世隔绝，感觉整个宇宙就我们几个人和车存在，其他的一切都隐匿于另一个时空了。到了后半夜，山顶慢慢亮了，像探照灯从山那边往天空照射一般，天与山顶连着的一大片亮了起来。接着，半边亮晶晶的镜子从右边的一座山顶露出来，瞬间，山巅冒出一个亮亮的圆球。我盯着那圆圆的月亮想，要是我站在山顶就把它抱住，扑上去，用身子压在它上面，不让它上升。圆圆的月亮像挣脱了重负，很快向上升着，把山摔在地上。我眼睛不眨地望着月亮，幻想从月亮下方吊着一把长长的梯子，我吊在梯子最下面一级，在太空中荡着秋千。我还幻想着我沿着天梯爬到月亮上去。

天亮了，淅淅沥沥的又下雨了。山上浓雾笼罩，附近的树木都是模糊一片，有几只不知名的小鸟欢快地叫着。我自言自语地说："夏老师什么时候来啊？"这个问题我已问过先生好多遍了。

- 蜜蜂与候鸟人 -

山路情深

在车上住了一夜，天亮了，先生沿着蜂场把所有蜂箱检查了一遍，已是 7 点多。赶回谢大姐处吃过早饭，雨虽然很小，但一直下着，没有要停的样子。怕蜂场没人在，会有人使坏，我叫先生和小林子上山去。我和谢大姐收拾完碗筷，她要外出干活。见谢大姐要走，她 80 多岁的婆婆硬要跟她一起去，说她去地里扯草，多少能帮媳妇一点。谢大姐说："你这么大的年龄了，哪个要你下地干活？你自己在家里耍。"

老太太像小孩子一样撒起娇来："在家里没有人跟我耍，我要跟你到地头去。"

谢大姐指着我对她说："妹在家里，妹陪你耍。"

我知道老太太到地里去，不但帮不了忙，谢大姐反而还要照顾她，根本干不了活。稍不留意，老人如果有个三长两短，麻烦可能就很大。我也上去劝老太太，终于把她留在家里了。

我虽穿了两件衣服，还是冷得不行。索性回到屋里，坐到床上去，用被子捂着半个身子，靠在床背上，把平板搁在膝盖上写作。写了一会儿，我头有些发胀，手臂有些酸。抬起头往后仰，两只手向上举了又举。我望了望窗外，雨停了，捂着的身子也开始发热。我突然想起老太太还在谢大姐屋里，赶忙下床去看看。

我出门时顺手拿了一本《红楼梦》，来到谢大姐屋外的凉亭，从敞开的大门往里看，老太太端坐在堂屋的沙发上。我没有说话，就在谢大姐堂屋大门外左边的太师椅上坐下来，自顾自地看书。

黎琼碧他们修的几栋房屋，都有3米宽的凉亭。谢大姐住的正中这排房屋，在正中这间堂屋门外两边放着3把太师椅，出门左边放有两把，右边放一把。

婆婆看见我在左边椅子上坐下，她也出来，到右边椅子上坐下，有句无句和我攀谈起来。我一边看书，一边听她说，不时顺着她的话和她聊聊。

老人家说她生有11个孩子，4个儿子7个女儿，每个孩子现在都健在。

我不禁感慨道："天啦。您好了不起哦！婆婆。"

老人脸上露出了得意的笑容。我说："那个时候条件那么差，生活那么苦，你们是怎么养活这么多孩子的?"老人耳朵很好，跟她说话一点不费劲。

她跟我讲：她娘家离县城不远，是平坝，那时娘家很殷实。16岁时，她的父亲做主，把她许配给谢大姐的公公。媒人介绍时，她父亲不大乐意平坝上的女儿往山上走，并且还是大山上。她父亲几经打听，觉得男方家底富裕，一家人为人憨厚诚实，男方的父亲又是当地的保长，就同意了这门亲事。她结婚，正席那一顿都坐了100多桌，并且宴请亲朋好友3天，杀了4头猪来办席都还不够。

回忆着往事，老人眉飞色舞，非常的满足，非常的幸福。

老人尽管87岁了，满口整齐洁白的牙齿，让她脸显得饱满。

老人身高超过 1 米 5，背有点前倾，脸上没有一点老年斑，白皙的肌肤稍有点松弛，看得出年轻时是个美人胚子。老太太身体既不瘦削也不臃肿，尽管生养了 11 个子女，在她身上还看不出岁月留下的沧桑。

我俩正摆谈中，村上的一个老太太来了。她走拢，对我说："好久上来的？刘老师。"

我们暑假来高登山放蜂已经几年了，附近的村民有些认识。才来的老太太笑着，眼睛眯成了一条缝，张开只剩下几个牙齿的嘴，说话一瘪一瘪，脸上出现了无数根大小不一的线条。

我站起来说："昨天上来的。来坐，孃孃（方言：阿姨）。"

她顺势挨着我坐在大门左边的椅子上。老太太有个儿子叫光明，光明是残疾人，养了 100 多只羊，还有 20 多头大大小小的黄牛。光明每天放羊都要经过我们蜂场几次，所以他跟我们几家养蜂人都很熟。他跟我们熟，他妈也跟我们熟了。

两个老太太是一个组的，又是同族，在一起生活了几十年，有龙门阵好摆。她们自己交谈着，又不时向我介绍着对方。

我问光明的妈："孃孃，你多大年龄了？精神还这么好？"

老太太回答："我今年 77 岁了。"老太太脸又笑成了一朵花，她站起来倒背着双手。

我说："孃孃，你了不起哦！还爬坡上坎的去看牛羊。"

她说："我才去扯了玉米地里的油菜。"

我听她说玉米地里的油菜，就知道是玉米地里，上一季庄稼种的是油菜，采收的时候种子落下来，生长出来的苗子。农民把它当杂草，是不要它的。

老太太自言自语地说："我们地里的油菜多得很，我扯了一背回来喂猪。"

我赶忙接过话说："嬢嬢，你哪个时候带我去扯一些油菜来吃。"

她仍然倒背着双手，露出满嘴的肉牙巴，说："走嘛，我带你去嘛。"

我看天阴沉沉的，没有太阳，索性不戴草帽，换了鞋跟着她出门。走出我们住的农家乐地坝，下十几步石梯就到公路，沿公路走几十米，就到了光明的羊圈。光明的牛羊都赶到山上去了。其实，他们这里是高山，一出门都是山，都是坡。不是上，就是下。

走到光明的羊圈下面，老太太对我说："妹，你在路边站着等我，我去把牛换一个地方。"说完，她很麻利地从一个小坡下去，解掉拴牛的绳子，牵着牛换了一个有青草的地方。牛儿在那里啃起草来，老太太又很利索地从坡下爬上来，来到我身边。

我跟着光明的妈，沿着下坡的公路走，没走几分钟，就到光明的家了。从他们家旁边绕过，走一条他们干活的小路，来到一片庄稼地。我惊讶得叫出声来："哎呀！怎么这么多的油菜！你们包谷苗才这么大？我们那里已经吃嫩包谷了。"

油菜本是油料作物，秋季播种，春季收获。光明他们家趁油菜收获后种的玉米，玉米苗子才一尺许，行间的油菜苗子已经有十几厘米了，密密麻麻，青翠欲滴，像专门播撒的菜苗，又像是无数个小娃娃站在地里，好鲜活，好可爱。油菜苗完完全全可以做菜了。

我们平坝，上季庄稼油菜收获时也落下很多种子，散落在地里的油菜种子长出小苗来，小苗还没有长大，农民就着急把它除了，整地种玉米。近10多年，自从市面出售除草剂，农民更多的是喷洒除草剂来除草，只有少数还在使用原始锄头除草的方法。

即使田边地角没有除掉的油菜苗，叶子也被菜青虫吃得精光，只剩下一个茎秆。即使没有被虫子吃掉的油菜苗，到了夏季，由于气温过高，叶子也已经老得发黄、发紫，吃起来很涩很硬。

光明他们玉米地里的油菜苗，绿油油、嫩生生、密密麻麻的，一颗颗油菜苗就像冲着我笑。我欣喜若狂，赶忙弯下腰去拔。光明的妈说："我们就是没时间来锄草。"

我心里想：你们锄了草，我现在还有油菜苗采吗？

老太太不知是得意还是为了证明她没有说谎，用手向前一指："我说是嘛。那边去，那边好一些，拔大根的嘛。"

我四下里一看，果然好大一片，大概有六七分地，还有几大行被割掉留下的茬。由于行间的油菜茂盛，庄稼玉米倒显得赢弱了，真是"种豆南山下，草盛豆苗稀"。有的玉米行间已经拔光了草，一堆一堆的油菜苗堆在地里，已被太阳晒蔫。看着在地里被废弃的油菜苗，我感到好可惜。

我迫不及待地蹲下身采油菜苗，边采边问："你们怎么不用除草剂除草呢？"

老太太边扯地里的草和油菜苗边回答："我们都是拔草。"拔草比用除草剂不知要多花多少时间，多花多少体力，多原始，多淳朴啊！过去的农民都是用锄头锄草，用手拔草，现在农民种庄稼大量喷洒除草剂、农药。我想：究竟是这高山上落后，现代化的生产方式没有到达这里，还是这里的农民本来淳朴厚道？

我本来只拿了一个塑料袋，老太太说："你来就来了，多拔一些嘛，扯根藤就可以绑。"还是野外好，什么藤藤、什么叶子，随手拿来就可以做包装。我看看地边，有很多葛藤还有棕榈叶，又贪婪地拔起来，一会儿我就拔了两大捆油菜苗。

我要往回走，老太太说："我指一条路给你，你一个人回去，我还要在这里拔草。"她放下手中的草和油菜苗，站了起来。"你们住的房子就在这上面，你过来一点看嘛，看得到房子。"她用手把我拉了几步，往上面一指。我顺着她手指的方向看去，果然看得见我们住的房子的房顶，就在这竖直向上几十米处。这么一点远没有什么好害怕的，我心里这么想，就说："好的，我一个人走行，你就干活嘛。"

光明的妈又说："我们一大垮人祖祖辈辈都是走这条路上下。"油菜地和我们住的房屋之间有一片梨树林，前几年我去那里摘过梨子。那里本来是有路的，几年来，很少有人进去，梨树林已经荆棘丛生，没有路了。

老太太拉着我的手，往梨子树林旁边一指，说："你就沿这条路走嘛。"

我说："哪里路？"

她指着地上说："嘿！就是这条路啊，我们原来上上下下都走这条路。"

我还是看不出路在哪里，我看到的只是一片茅草。老太太又弯下腰，把我拉了一下，把茅草用手刨开，说："这个就是路。"

我睁大眼睛搜索，寻找好一阵，茅草林里看得见一点路的痕迹，但不知是好久好久以前踩过的。"其实地上本没有路，走的人多了就成了路。"我想：其实这个本是路，只是走的人少了，时间久了，长草了，就不是路了。是啊，宽大的水泥公路修到了家门口，谁还来走这毛林草荒、石头垒垒的羊肠小道呢？尽管这条路已经不是路了，但这条路扎在了当地人的心坎上，走了不知多少代人的路，现在只是他们记忆中的路，是他们的心路，他们对它情深意笃。

为了回去，我也深信不疑那是路。我提着两包油菜沿着老太太指给我的路往前走,她嘱咐我说:"你就沿这条路上去嘛,上去就看得到路边的商店了。"

我沿着茅草路上行,开始几步,路上的草稀疏一点,茅草也浅一些,只淹没我的小腿,还看得出像路。我想多走几步可能有真正的路了。然而,我越往上走,茅草越来越高,我实在找不到路往哪里走。我左几步右几步,越走越不知道怎么走,我看到右上方有一片空地,心想:只要向着空地走就能走出去。

我越往前走,草越来越茂密,茅草变成了瓜缪,有我的肩高,我已经淹没在草丛中了。我想退回去,看看前面只有一二十米,望望后面觉得不值得。四周一个人影都没有,老太太转眼就不知跑哪儿去了。我大叫她几声,没有回应。我心里害怕极了,我不怕别的,就怕草丛中窜出一条蛇来,最担心的是脚下踩着蛇。我在心里祈祷:千万不要遇到蛇啊!千万不要遇到蛇!我最怕蛇了。

这时天空中撒下了微弱的阳光,我身处草丛中,又是大热天,蛇出没是常事。想到这里,我心里直打寒战,周身发凉,全身汗毛都竖起来了。"天啦!老天爷,天老爷,保佑保佑我吧!"我心里直呼:"救救我!救救我!快点来人啊!快点来人啊!"我十分渴望附近出现一个人,哪怕出现一只鸟、一条狗,我也会觉得有个伴。

在这荒野地方,眼睛所及的除了荒草就是荆棘、灌木、梨树,连庄稼都看不见,四周连一只鸟都没有。我即使叫出声来,也是叫天天不应,叫地地不灵。我两只眼机警地注视着周围的动静,生怕突然窜出一条蛇来,更担心的是几条蛇几面围攻。此时,我真希望像《西游记》里那样,观音菩萨显灵,突然出现在我的头顶上来搭救我。

正在我惊魂不定的时候，"噗噗噗噗噗"一阵巨响，前面两米左右的茅草迅速向两边分开出一条路，不断向前延伸。在空气都快凝滞的荒野里，从草丛中弹起几样东西。我惊叫一声："妈呀！"这突如其来的变动，把我的胆就要吓破了。我不敢看，听声音，那几个东西就落在了前面的不远处。好一会儿，我才从捂着的手指缝里悄悄睁开眼睛一看，原来是几只斑鸠。

我不敢再往前走了，站在那里，想打电话叫老公或小林子来接我。但我一来怕他们笑话我，二来他们在蜂场，离这里有一段距离，即使来，也要些时间。要是有蛇在附近，等他们赶到，我早就吓死在草丛中了，他们到哪里去找我？

我想到老人们常说："蛇咬冤家，狗咬对头。"我一心向善，连蚂蚁小虫都不愿伤害，我更不可能跟蛇结成冤家。我心里直吼自己：镇定！镇定！镇定！不怕！不怕！不怕！

我打消了叫人来救我的念头，在草丛中站了一会儿，下定决心，一定要走出去。我两手提着油菜苗把左右两边的草丛分开，大步疾走，不要命地往没有草的地方走。我憋足气连走带跑，走了几十步。哎！终于看到空地了，我舒了一口气，欣喜若狂，谢天谢地，一步跨出草丛。我站在空地里，回头一看，也就只有几十米的草丛路。难怪老太太要我走这条路哦。

这条路啊，这条在当地人心中留下很深烙印的路，如今，当脱贫致富的大道出现后，它已淹没在荒草丛中，成为历史的记忆。

伺机放王

我一手拎着一包油菜苗，逃命似的回到我们的住处——谢大姐农家乐，心脏还"噗噗噗噗"直跳。谢大姐的婆婆仍然坐在大门前的太师椅上，见我回来了很是高兴。我把油菜苗搁在地上，两只手腕不断转动，伸展双臂，来缓解双臂、手腕的酸麻。婆婆赶忙站起来，走到我身边，舞动蒲扇给我扇风。

一会儿，谢大姐回来了。你猜，她背回来了什么？哈哈，一大包李子，还有一背篼油菜苗。我俩你埋怨我我埋怨你，不该出去采油菜苗。

我们把油菜抱出来，堆在饭桌上，饭桌上顿时出现一个翠绿色的小山丘，婆婆赶忙端个凳子过来理菜。今天收获不小，我们可以美美地享受这新鲜而又环保的有机蔬菜咯。

高登山上海拔高，农作物比我们平坝要晚得多。我们平坝已经吃玉米粑了，这里玉米还没有出天花。平坝地区夏天的豇豆、茄子、丝瓜早已登市，菜豆早已拉藤了，这里菜豆才尝鲜，热季瓜类蔬菜才现花。

谢大姐种在地坝花台里的番茄，结了很多李子大小的果实。那番茄苗长势喜人，嫩嫩的，绿绿的，但还有一段时间才能食用。这段时间高山上蔬菜正是青黄不接的时候，我们在这里住了几年已经有经验了，所以我们每次上山，都要采购大量的干菜和新鲜蔬菜上来。

我和谢大姐正烧火煮中午饭，先生和小林子从蜂场下来了，两人走下车来，边进厨房边说："今天下午要把蜂王放了。"

我问："蜂王关了多久，就要放了？"放王，就是把关着的蜂王放出来产子。

先生说："我们6月15日关的王。"

我说："今天才7月3日呢。"

为什么要关蜂王呢？蜜蜂群里蜂王不是用来产子的吗？关了蜂王怎么产子呢？

关蜂王的目的就是不要蜂王产子，这叫作"断子"。蜂群里有一种寄生虫叫螨虫，这种螨虫既可以寄生在人和动物体上，也可以寄生在植物体上，螨虫对蜜蜂的危害特别大。如果发现螨虫后不及时治疗，在很短的时间内，就可以使整个蜂场全军覆没。

感染了螨虫的蜂群，螨虫寄生在蜂巢里的幼虫体上，专门危害幼虫，不危害成年蜂。螨虫的繁殖能力非常强，六七天就可以繁殖一代，成几何倍数增长。螨虫寄生在幼虫身体上，吸食幼虫身体里的营养物质，幼虫封盖后，它仍然寄生在巢里生长、繁殖。被螨虫危害的蛹，封盖上有针眼大小的孔。蛹封盖不严，使蜜蜂蛹期不能很好地发育。有的蛹死于巢里不能出房，即使出房的幼蜂，翅膀残缺不全，不能飞行，只能在地上爬，这也是爬蜂病。受螨虫危害后出巢的蜂，即使能飞，生命力也很弱，生命周期也短。这样，后备蜂越来越少，蜂群越来越弱。如果螨虫严重的蜂场，没有采取措施，不出一两个月，整个蜂场就可能覆没。

在我们几个养蜂人之间流传着一个笑话。郭师傅有一个养蜂的朋友彭老头，彭老头 70 多岁了，他 60 多岁才半路出家来学养蜂。育王要勾取很小的才孵化出来的幼虫，移植到人工造好的蜂王台里。彭老头年纪大了，眼睛不好，看不到勾虫，一般是叫别人帮他勾。有一次育王，他叫郭师傅给他移虫，等蜂王出房后一看，蜂王的翅膀都是烂的，有的还没有翅膀。你猜彭老头怎么给同行说？哈哈哈，他说：郭师傅起了坏心眼，没安好心，移虫时故意把蜂王的翅膀给他弄掉了。

有点常识的人都知道，蜜蜂是完全变态发育的昆虫，蜂王移虫时才从卵孵化成幼虫，然后封盖化蛹，翅膀要在蛹的后期才能形成，移虫时还是很小的幼虫，怎么可能弄掉成虫的翅膀呢？

彭老头不懂这个，冤枉人家老郭。老郭呢，好心没有讨到好报，还落了一个恶人的称号。只不过，除彭老头外，我们几个经常笑话郭师傅："老郭，你好有本事哦，移虫时把蜂王的翅膀都捅掉了，天底下只有你才有这个本事。"说过此话，大家一阵哈哈大笑。

螨虫爆发是有规律的，一般情况下，每年 5 月开始爆发，随着气温升高呈上升趋势，到 8 月份达到高峰，后又呈下降趋势，到冬天温度低，基本上没有螨虫了。

2017 年我们上山前，发现蜂群里有少数螨虫，心想 5 至 7 月正是蜜蜂繁殖高峰，用点药控制一下就行。一个月时间，用了好几次药，不但螨虫没有控制下来，满满的 30 多箱蜜蜂只剩十几箱了，并且蜂势跟一月前相比弱了很多很多。

今年 6 月十九日，先生他们发现蜜蜂又有螨虫了，蜂场地上有少数的蜜蜂翅膀残缺不全，蜜蜂飞不起，形成爬蜂。先生和小林子、小李研究决定：立即断子杀螨。6 月 15 日他们就把蜂王关了。

关王，就是把蜂王用一个专制的王笼关起来，蜂王就停止产卵。工蜂从产子到幼蜂出房要 21 天。21 天后，巢里所产的工蜂卵全部变成了幼蜂出房，还有少部分的雄蜂没有出房，等两三天雄蜂也出房了，整箱巢房都空了。蜂巢内没有幼虫，螨虫失去了寄生的中间宿主，自然就死了。蜂群不用药物就能全场灭螨，这样灭螨既彻底又环保，对蜜蜂也没有危害。

先生边吃饭边说："从 6 月 15 日到 7 月 4 日，工蜂大部分出房了，还没有出房的雄蜂和少数工蜂，等杀虫的时候用刀子割掉就行。"

一群蜜蜂只有一个蜂王，蜂王的任务就是产卵，一只健壮的蜂王一天可以产 3000 多颗卵，蜂王产一张巢脾的卵，大概要 3 天多的时间。

说起蜂王还有一个笑话。有一年春节，我到舅舅家去，见到舅舅家的表姐脚有些跛。我问表姐脚怎么了，她说是风湿，用了很多药都没有好。我对表姐说用蜜蜂蜇可以治风湿，去试试。

表姐说："我用蜜蜂蜇过，还是疼。有人说要用蜂王蜇，蜂王大些，蜇起来厉害些。"

"哈哈哈哈！"我跟先生都大笑起来，表姐丈二和尚摸不着头脑。

我说："姐，蜂王不会蜇人，蜂王没有尾蜇。"

表姐似信非信，以为我在哄她。表姐说："那人家都这么说。"

我说："那是人家在戏弄你。"

前几天，跟我们一起养蜂的小李的老婆小包说了一句话，也逗得我们发笑。小林子的蜜蜂从家里搬来，两箱的蜂王都不见了，他找了几次都没有找到。

小包也在场，小包说："可能是在家时，蜂王出野外去了，没有回到蜂箱里。"当时我们就笑起来了。

我说："蜂王只有交尾时才出蜂箱，其余时间是不会出去的。"

蜂王一生只有交配前出去飞行，然后就是蜜蜂分家才会出巢飞行，其他时间都在巢里。

先生和小林子在蜂场守了两天两夜，白天夜晚基本上都是在车上度过。吃过中午饭，他们又去蜂场了。这几天都是细雨绵绵，整个高登山上云雾缭绕，能见度很低，感觉在云端天庭。我们每天都盼着夏老师来，夏老师来了要在蜂场搭帐篷住，先生他们就可以不去守蜂了，小林子也可以回家了。

农家乐里，我和谢大姐的婆婆经常坐在门前的太师椅上，跟往常一样，婆婆坐大门左边，我坐大门右边。我抱着《红楼梦》读或者拿着平板码字，婆婆不停地给我讲她的过去。讲得最多的是她生有 11 个孩子，全部都在人世，孩子年纪相差不大。孩子到了成婚的年龄，家里年年都办喜事，都是她一手操办，年轻时她很会办席，遇到儿女结婚准备酒席，她几乎几天几夜不睡觉。

说着说着她又问我：你家住哪里？我跟她说了多遍我家的地址。

一会儿又问："你住邻水还是重庆？"一会儿又问："你是丰禾的啊？"

没过多久，老太太就对我说："你打电话给玉珍嘛，叫她回来。"

我说："她去地里干活了。"她口里的玉珍就是她的媳妇谢大姐，老人家不管媳妇做什么，一个劲要我打电话叫她媳妇回来。人家去干活我怎么好叫她回来呢？农村的农活本来就多，又是她一个人做，并且谢大姐还要负责公路的清洁，还要管理一大坡的红枫苗。

老太太央求我，一副可怜巴巴的样子："你帮我打电话嘛，打给玉珍。"

我说："我在这里陪你，婆婆，我跟你说话。"

一会儿她又问我："你吃饭没有？"我想：刚刚吃饭我就坐你旁边，还给你夹菜舀汤呢，怎么一会就不记得了？

天要黑了，先生和小林子回来吃饭，我问："蜂王放完了吗？"

先生边往灶膛里添柴火，边说："今天天气不好，才放几箱。"

野生天麻

这几天天气的确不好，雨淅淅的，浓雾笼罩着高登山，我听先生说下午只放了几个蜂王出笼产子，心里不免有些着急，我说：一定要在夏老师来之前把蜂王放出来。

我又问了一句："夏老师什么时候来？"

小林子接过话题："夏老师明晚到。"

先生说："夏老师的蜜蜂搬来后，我们就不敢开箱了，所以必须在夏老师来前，把蜂王放出来。"

我真有些忧虑。前几天，天天盼夏老师来，他来了，先生他们就可以回农家乐住了。现在，又不想夏老师早点来。因为我看了天气预报，还有高登山上满山遍野浓浓的大雾，看样子不可能很快散去，当地人有句谚语：山雾雨，坝雾晴。估计明天还是雨天。

蜜蜂在下雨前和大雾天气性情极为暴躁，攻击力相当强。天气不好时，养蜂人一般不会去动蜂箱，这种情况下只是揭开覆布，从副盖往内观察就行。当非要开箱不可时，就要做好被蜜蜂蜇的心理准备了。

盖在蜂箱上面的木盖叫外盖，外盖里面有一个平平整整可以活动的盖，这个活动的盖是和蜂箱一样大的木框子，框子上面钉有纱窗，叫副盖。一般情况下，在副盖外透过纱窗就可以观察箱里蜜蜂的情况。副盖盖在内部，上面覆盖着一层不透明的布，即是"覆布"。因为蜜蜂是趋光性昆虫，见光就会乱撞。用覆布遮光后，整个蜂箱只有巢门处有光，蜜蜂就从巢门处出入。

当天气不好，蜂箱副盖一打开，蜂箱里很多蜜蜂会一跃而起，向人扑来，围着人想攻击。人移动，它们会穷追不舍，把人追很远，蜇了人才肯罢休。就算是没有追来的蜜蜂，也会群体爬出来，前脚附着在巢脾顶部的横梁上，头朝下，把整个身子往上倒立着，尾部向上翘着，尾蜇伸出来很长，尖尖的、直直的，群体摆出一副不可侵犯的架势。你的手还没有接触到蜂箱，蜜蜂就群起而攻之。平常人们说的"一窝蜂"可能就是这样来的。

蜜蜂轻易不会蜇人，如果蜇了人，它们也活不成了。明知道蜇人后就要死，但为了捍卫它们的家园，每只蜜蜂都有舍身保家园的精神。多勇敢的小蜜蜂啊！

吃饭时，先生又和小林子说："明天无论如何要把蜂王放出来，夏老师明天晚上就要来了。"

第二天吃过早饭，雨停了，雾已经散开，天空明亮了很多。先生和小林子准备喷烟器和柴火去蜂场。中午回来吃饭时，先生他们说蜂王全部放出来了。我一听，绷紧的心终于放松下来。

每一箱里的蜜蜂就像一家人一样，只进出自己的蜂箱。他们容不得外来户，也不知道蜜蜂靠的是什么来分辨异己。蜜蜂有个特性，刚到一个地方还要摸索着找外出的方向，飞行很乱。它们嗅觉很灵，如果这个时候有其他蜂箱开着，里面会散发出浓浓的蜜香，会吸引刚搬来外出找方向的蜜蜂闯入。外来者属于异己，会受到原蜂群的蜜蜂的攻击，引起整个蜂群混乱。如果外来者强

－ 蜜蜂与候鸟人 －

大，就会成盗蜂盗取此群蜂巢里的蜜。

我心里舒了一口气，还好，7月4日白天开箱把蜂王放完，夏老师夜间就来了。5日，我们就回了九龙。

7日，谢大姐老家有个人过70大寿，她要去帮忙。他们村上有个不成文的规矩，无论哪家做红白喜事，同村人都要去祝贺。在家的各户村民，每家3天不开火，大人小孩都要去做事这家吃上3天，热闹3天。

现在在家的人本就不多，谢大姐他们组的人尤其爱打牌。垮上有个红白喜事，男女老少都聚集在做事这人家里一起打牌，晚上不打到十一二点不会解散。大家一起煮饭吃，闹得不亦乐乎。现在农村人少，红白喜事少，大家难得聚到一起。所以，有机会聚一聚，何乐而不为呢？

7日下午，我们又回谢大姐那里。我们把车停到地坝上，先生准备把买的吃食搬到厨房去。我刚一下车，惊呼："哎呀！番茄被什么吃了？"先生也急忙过来观察。

在谢大姐住房和厨房之间的地坝上，有一个乒乓球台和一个大圆形花台。花台直径有3米左右，高2尺许。花台里种有几颗观赏乔木。听黎琼碧说过，他们在花台上和地坝边种过很多观赏花木。海棠、杜樱、桂花、黄桷兰、铁树……由于这里海拔高，冬天寒气重，存活下来仅有少量的几种树。

黎琼碧他们每年只上山几天，就懒得去管理这些花花草草。谢大姐一个农村妇女，又没有养花种草的闲情雅致，索性就在花台上和空着的大花盆里种上瓜果蔬菜。这不，这圆形的大花台中，种了几棵丝瓜，周围种了番茄，似乎每年夏季都是这样。

"哟！我们几天前回家时，番茄苗还胖墩墩、绿油油的，怎么枝条顶端和好些叶片被吃了？"先生走到花台前，扶起一颗番茄藤说。

虽然番茄没有鲜艳的花朵，也没有芳香的气味，甚至还散发出一股臭气。但葱绿肥壮的藤蔓还是非常养眼，特别是过一段时间，那红绿油亮的番茄，一簇一簇，挂在枝间，真叫人垂涎欲滴。

尽管番茄顶部和叶片断掉一些不影响结果，但外观就不那么完美了。看着叶片残缺的番茄苗，我心里不舒服，有些生气，气鼓鼓地说："可能是光明的羊子或者牛来吃了？"

我和先生已经把谢大姐的物品当作我们自己的了，我绕着花台走了一圈，说："咦！人家不是说羊子和牛不吃番茄叶子吗？"

我又自言自语地说："肯定是光明哥哥的猪来啃的，前几天几只小猪来过。"咬都咬了，即使心里不痛快，也只有作罢。

我和先生把东西放好，直奔山上蜂场去，蜂场边夏老师帐篷门关着。我们沿着一字排列的蜂箱来回检查了几遍。"嘟嘟嘟""嘟嘟嘟"公路上的摩托从山下面驶过山嘴，由远而近停在我们面前，我和先生不约而同转过身去。

"张老师，你们哪个时候上来的？"摩托车停下来，跟我们打招呼。

我和先生异口同声答道："上来好几天了。你们到哪里去？吴文，启容。"

吴文一只脚踏在车上，一只脚垫在地上支撑着摩托车，启容坐在摩托车后座上。他俩都说："我们上山去找天麻，张老师。"

先生问："天麻好找啊？"

吴文和启容都说："今年很好找，运气好一天可以找几百个，一窝一窝的。"

吴文又说："张老师，你们忙，我们走了。"说完，用脚猛踩摩托车油门，沿着盘山公路爬行，很快消失在我们的视野里。

启容是谢大姐的女儿，吴文是谢大姐的女婿，启容的老公。吴文家在斜岩村二组，距谢大姐不到1000米的路程。

我们检查完蜜蜂，走到夏老师帐篷处，狗狗见我们靠近，叫了几声。夏老师回家去了，来之前先生打电话已联系过。我们看蜂场处无人，估计夏老师的老婆在帐篷里睡觉，没有去惊动她。

回到谢大姐住处，先生去准备煮饭，我慢慢地绕着厨房外的花台观看。花台里丝瓜花、苦瓜花散发出淡雅的清香，丝瓜、苦瓜已经挂果了。我无意中拉了一下番茄藤，"呀！好大一条猪儿虫哦！"

叶柄上爬着一条绿绿的、胖胖的猪儿虫。黄绿中夹着翠绿，身体分布着蓝色条形的花纹，裙边还有均匀相间的蓝色小点，长着一个猪的头和尾，所以人们给它取了个形象的名字"猪儿虫"。

如果你看过电视剧《花千骨》，就知道糖宝，糖宝的前生就是"猪儿虫"的模样。我随着几颗番茄找去，叶子上、藤蔓上还有好多好多的猪儿虫。先生听到我的叫声，赶紧从厨房里出来，把叶片上的猪儿虫一个一个捉了摔在地上，边摔边说："还说是猪来啃的，原来是你这可恶的猪儿虫捣的鬼。"

我说："猪儿虫怎么这么厉害，才两天时间，就糟蹋了这么多的番茄苗子？还躲在番茄间不易被人发现。"

是啊，猪儿虫的体色跟植物的绿叶很接近，它们趴在叶片上很难被发现。这种保护色，也是生物自然选择的结果。雪豹夏天毛色为棕色，冬天毛色为白色；变色龙的体色随着环境的颜色而变化，还有那枯叶蝶……很多很多动物、昆虫为了生存，为了躲避天敌而伪装自己。

看着地上一条条摔死的猪儿虫，外表这么漂亮，却躲在阴暗角落里专搞破坏。我不禁想到生活中的一些人，表面上美丽动人，甚至装慈善，暗地里却是一副蛇蝎心肠。

我午睡后起床，喝了一杯红枣枸杞茶，揉了揉惺忪的双眼，伸了个懒腰，那种午睡后的倦怠慢慢消失，人也慢慢有了精神。先生在梨树下的吊床上拿着手机看东西，我又抱着《红楼梦》和平板坐在谢大姐住房外的太师椅上。我将肘抵在椅子的扶手上，用手撑着腮帮，看着天空中的白云出神。

湛蓝的天空中出现了鱼鳞般的白云。天空蓝得发亮，白云白得耀眼，一片一片，一浪一浪。一架银白色飞机出现在天空，在阳光的照射下，银光闪闪。飞机飞过，一条长长的、直直的、洁白的云雾划破苍穹，把蓝天分为两半。

老人高寿

　　吃过晚饭，我又在吊床上用平板写散文。一看9点多了，厨房的灯还亮着，里面传出一阵响声，一听就知道谢大姐还在忙碌。

　　我赶忙走到厨房去问："谢大姐，还在忙啥子？"一看，谢大姐正在锅里烧热水洗腊肉和腊排。我说："你洗这么多肉干啥？"

　　谢大姐抬起头，微笑着看着我说："明天是我妈的生日，我明早要出去打扫公路，今晚上洗出来，明天你们在家帮我煮熟就行。"

　　谢大姐除了做农活，还承包了这一带公路的清洁，还要管理几大坡红枫苗和银杏苗，所以她有时天才蒙蒙亮就出去了。第二天一早，我们起床时，谢大姐早已外出干活了。我刚到地坝，谢大姐婆婆也起来了，婆婆穿一身新衣服，像小孩子过生日一样。我们煮好面条，叫婆婆吃。老人家一�踱一踱走到厨房，说："看嘛，光是麻烦你们，要你们煮饭，哪个好意思哦！"

　　我和先生说："没事，婆婆，我们自己也要吃。"

　　她坐在餐桌前，我把面端在她面前，她说："一天都往外面跑，不在家里。"

我知道她总说谢大姐一天到外面去，不陪她耍。我说："谢大姐要去上班啊，老人家，我们在这里陪你是一样。"

她一会儿又问："你们是邻水的还是重庆的？"这个问题我已经回答她很多遍了。

才吃过饭一会儿她又问："你们吃没有吃？"我想明明我就坐你旁边，还给你端面条呢，怎么一会儿又不记得啦？

吃过早饭，我收拾停当，就到吊床上看书，先生去二郎山蜂场检查蜜蜂去了。还不到几分钟，老太太拄着拐杖到地坝边来，很焦急地对我说："你快点给我媳妇打电话，叫玉珍回来弄饭。"

我躺在吊床上，把头仰起来，面向她，说："婆婆，还早，才吃过早饭。"

启容和吴文背来一大背菜，有豇豆，有茄子，还有瓠瓜，她和吴文放下菜就跑了。说是上山去找天麻，说天麻 50 元一个，他们要抢时间去找。我把豇豆端出来，和婆婆一起理，又把茄子用水泡着。我和婆婆理完菜，看时间还早，我对婆婆说："婆婆，我到梨树下坐一会儿，你有事找我哈。"

不到几分钟，老太太又拄着拐杖来了："你跟我媳妇打电话，叫玉珍回来，今天要来人。"

我说："婆婆，谢大姐上班去了，他们是几个人一起做事，一个人走了不好。"听我这么说，她又拄着拐杖急匆匆返转走了，才走十几步路又回转来，焦急地又要我打电话。

我说："我等一会儿去煮肉，谢大姐回来了，再炒菜。"她还是不放心，大概半个小时，她在地坝就来回跑了十几遍，急得团团转，要我打电话给谢大姐。老太太就是这样，每天早上起床后，发现谢大姐不在，就在地坝上转去转来地喊："玉珍，玉珍，玉珍。"显得格外的焦躁不安，就像我们小时候早上起床发现妈妈不见了，没头没脑地哭着到处找妈妈一样。

　　每当听到老太太焦急地找她媳妇，我就连忙跑出去，老太太看见我，才感到安全一点。有时候我睡午觉，谢大姐出去干活，就跟她交代："妹在睡觉，一会儿就起来。"但老太太一会儿就忘了，跑到我房屋外，扶着门框往里看，看一会儿，没有见着我，不知轻轻说着什么，又慢慢回到她屋里。当她看见我起床，赶忙从屋里出来，说："我还以为你走了呢。"就像小孩子找不到妈妈，只要看见个熟人就像抓到了一根救命稻草，心里才踏实。

　　一会儿，先生从蜂场回来，他生起煤炭炉子炖排骨。11点多，谢大姐干完活也回来了。没多久，老太太的儿女孙子孙女到了，她去迎接她的儿女和孙们，异常兴奋。

　　厨房里暂时没有我做的事，我穿过地坝往梨树下走。老太太和她的几个孙女也在梨树下乘凉，见我去了，老太太慌慌张张回到屋里，拿出儿孙给她买的点心和水果，一定要我吃，还包一包给我。我不要，她就着急，我只好收下。老人又对我说："今天要在我们家吃饭哦。"

　　我答应："要得，婆婆。"我心里想，我本来就在你们家吃饭嘛。

　　我在梨树下歇了一会儿，又到厨房去看看需要干什么活。谢大姐的妯娌、小姑们一到，就麻利地行动起来。厨房里，我和先生根本靠不到边，我俩只好又到梨树下歇息。老太太跑来跟我说："今天要在我们家吃饭哦。"说完，拄着拐杖又匆匆走了。

　　过一会儿，老太太又拄着拐杖来到我身边，说："要到我们家吃饭哦。"只要我一离开她的视线，她就拄着拐杖到处找我，非要找到我不可，说的还是要我到他们家吃饭这句话。一会儿工夫就不知说了多少遍，弄得她的女儿、孙女们都笑她。

吃饭时，老太太安静下来，儿孙们陪着她，她很满足，也很幸福。饭桌上，老太太的儿女们，一起回忆着小时候在一起的往事，我问他们："你们11个兄弟姊妹，小时候在一起，怕是成天要打架骂架？"

老太太几个女儿都说他们家教很严，父亲很有权威。小时候，只要父亲盯一眼，大家都规规矩矩，不敢大闹，每个人都各干各的事。

我说："那时候生活条件那么差，11个儿女是怎么养大的哦？可见老太太的精明能干。"几个女儿不住地点头。

她女儿悄悄告诉我，老太太过去的事情记得很清楚，现在的人和事根本记不得，也分不清。她媳妇对我说，老太太今天（2018年农历五月二十八）满87岁了。我这段时间不知是和老人接触过多还是咋的，始终想到自己老了会是个什么样，也老年痴呆吗？也弯腰驼背步履维艰吗？也皱纹满面口齿不清吗？我不敢想！

看着眼前的老人，87岁了，身体还这么硬朗，有那么多的后人照顾。我们呢？响应国家独生子女政策，女儿女婿都是独生子女，到时候怎么忙得过来？哎……不敢想！

快黑了，老太太的大儿子谭老师，也就是谢大姐的老公从重庆赶了回来。吴文和启容中午到山上找天麻没来吃午饭，晚上也来祝贺老人家的生日。

我和先生去蜂场喂蜜蜂，这段时间山花不多，蜜源还不充足，需要给它们补充一点饲料才能维持生命。并且明天要用药物杀螨，必须要把蜜蜂喂足后，用药对蜜蜂的伤害才小。

我们喂完蜂后从山上下来，吴文和启容已吃完饭，我们便一起坐在地坝上乘凉。他们今天没有找到几个天麻。

谢大姐和谭老师在地坝上安了3块凉板。所谓凉板，就是从山上砍的像大拇指粗细的白夹竹，用绳子编织而成的一块板。农村晚上乘凉都将它搁在两条板凳上，放在地坝上，大人小孩都可以睡。

谢大姐摆好凉板，指着边上的一块对我说："妹，你睡这床凉床嘛。"他们叫的凉床，就是我们叫的凉板，也叫凉棍。在过去没有空调的年代，农村以及城里家家户户都有这个纳凉的家具。炎热的夏天，大人小孩晚上都躺在凉板上乘凉或睡觉。

我说："我要写东西，你们睡吧。"其实，我不好意思在外人面前躺着，而且我的确是在赶一篇文章。

谢大姐和谭老师躺在凉板上，我、先生、启容、吴文还有谭老师的母亲我们几个围坐在他们周围，大家东拉西扯摆谈着。启容说："天麻已经到尾期了，花期过了，就看不见、不好找了。"

我说："其实你们找天麻的时间错了。"

吴文说："不会吧，我们每年都是5月上山找天麻。"

我说："我看书上介绍天麻是10月份才挖。"

"哈哈哈。"启容哈哈大笑起来，打断我的话，"10月份？5月过后天麻就倒苗了，倒苗后就不知道在哪里找了。"

我说："天麻是不是地上只有一根苗？这根苗出来后才开花。其实，花谢后还要继续生长。"

启容说："这段时间好多人找天麻哦，本地的、外地的。"

我说："吴文，你们这高山上能生产野生天麻，不如你们以村为单位，在高山上种植天麻。"

吴文说："怕不好弄哦，高登山那么大的面积，又有那么多人在山上找天麻，管理起来应该很难。"吴文又说："不过，可以朝这方面考虑，由野生天麻向林下种植这个方向发展，但就是没有技术。"

我说："我一个朋友是种植天麻、食用菌方面的专家，我可以给你们联系。"

吴文说："高登山近几年种了几千亩的红枫和银杏，再等几年，到了秋天，一定很美。"

我说："你们除了野生天麻外，高登山上几千亩的野生猕猴桃也可以开发出来，还有竹笋，这些都是资源。"

吴文说："我们村上已经着手开发高登山了。"

－ 蜜蜂与候鸟人 －

断子杀螨

吃过早饭，我和先生躺在吊床上。他拿着手机看新闻，我拿着平板码字。快8点了，小林子和小李来了，同来的还有小林子的夫人小杨。先生问我去不去蜂场，我说："我去给你帮忙。"其实我是不放心先生用药，怕他把药浓度配高了。

先生说："喷药一个人就行，你去了也帮不了忙。"

我说："小杨来了，我陪她。"

来到蜂场已是8点过。下了好多天的雨，雨过天晴的太阳很亮，亮得我们眼睛都睁不开，好像要把这几天没有出的太阳补回来一样，但天空中仍然东一处西一处有很厚的乌云。

我穿着两件衣服，感觉很热，火辣辣的。小杨站在公路边四周环顾，"咦！怎么我们这里太阳这么大，你看对面的山上却是阴的？"她用手指着对面的山坡。

我笑了一下，说："你看天空吧！"

她笑着说："有云层下面就是阴的，没云层的下面就是大太阳。"

"你看下面呢，云海。"我指着山脚下的山涧给小杨看，"每当雨过天晴，或者早晨，都会有云海。"

山脚下，雾把整个山涧填满了。由于我们蜂场位置海拔较高，站在蜂场处视野可以触及几千亩的山体。山涧开始是一条云海、雾带，但周围几千亩山体却清晰可见。山脚下，云雾逐渐往上蔓延；山顶上，一阵浓雾也往空中飘，速度很快，似万马奔腾。瞬间，周围的山体阴下来了，只有我们所在的山坡还是艳阳高照。

夏老师见我们拿出药来，知道我们要做什么，他倒背着手站在我们面前，说："你们现在来杀螨，时间晚了。蜜蜂都出巢了，用药效果不好。"

蜜蜂繁忙地进进出出，我问："蜂巢上用了药也行吧？"

先生把杀螨灵和灭菌药拿出来，用钳子夹破针剂瓶的颈部，把药倒在喷壶里，比例比说明稍稍大。我问："浓度会不会高？"

先生说："我们按这个比例用了好几次药了，没有危害。"

蜜蜂属于昆虫，对药物非常敏感，特别是杀虫药，浓度稍稍大了，蜜蜂就会死亡。如果外面农作物用了农药，蜜蜂去采集花蜜或者花粉后，蜜蜂还没有回巢就死了。所以，蜜蜂采回来的蜂蜜都是没有受到农药污染的无公害食品。

有一年夏天，蜂友蒋老师在他们蜂场不远处的厕所杀蚊子，结果让远离厕所20多米处的蜜蜂死了几箱。

说起杀螨还有一个故事。记得是我们到高登山来的第二年，我们家的蜜蜂有了螨虫，先生本来对蜂群用过一次药。过了两天，他见蜂箱外面还有烂翅膀的蜜蜂，说药用轻了，没有起作用，再用一次药。我死活不准他用药，我说才用了两天，观察一下。他心里急，说："还有20多天五倍子就要开花了，必须在开花前把螨虫控制住，采蜜前一段时间又不能用药。"

我很生气，不准他用药，他不听，我大声跟他吵。黎琼碧的母亲在厨房里听到吵声，以为我们两个在吵架，不好来劝。我死死吊住先生手上的药瓶，歇斯底里地吵，以为他会听我的。他却鬼使神差用非常强硬的力把我手扳开，几步跑到蜂箱处，对着蜂箱喷药。我看制止不了他，就算了，由他吧。也许再用一次药效果会更好。

那年，我们的蜜蜂就放在系吊床的梨树下，公路外面，坐在吊床上就能看见蜜蜂的飞行情况。先生喷药后回到吊床上坐了一会儿，我发现我们的蜜蜂飞出来很多，本来蜜蜂受药物的刺激出来多一些是正常的，我没多在意。

蜂场里，左边是我们的蜂箱，右边是蒋老师的。用药后，先生下去看了几次。我发现我们左边的蜜蜂在空中飞，飞得很急，像在乱窜，在空中织了一张蜜蜂网。我对先生说："我们的蜜蜂怎么出来这么多？你看蒋老师这边不这样。"

先生看了看蜂场，接过话题说："蒋老师的蜜蜂要懒些，没有我们蜜蜂勤俭。"

我看了看，我们这边蜜蜂出来频繁得多，蒋老师这边静悄悄的。再过了一会儿，我见我们的蜜蜂老是在空中旋，不进巢，很乱。蒋老师这边，进出很有秩序。我叫起来："糟了！蜜蜂受到药害了。"

先生听到我这话，连忙下去看，我也尾随其后。我们一看，蜂箱里面的蜜蜂匆匆忙忙往外跑，出外的蜜蜂就在蜂场的上空盘旋，既不外出采蜜，也不往蜂箱里面钻，巢门处大量的蜜蜂往外涌，在地上摊开一大摊，飞不起来。先生脸色马上沉重起来。我大吵："明明看到阴沉沉要下雨的天不能用药，嘟个说就不听，现在好了嘛！"

结果，几天蜜蜂不回巢，第二天开始下大雨，一下就是几

- 蜜蜂与候鸟人 -

天，几天过后，蜜蜂损失大半。后来，我就把这个事当成典故谈笑，特别是先生那句"蒋老师的蜜蜂没有我们的蜜蜂勤俭"更是精辟。

断子杀螨是一个连续的过程。蜜蜂蛹期 21 天，我们的蜜蜂已经断了 20 多天的子，幼蜂已经全部出巢。螨虫只寄生在幼虫身体上。蜜蜂全部出巢后，巢房再空几天，螨虫没有幼虫为中间宿主，很快就会灭绝。为了灭螨彻底，将蜂王放出来产卵前，或者卵孵化后，幼虫未封盖时，用一次药，能够彻底杀螨。还有一个多月才是大流蜜期，这时用药，一个多月后所产的蜂蜜没有药物残留。

如果不断子杀螨，蜜蜂 5 月到 8 月螨虫会很快爆发。为了控制螨虫繁殖，只有长期放药，那样药物残留就会多一些。我们都选用的是断子杀螨的方法，不会用第二种方法。

先生很快就把药兑好了，我在旁边看着。先生对我说："你帮不了忙，这么大的太阳，到树底下去乘凉。"

我站在先生旁边，看着他喷药。太阳又从云中钻出来了，山脚下的雾很浓很浓，白茫茫一片把山脚罩住，山体被阳光照得金灿灿，白云在山坡形成一种变幻莫测的非常美丽的云山云海。

山沟底的浓雾像放的烟幕弹一样往山上蔓延，由山涧向上、向周围扩散。浓雾很快到我们蜂场下方了，能看见的山体越来越少，越来越少。一阵凉风袭来，太阳一下子不见了。这时，像汗流浃背时把冰箱门打开，从冰箱里透出一股凉气笼罩着全身，清凉舒适极了。

云雾跨过我们蜂场往山上奔去，10 米外的人只听到说话声，见不到人影。雾蒙蒙一片，风呼呼地吹。周围的小草、灌木随风摆动，一浪接一浪。蜂场上空，像潮水一样突然涌来很多很多蜜蜂，在蜂箱的上空盘旋，风把它们吹得偏偏倒倒。有的蜜蜂很快钻进蜂箱，很多蜜蜂却不能准确进巢，东倒西歪地落在蜂箱附近的小草上，用几只脚死死地抓住小草，不能起飞，一不留神就会被风刮走。

这时，我脑海里突然出现一个成语"蜂拥而至"，可能这个成语，就是由现在这个场景得来的吧？

小蜜蜂对外界天气非常敏感，它们能预感天气的变化而提前归巢，这也是自然选择的结果。但这次大雾大风来得太急、太猛，小蜜蜂没有赶在云雾大风之前归巢。

站在蜂场上，视野里都是云里雾里，我们像在天上，除了我们几个人，世间万物不知隐藏到何处去了，似乎要永远消逝一般。不时有摩托车轰轰而过，才知道我们与外面的世界还有联通。

冷起来了，我赶紧穿上外套。一会儿，风小了，但还是雾蒙蒙的，看不清。先生忙碌地打开蜂箱，夏老师过来说："蜜蜂全部赶回来了，今天杀螨效果应该好。"

虽然大雾笼罩，看不出天气将如何变化。我对先生说："这么大的雾，剩下的就不喷了吧。"

先生说："还有几箱蜂群没有喷药，药配好了的，还是喷完。"

先生继续喷药，我帮不上忙，索性就到夏老师搭帐篷外去耍。夏老师他们放置帐篷的右边，爬上十几步的坡坎，就有一个平台，有几十平方米那么大。平台上空倾斜着好几棵大灌木和一些翠竹，藤蔓缠绕覆盖其上，形成一个植物大盖，盖在平台上空，一个天然的凉亭浑然天成。外面骄阳似火，凉亭里却是凉爽亦然，微风拂过，垂下的藤蔓摇摆，恰是挂的珠帘。从凉亭里看出去，蓝天白云，形成一道美丽的风景。夏老师把那个平台整理出来，铺上了两床凉板，放几张小凳子、小椅子。我们去蜂场，就去平台乘凉，一边摆谈，一边啃西瓜。平台，就成了蜂场的客厅。

先生和小林子、小李几个忙完了，也来到平台。坐在这个天然客厅里，一边休息一边观察蜜蜂用药后的反应。吃过午饭，小林子他们几个回家了。我们也打算下午回九龙，但蜂蜜用药后要多观察，先生说只能第二天回去。第二天一早，先生又去蜂场检查一遍，发现蜜蜂没有异样，我们才放心大胆回家。

回到九龙，先去看看先生的父母，他们住的地方叫朝阳，离我们住的九龙场镇只有几分钟的车程。公公婆婆都八十多了，我们在家每隔几天都要去耍耍。每年暑假出外避暑，回家第一件事就是去看望他们。

我们来到公婆住处，对公公婆婆说："我们明天要到黄水接房子，过去收拾后，接你们去耍一段时间。那边很凉快，空气非常好。"

婆婆说："我不去，在家里就很凉快。"老人家从来不愿离开家。

我说："这几天都下雨肯定凉快，后面暑天来了就很热，热起来了，到黄水去耍一段时间。"

二度黄水

　　第二天7月14日，我醒来时已经快6点了。我叫先生快点起床，先生打电话给李老师。我们几个简单吃了个早饭，就往黄水赶。因为是星期六，可能买房接房的顾客较多，我们办理接房手续会拥挤。路上，我们约了售房小姐小张。

　　李老师也和我们一样在黄水买了避暑房。人们常说："计划没有变化快。"半个月前，我们根本还没有在黄水买房的打算。那是6月25日，过去的同事张老师家娶媳妇，李老师、曾老师、任老师以及我们都去祝贺。李老师和他老婆杜老师，曾老师和他老婆邹老师，还有任老师，以及娶媳妇的张老师和他老婆李老师，我们4家人是老同事，过去住一个院子，几家很谈得来。十几年前，他们几家都从我们现在的学校调走了，只有我和先生还留在原校任教。但这么多年来，大家还保持着联系。

　　2017年的夏天，曾老师在黄水买房子的朋友，约他暑天到黄水去旅游避暑。曾老师从40℃高温的火炉邻水来到20℃左右的黄水，当天就买了一套房子住在那里。高温一个月结束后，邻水凉快了，他才回邻水的家。

　　曾老师去年（2017年）7月份到黄水买房时，一平米才6000

元，一个月后，一平米就涨了好几百。2017年11月，我和先生碰到曾老师，他给我们说他在黄水买了房子，并说黄水很凉快，空气又好，周边几个市县的人，在黄水买房避暑的很多，特别是重庆主城的，在黄水买房的更多。当时，他一再劝我们几个老朋友也去黄水买房，说大家暑假一起去耍才有伴、才闹热。退休后，老朋友几家挨着，大家相互有个照应，可以抱团养老。曾老师非常热心，他说着说着，掏出手机拨通了售房小姐的电话，问了问价，一个平方米也就6000多元，并对我们说："现在11月的天气，价跟前面差不多，要买房现在去。不然，等到明年热天肯定要涨价。"

我们没有在黄水买房的打算，我和先生推脱说，我们家里养了蜜蜂，如果在黄水买房，整个暑假两个月在黄水，蜜蜂怎么办？

"黄水周围一大片的原始森林，我看见路边也有养蜂的。哦，记起来了，黄水有大量的黄连。"曾老师说。

先生说："夏天蜜源植物是荆条、五倍子等，没听说过黄连。"

曾老师说："我就不知道这些植物了，只看见路边有人放蜂。"

那次和曾老师分别后，我和先生回家上网查了，黄连是上好的蜜源植物，但是花期却是三四月份。三四月份我们老家有大量的油菜花，并且老家平坝地区三四月份气温适宜，用不着走黄水那么远还很冷的地方去。我们关键是要找既可以避暑又可以采蜜的地方，也就是必须要避暑的地方，七八月份有大量的蜜源植物才行。

先生说："邻水高登山就是一个非常理想的地方，既能避暑，又能收获蜂蜜，我们已经在那里避暑采蜜好几年了。"

曾老师打断先生的话题，说："高登山自然资源好，没得说，但高登山上买东西不方便啊。现在还没有医院，还没有市场。我们都是退休的人啦，越往后岁数越大，肯定要考虑医疗问题和购物、还有休闲娱乐这些方面。现在我们身体还健康，如果把父母带去避暑，父母年纪大，肯定要找医疗设备配套的地方住才行。"曾老师说的话的确是我们必须考虑的问题。

我和先生都说："要我们自己去黄水考察一下，看看夏天的蜜源如何？如果蜜源好，可以考虑去黄水买房。"嘴里虽然这么说，但心里还是没有去黄水买房的打算。因为，我们手上没有多余的钱。曾老师后面给先生和我打电话又催了几次，说黄水空气如何如何好，夏天如何如何凉快，又有邻水的哪些朋友在那边买房了，以后大家老了可以在一起，既热闹，相互之间又有个照应。

半个月前的 6 月 25 日，张老师娶媳妇，我们几个聚在一起了。当天下午，我和先生事先约了养蜂的夏老师，一起去高登山考察蜜蜂的场地。前几年我们放在半山腰二郎山处。二郎山海拔 1200 米左右，每年虽然采到了蜜，但蜜蜂损失很大。大家怀疑二郎山没有树荫，蜂箱安放在光秃秃的地方，是太阳暴晒造成的。

我们和夏老师还有夏老师的儿子一起，开车到高登山邻水与华蓥交界处——垭口。一路观察，在邻水这边还不到垭口处，那里有一条废弃的公路，这条路我们每年都去考察过，但都没有在那里做蜂场。

这次，我们几个人又来到这条公路上。仔细观察，公路两边有茂密的灌木遮掩，如果蜂箱安放在公路两边，一天之中，只有中午晒一两个小时，可能比前几年的蜂箱暴晒在太阳底下，效果要好些。

夏老师事先准备了锄头、砍刀，他们拿出车上的工具，动手整理起来。在山上两三个小时，我虽然没有做什么，但我站了几个小时，还穿着高跟鞋，不觉得累。奇怪，长年累月疼痛的腿怎么不酸疼了？身体也不笨重了，整个人胸部都很通透，周身的毛孔好像与外界接通了，这是在老家九龙很少有的现象。原来在九龙老家，只要春天一到，特别是夏天，我心里就憋闷，心慌气短。做一点点事就累得上气不接下气，平时周身酸软疼痛无力，一天瞌睡沉沉，感觉既睡不着，又睡不醒。一天瘫在沙发上，连坐起来都很艰难，干点活更是吃力，两条腿像灌了铅一样沉重，连走几步路就畏惧。

我突然意识到，我几十年的倦怠、周身无力，可能是组织缺氧所致。我本来是上生物课的，知道人体交换气体的场所一个在组织，另一处在肺部。本来我有心血管方面的疾病，血液循环不好，导致组织缺氧，所以全身酸痛无力。怪不得一天头部昏沉沉的，像蒙了一层布一样恍恍惚惚，记忆力下降，还嗜睡，肯定是大脑缺氧的原因。如果大脑长期缺氧，患阿尔兹海默症的可能性会很大。我不是学医的，这只是我的一点粗浅看法。

我们还在高登山上平整蜂场，曾老师打来电话，约我们第二天到黄水去考察，并叫先生约李老师和任老师一起去。

6月26日8点多，曾老师开车，我、先生、李老师、任老师5个人从邻水出发，开了两个半小时的车到了黄水。我知道曾老师目的就是要我们几个去黄水买房。

早上在邻水，我在心里一再告诉自己：不管曾老师怎么说，怎么劝，我都不要心动，因为手头的确没有钱。

在路上，不时下着雨，下了高速路，进入冷水境内，雨停

－ 蜜蜂与候鸟人 －

了。冷水境内，一路看到的都是农家乐，几楼一底的楼房一栋接着一栋。20多千米的公路两边，到处都是这样的农家乐。但路上和农家乐旁没有看到车，也没有见到几个人。进入黄水街道，农家乐、旅馆、餐厅、酒店一个挨着一个，整齐、大方、气派。从路途的冷水到黄水场镇，房屋清一色的外墙格局差不多，看得出是政府整体规划。

曾老师边开车边给我们介绍：黄水是重庆石柱县的一个镇，原住居民是土家族人，全镇平时只有一万人左右，到夏天，有二三十万人汇集在黄水镇来避暑。

过了黄水街道，就看到一个个小区。黄水街道，2000多米，两边的商铺都关门闭户，就连"凤凰栖"对面的农贸市场都没有开。街上，没有几个车，更没有几个行人，似乎这一片被世界边缘化了。

曾老师直接把我们带到"凤凰栖"售楼部，来之前，曾老师约好了2017年给他办理买房的售楼小姐。

我们走到售楼大厅，硕大的大厅，除了柜台后坐了几个售楼小姐和我们几个人外，没有其他人。接待我们的售楼小姐姓张，是本地土家族人，身材窈窕，人白净，瓜子脸，柳叶眉，一口白皙的牙齿似扇贝。一开口，满脸带笑，嘴里含香。难怪她的生意很好，曾老师在她手上买房后，又给她介绍了几个朋友买房，所以他们已经很熟了。

张小姐带我们去几栋楼里看过几套房，说这几栋楼是正在出售的，又指着几栋楼对我们说，那些楼房现在不卖。究竟看了哪些楼房，我记不得了。

看了几套房子，我还是没有买房的欲望。后来张小姐说："还有顶楼的房子，看你们要不要？"

曾老师说："那带我们去看看吧！"

当我们来到八楼时，一室一厅，还有一个宽大的开放式阳台，站在阳台上一望，视野里，与天相接之处都是森林。这时，天晴了，阳光洒满大地，湛蓝的天空中飘着洁白的云朵，白云在房顶上移动，不经意间，不知道是云在飘，还是房子在动。啊！这么美的天空还是老家几十年前才有。我好喜欢这天、这云、这森林。我脱口而出："我就要这套房。"

先生没有说话，曾老师问了我几次："想好哦，想好了再决定。"

我说："我要了。"

曾老师再三问我，要想好，不要冲动。先生没有说话。我说："我很长时间身体不好，周身疼痛，酸软无力，呼吸不畅。但我昨天去高登山，今天到黄水，这些症状一下子就消除了。婆婆也和我一样，有心脑血管疾病，症状跟我差不多。如果她到这里来，肯定人轻松很多。我父母和公婆都 80 岁的人了，如果他们能活得轻松舒服一些，做后人的花点钱也值得。"

先生听我这么一说，也同意买。我说："我受了几十年的活罪，太难受了。人辛辛苦苦挣钱，不就是为了活得好一些嘛。"先生也这样附和。

我们定了，我反过来又成了说客。李老师的老婆杜老师跟我一样，身体也不好，李老师也果断定了一套。只是任老师的老婆在医院工作，没有暑假，所以没有买。

其实，那时候我们虽然定了房子，但钱还不知道在哪里呢。经过半个月的筹款，这不，2018 年 7 月 14 日，我、先生、李老师、李老师的老婆杜老师，我们又踏上了黄水的土地。

刚下了高速公路，进入冷水路段，与第一次去黄水时见到的

- 蜜蜂与候鸟人 -

大不一样。才过冷水收费站，从黄水出来的车很多，进黄水的车也鱼贯而行。冷水到黄水 20 多千米，沿途漂亮的农家乐。房前屋后开着各种鲜花，地坝上停了很多小轿车，一路的农家小院上，三三两两，站着一些人，打扮时尚，一看就是来度假的旅客。

我们进入黄水场镇才 9 点半，大小门店都挤满了顾客，有吃饭的，买衣服的，买日用品的，人流拥挤，像是赶庙会一样；车流如潮，像大城市里上下班的高峰期一样拥堵。街道上，到处都有警察在维持秩序，指挥交通。

我们在买房的"凤凰栖"楼盘外绕了一大圈，才找到"凤凰栖"售楼部，街道上的警察给我们指了一处停车的场地。

安家黄水

停好车，我们来到"凤凰栖"售楼大厅，偌大的大厅里人山人海，在沙盘和柜台之间排着几路长队，等待办理手续，队伍都排到大门口了。售楼小姐穿梭在人群中，有的在沙盘前给客户介绍楼盘，有的带着客户在疾走，有的在和客户相互传着资料……客户呢？有问价的，问房的，也有急匆匆跑去跑来喊着不知道找什么的……声音在大厅里回荡，闹哄哄的。一会儿，一个售楼小姐带走几人，一会儿，另一个售楼小姐又带走几个……大厅里，人不断被带走，又不断涌来。声音像沸腾的潮水，人在跟前，不附在耳边大声说话就听不清。

我们在售楼部门口碰到一个人，他问我们："你们是在凤凰栖买的房吗？"

我说："是的，我们今天来接房，6 月底买的。"

那人迫不及待地问："啥子价？"

"我们买的时候均价 7600 元一平方米，但我们买的八楼送顶楼，单价 12000 元左右。"我说。

那人说："哎呀！涨了好多哦。我们是开始修建时买的第一期。"

我着急地问："那多少价呢？老先生。"

"我们那时房价是 4000 元一平方米，但政府鼓励在黄水买房，给了一个平方米 100 元的安家费，还有退税，算下来，不足4000 元。"

我说："哎呀！你们好划得来哦！"

老人说他 2014 年买的，黄水避暑房刚开发。他又说："最开始政府怕没人买，有鼓励政策。2017 年买房还要退税，2018 年买房退税不？"

我说："不晓得，买的时候说还不知道 2018 年的政策。"

不管在大厅，还是在小区或者路上，都站着很多人。人们也不管认识不认识，碰面都问：是来黄水买房的吗？买的房多少价？在哪个小区？在哪一栋？什么时候买的？买得早的，价钱低很多，就觉得自己划得来，就高兴；买晚了的，价格涨了很多，都埋怨自己怎么不早一点来买。

我们急急忙忙来到柜台办理手续，连缴费就要排很长的队。当我们快要办好手续时，我们学校的周老师和他老婆刘老师也追着来黄水了。我打电话联系与我们办业务的小张，小张说在带客户看房，没过多久，小张急急来到交费室。我见小张喘着粗气，笑着对小张说："小张，我们又给你带客户来了。"

小张说："好啊。"

小张一副清纯可爱的笑脸，露出一口洁白整齐的牙齿，说："你们老客户介绍来的客户，我们肯定会优惠。"

我们办完手续，小张领着周老师夫妇在"凤凰栖"楼盘看了几个户型的房子，他们都不怎么满意。

吃过午饭，我们拿了新屋钥匙，把从家里带来的东西放进屋里，就去街上买家具。初来乍到，我们找不到家具店在哪里，只好开着车乱转。

在正街上开了很长一段距离，都是饮食店、餐厅、酒楼、宾馆之类，过了十字路口，突然一家家具店的招牌映入眼帘，我们几个不约而同说下去看看。

家具店里，一个年轻女人在守店，我们问了几样必备家具的价格。那店主人一听我们的口音，问："你们是四川来的吗？"

我们几个都回答"是"。她说："我也是四川的，我是成都来的。"

我们还以为在黄水做生意的都是本地人呢。我们问了几种不同质地、不同规格的家具价格，也不懂这里的行情，人们常说：货比三家不吃亏。我们告别了这个店家，又在街上乱窜，绕过一条街，看到与前面家具店差不多质量和款式的家具，问了价格，相差不大。

这次，为了套近乎，根据上一个店的情况，我们问守店的中性打扮的小孩是哪里人，她回答是绵阳的。我说我们都是四川的，我们四川人就照顾四川人的生意。给我们优惠，就在你家买。并且我们两家一买就是楼上楼下4套家具。还有一个朋友正在看房。

在我们谈生意间，又进店几个顾客，叫守店的"小姑娘"，之前，我也叫了她几次小妹，但每叫一次我心里直打鼓：究竟是男孩还是女孩？其他人是不是和我一样没分清楚？

从来人谈话内容听出，他们也是才到黄水买房后，已经在这家店里买过家具。我们又赶忙问他们在哪个楼盘买的房子，他们说在"华宇"买的，价格跟我们"凤凰栖"的差不多。大家一边摆谈，一边叹息买房买迟了，同时，又一边称赞黄水凉快，是休闲养老避暑的好地方。

下午 3 点多了，再找下去可能今晚我们没地方睡觉，加上家具价格相差不大，我们几个私下里嘀咕，就在这家店下手。小姑娘看我们买这么多家具，生怕放跑了生意，主动送了我们几样小件。我们唯一的要求便是无论如何当天要把床给我们安上。

小姑娘感觉为难，说："我爸爸和哥哥怕要累死哦！现在他们连午饭都还没吃。前面订的家具，还有好几家没送去安装。"

我们说："我们今天接的房子，如果没有床，你想，我们今天怎么睡？如果做不到，我们去别家买。"

她说："黄水这段时间，哪个家具店不是一样的忙？"

她犹豫了一阵，最后说："我打电话问我爸爸。"

她打电话把我们买家具的数量和我们的情况对他爸爸说了后，说："爸爸说今天给你们一家安一张床，其他的家具明天才能送到。"

我们在新房里，等店家来把床安好后，已是晚上 8 点多，我们夫妻俩、李老师夫妇、周老师夫妇几人相约去吃晚饭。

从凤凰栖步行去街上，凤凰栖小区内，人来人往。走出小区，公路上的行人摩肩接踵，公路两边的小摊一个接一个。有地摊，也有摊位，卖各种水果的、卖小吃的、卖炒货的、卖小饰品的、卖裙子的、卖披肩的……也有当地农民卖的蔬菜，卖养生保健器具之类的，应有尽有，像一个大商场，还有很多东西是用车装着在公路边卖。

过了这些摊子，就一脚踏到黄水大剧院广场了。剧场里歌舞声响起，大剧院招牌"天上黄水"的霓虹灯在剧场顶端，一字排开，像出场的几个美女帅哥演员，几个大字招牌下面好多个连续山尖图案组成底座，装有各色的彩灯，像给剧场戴了一顶皇冠，气势磅礴。在夜色中，彩灯耀眼醒目，一闪一闪，挑逗着游人。

大剧院的广场上人山人海，不知道从哪里冒出来这么多人，男的、女的、老的、少的，中年以上居多，有的还带着娃娃。偌大的广场挤满了人，中间的舞池里几十个男女正尽情地舒展舞姿，广场周边也有各种摊贩在和游人讨价还价。还有一些孩子在广场边学绘画，有蹦蹦跳、摩天轮、过山车等，像把儿童乐园搬到黄水来了。就连黄水大剧院广场石阶上都有一些孩子在跟着老师学画画。

穿过黄水大剧院广场，上几十步石梯，就到了公路。公路往南的方向就是街道了。我们初来乍到，只知道沿着正街走，只见这条街两边的店铺外的人行道都摆满了餐桌，有汤锅、火锅，有串串，有烤羊肉……各式各样，菌子汤锅居多，店的招牌就打着各种菌子汤、菌子宴、菌子餐厅。晚上 8 点多，道路上的灯、街灯以及商家的灯，把各个角落都照得如同白昼，通条街餐饮店几乎是座无虚席，看不到尽头。我们穿过拥挤的人流，来到一个汤锅店旁，正好有一桌客人站起来，看样子是吃好了要离开。我们赶紧就在旁边等着，生怕一不留神，座位就被别人抢去了。

等我们坐下，店里的服务员来了。我们要了一个汤锅，专门点了黄水的特产莼菜和菌子。据介绍，莼菜生长在田里，李老师夫妇、周老师夫妇都不知道莼菜，先生给他们介绍黄水这里气候环境适合莼菜生长。端上桌来的一盘莼菜，一半是水，一半是莼菜，盘子里放着一只勺子。莼菜是凉拌的，里面散浮着一些红红的辣椒碎片和一些白生生的蒜粒，还有几颗嫩黄色的野山椒。煮熟的莼菜呈咸菜色，卷成筒状，二三厘米长，像刚出泥土的嫩荷叶，外面裹着一团透明的果胶。大家都想尽快品尝莼菜的美味，个个火速行动，围着那盘莼菜，拿着的筷子不由自主伸入盆子，嘴里却说："我来尝尝莼菜啥子味呢。"想为自己贪嘴找个借口。

- 蜜蜂与候鸟人 -

嘴里越想吃，心里越急，筷子却不听使唤。几双筷子在盘子里搅了一阵，一棵棵莼菜在盘子里大模大样横躺着，无动于衷。大家觉得很滑稽，一边夹一边笑，折腾了好一会儿，突然周老师的夫人刘老师像发现了新大陆，吼道："可能是用勺子舀。"先生急忙拿起盘子里的勺子，试试，呵呵，好家伙，一物降一物，果然很好用。大家又一阵大笑，又一阵转着使用勺子。

莼菜爽滑脆嫩，清香爽口，吃进嘴里，在喉咙里一股滑溜，急急下肚，一种酸、凉、爽的感觉油然而生。菌子腊肉汤锅也清香爽口。

如果是我们老家，7月中旬的天气，坐在汤锅桌上，还没有开始吃，就大汗淋漓。在黄水，我们围着汤锅，吃了好久，几位女士一直叫冷。我颈子和脚都冷得疼，实在受不了，刘老师才去拿了披肩和衣服来，我用毛衣围住颈子，再加上披肩，才好受一点。围着火炉吃汤锅，男人们边喝酒边吃菜，开始喝了一瓶冷啤酒，感觉胃不舒服，叫店家换成没冻的啤酒。我们边吃边聊，吃了一个多小时，我才不觉得冷了。

晚上，我们住进了新家。我在朋友圈里发了几张黄水的照片，小容嬢嬢看见后，马上留言："你们到黄水了？"我给她回信息并叫她来耍，她说她的一个朋友也在我们这栋楼里。

第二天早上，李老师和先生去买菜，庆祝我们搬进新家。吃午饭时，周老师和他老婆刘老师来了，也来庆贺我们搬新家，还带来了他们的爱犬给我们招财进宝。他们中午看了几个楼盘的房屋，还是没有打定主意在哪处买。

先生感觉胃疼，有些拉肚子，他说可能是头晚喝了冷啤酒所致。与我们一楼另一端的邻居，听见我们这边说说笑笑，男男女女赶过来打招呼，大家相互介绍。他们是梁平来的，过来的是两姐妹，姓叶，还有她们的爱人。

下午，周老师又和他老婆出去看房了。不一会儿打来电话，先生出去了。过了大概一两个小时，先生回来了，说是周老师在另一个楼盘华宇定了一套期房，要2019年9月份交房。

下午，我们出去买一些日用品，一路问了好几个人，才找到黄水的重客隆超市。刚走到超市大门外，我看见超市楼上有很多人在装一种块状黑乎乎的东西，走过去一问，装袋的女人说是黄连。

原来看到的黄连是中药里切成片的，像这样一个一个原始形状的黄连，我还是第一次看到。我平时喜欢打听农产品的价格，特别是药材的价格，我有意问到："黄连多少钱一斤?"

那个女人答道："150元。"随后又补了一句："150元一公斤。"

我说："你们黄水的黄连多，那你们一定很挣钱哦。"

那女人说："现在少了很多了，2008年'非典'时期，黄连卖130元一斤。"他们说着很自豪。但这个价对于我来说，还是没什么概念，因为不晓得黄连亩产多少。

- 蜜蜂与候鸟人 -

蜜蜂分家

吃过晚饭，我们几个又出去认了一下附近的路。回来，刘老师有意站在小区的花丛中，看有没有蚊子咬脚。几分钟后，她走出草地，说："真没有蚊子。如果在老家，在草丛中一站，脚上到处都会被蚊子咬起包。"

黄水夏天除了凉快，空气清新，的确没有蚊子，这也是吸引人们到黄水避暑的原因之一。7月14日，我们接房搬进黄水新家住了一晚，第二早上，大家都证明没有蚊子。有的说黄水是黄连基地，有大量的野生黄连，所以没有蚊子。我说："黄水海拔1500米，最高气温才25℃左右，这样的温度达不到蚊子卵孵化的温度，所以没有蚊子。"我是上生物课的，我从生物学的角度来解释，究竟谁是谁非，也不晓得有没有人去考证。

周老师定了华宇的期房。既然来了，我们就叫他们一起去周边的风景区玩玩。大家都不了解黄水附近有哪些风景区，查了一下，有个大风堡。大家一致决定，明天去大风堡。已经安家黄水了，有的是机会慢慢去玩，慢慢了解黄水。

第二天7月15日，杜老师由于头天晚上在黄水镇上吃汤锅时吹风感冒了，咳嗽厉害，没有和我们一起去大风堡。

我们5个人用手机导航去大风堡。开车出黄水街道不远，就看见一个蜂场。先生赶忙停车，去打探蜜蜂养殖以及蜜源情况，蜂场的主人很热情地介绍了几句相关信息。我们养蜂人都知道，只要有人把蜂场设在黄水，说明黄水周边盛夏有蜜源。因为我们夏天避暑的家安在黄水了，此行就有一个目的，就是要为我们的蜜蜂找一个在黄水的安身之地。也不急这一时，暑假几十天的时间，慢慢考察。

在大风堡游了一天，给我的印象是古森林和古树。那里的古树不但大，并且分枝特别多，一棵树从树桩处开始向上有很多分枝，多的大大小小有二三十根枝条，真可谓"儿孙满堂"。"开枝散叶"这个成语可能就是源于这种树。

我们原来听人们说过"松柏不让路"的神话传说。说是玉皇大帝从一片密林经过，玉帝所穿过之处，即使遇到大树，所有的大树都自动从树干分开让出路来，让玉帝顺利前行。但是玉帝走到松树和柏树面前时，松树和柏树不屈不挠，任你玉帝有多威严，松树和柏树站在那里纹丝不动。玉帝拿它们没办法，气得诅咒松树、柏树："松柏不让路，永远不开枝。"从此，松树、柏树主干就一条，没有分枝。

听说一棵松树有两根树干的都很少，去大风堡的公路边，却见到从基部分出6根树干的松树，并且每根主干都是从根部长出，每根树干相差不大，树径都有二三十厘米，十几米高。这颗六胞胎松树，真的是难得。"六顺"，"六合"，我们几个都在这颗松树下留影，希望这颗古树赐福我们，给我们能量，保我们吉祥。

我们一路走，一路感叹这些树不知生长了多少年，不知经历了多少风风雨雨。每根枝条上面布满了苔藓植物，苍翠、润湿，一看就知道大风堡空气质量非常好，因为苔藓植物可以作为二氧化硫指示剂的标志植物。大风堡的很多大树的枝条弯曲、苍劲，用"盘龙虬枝"实在是再恰当不过了。

据介绍，大风堡原始森林面积有 1.97 万多公顷，可游面积 1 万亩，平均海拔 1700 米，主峰 1934 米，是石柱县和重庆市东部的最高峰，有"渝东明珠"和"渝东第一峰"的美称。因常年大风吼鸣，大风起时，风起云涌，林涛阵阵，山风鸣鸣，故名"大风堡"。

景区内有著名的"十二花园姊妹山"、世界第一长的"悬空玻璃廊桥"、小风堡、和尚石、卧牛石、云栖谷、三层岩、燕子岩及牛路口、古蜀道、万胜坝土家民居等自然人文景观 30 多处。

大风堡森林覆盖率很高，并且都是参天古树。但有一点遗憾，古树上没有贴介绍说明，很多树我们至今还不知道叫什么名字，更不知道它的生物学特征，特别是那难得的分 6 枝的松树，没有留下只言片语。可能是黄水人见惯不怪，不稀奇了。

站在大风堡最高峰的观光台上，四面的森林尽收眼底，风鸣鸣鸣叫，人都站不稳，稍不留神，风会把人抬走。有好几个年轻女孩解下脖颈的丝巾，丝巾顿时就像扬起的风帆。

我们在大风堡森林里走了一天，基本上没有晒着太阳。才下午 4 点钟，森林里阴沉沉的，天似乎要黑了。我很担心天黑之前走不出森林，还好先生他们几个方向感极强，我们紧追慢赶，走出了森林，在下午 5 点钟赶上了最后一趟观光车。

在森林里就像日暮黄昏，光线暗得看不清地面，可一出森林却是骄阳似火。我们下了观光车，步行十几分钟到达停车处。进入车内，里面有些热，把车门打开一会儿，车内温度就降下来了。如果在我们邻水老家，夏天，车子在太阳底下放大半天，车内早已像火炉，闷得叫人窒息。开车行驶，尽管天空中还是大太阳，可吹进车里的风却非常凉爽宜人。盛夏午后，要是在平坝地区，吹进车里的风都是火辣辣的，像风里带着火一样。

晚饭时，在高登山看守蜜蜂的夏老师打来电话，说郭师傅回高登山了。郭师傅、夏老师、我们三家（小林子和小李的蜜蜂和我们一起算一家）的蜜蜂在一个场地3年了，他们两家在蜂场处搭帐篷，顺带也帮我们照看蜜蜂。先生跟夏老师说，我们明天回高登山。

第二天，7月18日，吃过早饭，周老师夫妻俩回九龙，李老师到重庆，我和先生从邻水到高登山，只有杜老师一人留在黄水。

我们还没有到邻水，小林子就打来电话，说他已经到高登山了，谢大姐不在家。回到邻水先去看望父母。邻水城太热了，在父母家一直躲在空调屋里不敢出来。一走出空调屋就像一团火包围着，户外40多度的高温更不敢出门。

在父母家吃过午饭，休息一会儿，打电话给谢大姐，正好谢大姐和她婆婆也在邻水城里。我们到谢大姐指定的地方去拿高登山住房的钥匙，谢大姐说她小姑明天娶媳妇，她和婆婆都下山来坐席，她们当天不回去。

我们来到高登山，快下午5点钟了。先生检查蜜蜂，看看缺蜜不，有没有造王台。由于有些晚，只看了几箱。夏老师和郭师傅他们把晚饭煮好了，留我们在那里吃饭。

第二天，天才亮，我们起床洗漱后直奔蜂场，趁太阳还没出来，凉快，好检查蜜蜂。当先生检查了3箱蜜蜂，我突然发现，蜂场下面10米处的灌木丛中有很多蜜蜂在飞，这些蜜蜂好像没有目标地在上空盘旋，有些凌乱，不像其他蜂箱的蜜蜂有规律地

- 蜜蜂与候鸟人 -

从蜂箱进进出出。根据经验，我知道有一箱蜜蜂分蜂了，拉了一部分蜜蜂出去。我指着树枝上的蜜蜂说："那里分了一群蜜蜂出去。"

先生连忙放下手中的活，抬起头来，问："哪里？"

我用手指了指蜂场下面的灌木丛。

蜜蜂有一个特性，如果群势很强，工蜂就会造王台，工蜂会迫使蜂王把卵产在王台里，发育后就是新蜂王。等新蜂王快要出巢了，蜜蜂就要分蜂。分蜂就是蜜蜂分家，跟人分家一样。蜜蜂分家时，老蜂王带原箱的一部分蜜蜂出去，另建一个新家。才分出去的蜜蜂，开始不会逃很远，一般出逃的蜜蜂先在原蜂箱附近结团，如果主人发现了，用工具把出逃的蜜蜂收回，装在另一个空蜂箱里，另成一箱蜂，这叫"招蜂子"。如果出逃的蜜蜂久了没有收回，蜂王就会带着蜜蜂逃跑。

还有一种情况，蜜蜂新到一个地方，有的不适应新环境，也会逃跑。我们第一年去高登山，那时没有经验，去的一天太阳很大，气温很高，在高温时搬动蜜蜂，蜜蜂不适应。我们清晨把蜜蜂安顿好，中午谢大姐带我们去游华蓥石林，结果下午回来蜜蜂就跑了4箱，跑得无影无踪。

也就是那个时候，夏老师教了我们一个办法：剪掉蜂王一边的翅膀。跑出去的蜜蜂必须要跟着蜂王逃逸，蜂王的翅膀被剪掉一只，蜂王飞不起，就逃不了。即使蜜蜂跑出去，只要蜂王飞不走，分出去的蜜蜂过一段时间就会主动回归原来的巢，但分出去的蜂王是不会回原箱的。从那次起，我们有了经验，新蜂王只要产子后，就把蜂王的翅膀剪掉一边。蜜蜂即使有分蜂的要求，大不了损失一只蜂王，蜜蜂不会跑掉。

先生拿出蜂箱里一张带幼虫的巢脾，抖掉上面的蜜蜂，拿着巢脾到跑出去的那蜂团处，这就是招蜂惯用的方法。分出去的蜜蜂见有幼虫和有蜜的巢脾，就会爬到巢脾上。一张巢脾上了很多蜜蜂，就把这张巢脾放在一个空蜂箱里，如果运气好，蜂王上了巢脾，其他蜜蜂就会跟着蜂王跑到这个箱子里来。

如果跑出去的蜜蜂结团位置低，操作方便，收蜂就简单了。用一大块布兜在蜜蜂结团处，把这个蜂团抹下来装在这块布里，很快把布几个角收拢，把整团蜜蜂连同蜂王一起包在里面，再把包有蜜蜂的布包，放在一个空蜂箱里打开，蜜蜂就收回来了。

先生拿着带有幼虫的巢脾接近蜂团，巢脾上爬了一些蜜蜂，但上得很慢。眼看太阳要出来了，如果不尽快检查，太阳出来干活很热。我说："还是检查蜜蜂，不管那里，反正蜂王剪了翅膀，飞不走。"

先生也知道蜂王跑不了，蜜蜂就会回来。他说："打开一箱蜜蜂，让跑出去的蜜蜂进打开的这个蜂箱。"

说来也巧，先生才打开一个蜂箱，飞出去在灌木上结团的蜜蜂纷纷飞进打开的这个蜂箱里，这也是先生多年得到的经验。

蜜蜂检查了一半，已是 8 点钟，太阳出来了。尽管在海拔1200 米的高山上，早晨的太阳也火辣辣，但待在太阳照不着的地方却很凉爽。

我们 6 月底来高登山，7 月初那几天下过雨，过后，一连十几天高登山周边都没有下雨。烈日炙烤着大地，玉米叶片都打着卷，清晨禾苗上不但没有一点露水，叶片还跟头天一样，蔫着，没有一点生气。即使行走在荒野里，也不会打湿裤管。

先生检查了几箱蜜蜂，正准备收拾回去煮早饭，蒋老师打来电话，说他的蜜蜂自动停产了。

先生给蒋老师回电话："我们的蜜蜂这段时间产子还好，每个巢脾基本上都是满脾子。我们是 6 月中旬关王断子后，7 月上旬放的王。放王到现在有十几天，高登山上早晚凉爽，蜂王产子很好。"

在气温过高的环境下，蜂王会主动停产。平坝地区，每年 7 月中旬到 8 月底，蜂王都不产卵。即使蜂王产卵，工蜂也不会去孵化。这一个多月时间，高温恶劣的天气，成年工蜂生命周期很短，又没有卵孵化出幼蜂来更替，蜂群蜜蜂数量会急剧下降。

我们由于提前囚王断子杀螨，加上这一年上山时间早，蜜蜂只在 6 月底经历了几天高温，加上蜜蜂囚王断子后，卵没有孵化幼虫，工蜂的活动量小，工蜂的损失就小。所以，我们现在的蜂群，跟上高登山来时蜂群没有减弱，跟往年比较，蜂群算最强的了。

养蜂历程

　　蒋老师原来是我们学校的教师，已经退休两年了，现在住在重庆。他爱好广泛，一副热心肠，很爱帮助人，对人也很诚恳。

　　蒋老师就是我们养蜂的引路人。说起我们的养蜂历程还有一些笑话。我最崇尚纯天然的东西了，什么珍珠啊、玉石啊、丝绸啊、羊毛啊、蜂蜜啊……只要是天然的东西，我就喜欢。那些年，我家父母做生意，我经常去门市帮忙。

　　有一年春天，九龙赶场。下午，正好空闲下来，一个三十几岁的男人提着一个塑料桶边走边吆喝，向我家门市走来。"蜂糖，蜂糖，买蜂糖哦！"我哪听得有人来卖蜂糖，赶忙叫着卖蜂糖的："喂！蜂糖，蜂糖！"生怕他没听见就走了。

　　卖蜂糖的听到我的喊声，提着桶走到我门市来，把桶搁在地上，打开桶盖，一股浓香扑鼻而来。我拿起里面的勺子舀起桶里的蜂糖，半流质状，雪白，细腻。小时候家里养过蜜蜂，见过油菜花蜜，结晶后像雪白的猪油一样的膏状。我如获至宝，问："多少钱一斤？"

　　那人回答说："10元。"那时，蜂蜜就10元的价。

　　我说："买10斤。"心里盘算，10斤拿来怎么分配呢？我父母、公婆、弟弟妹妹、几个小姑,一家给2斤就10多斤,给自己留一些。算了算10斤不够,我犹豫了一下,问:"这桶蜂蜜一共多少?"

那人说:"可能20多斤。"赶忙拿起秤称了称,31斤多。

我非常果断地说:"全部卖给我。"

我看那个人有点懵了,懵得都有些结巴了。他小声说:"好。"

我又有些为难了,我买来蜂蜜没有容器装,还好我反应快,我说:"我没有装的,你这个桶就放在我这里,明场来拿桶吧。"

他开始没有说话,我以为他不肯,就说:"我每天都在这里,又不搬家,你明场来拿就是。你哪里人?"

他说:"我石梓的。"究竟是哪个石梓,是附近幺滩镇那个石子村,还是几十里外邻水县那个石滓镇?直到现在我都没有搞清楚。我把300多元钱点给他,他没有说什么话,拿着舀蜂蜜的勺子,头也不回地走了。已经20多年了,我现在还记得他走时的背影。

买了蜂蜜,我马上舀了一瓶给在门市的公公,叫他带回去吃。

晚上,先生回家,我很兴奋叫他吃蜂蜜,并拿碗去舀。我才打开桶盖,先生说:"你这蜂蜜哪里买的?假的。"

我说:"不会吧,我认真看了的,是真的。"

先生看都不看,自己做自己的事。说:"不用看就知道是假的,大股香精气味。"

我还是不相信,说:"你看一下嘛!"

他接过我手中的碗,用勺子舀了一点放在嘴里,伸出舌头舔了一下:"假的,拿去退了。"

我还是半信半疑:"不会吧,怎么会有假的?"

"你以为每个人都跟你一样老实哦?"我还是不信会有假的,心里有些失落,坐在板凳上不说话了。

先生边洗菜边说:"你买了多少?"他揭开桶看了看,"你这个哈宝!拿去退了。"

我还是不相信有人会卖假蜂蜜,并且以假乱真,把我这个还懂一点蜂蜜知识的人都蒙骗了。眼看先生有些生气,我说:"我也认不到那个人是谁,不过那个人明场还要来拿桶,他来拿桶我退给他一些。"但我心里想:你有可能弄错了,蜂蜜不会是假的。

先生说:"他还要来拿桶哦?你看看嘛,看他明场会不会来拿桶?"先生又挖苦起我来,"不知道他回去会怎么笑话你,笑他遇到个大傻子,买他的假蜂蜜连桶都给他买去了。"

我不相信那人不会来拿桶,心理上根本不承认会有假的,但事实的确如先生所料。20多年过去了,我在门市也等了好多年,最终没有等到那人回来拿桶。

第二场公公来说,婆婆吃了一点我买回去的蜂蜜,浑身打战,心里难受得不得了。尽管我还是不信那是假的,但我也不敢吃。我用一个玻璃瓶装了一瓶买回来的蜂蜜,其他的仍然装在桶里,既不敢吃也不敢送人。大概过了两个月,装在玻璃瓶的东西分层,上面全部是水,一点黏性都没有,下面结成一块,用刀都敲不动,像是用胶粘得死牢。我知道真正的蜂蜜不会这样,即使油菜花蜜,夏天融化后,上面也是淡黄色的液体,并且,有很强的黏性,蜜的味道始终不变。油菜花蜜下面没有融化的部分,用筷子就能一插到底。看到瓶里放置后分层的东西,我彻底相信是假的了。即使用白糖造假也对人体无伤害,我买的这个"蜜"连白糖都不是。不知道是用什么化学原料合成?婆婆吃了一点,心里难受,周身发抖,真是黑透良心的卖家!

— 蜜蜂与候鸟人 —

后来，我又去养蜂人家里买过几次蜂蜜，一次也是20多斤，有的买回来没有多久就发酵了，还有点酸。还有一次买了10多斤，当我装瓶时，发现底部有很大几坨像冰糖一样的东西，非常硬，这几坨块状物跟其他蜜的结构迥然不同。后来自己养蜂了才知道，这个像冰糖一样的东西实际上就是在养蜂时喂了白糖，白糖不会和蜂蜜融合在一起，结晶后分离出来了，所以结构不一样。不久就发酵的蜂蜜，是蜂蜜的含水量高的原因，也就是蜂蜜摇嫩了，浓度低。

本来很喜欢蜂蜜的我，几次买回的蜂蜜都不如意，我又对蜂蜜情有独钟，我就有了一个强烈的愿望——自己养蜂。

后来我认识了蒋老师，那时，蒋老师已经养了好几年蜜蜂了。空闲时，他给我们摆谈蜜蜂，还说到周围一些养蜂人。我兴奋不已，和蒋老师熟悉后，我想在蒋老师那里买蜜蜂饲养，但他是和别人合伙的，蜜蜂群数也不多，他就介绍我到附近一家养蜂人那里买。

我回家给先生说了一下，他不同意。我想养蜜蜂，但又搬不回家，最后我想了一个办法，叫蒋老师帮我拉回来。

蒋老师悄悄给我拉了一箱蜜蜂回来。开始我什么都不懂，蒋老师一点一点地教我，还经常来帮我检查蜜蜂。他来检查蜜蜂时，我就在一旁观看、学习。在养殖中，有不对的地方，蒋老师及时给我纠正。加上查阅书本上和网上的相关蜜蜂养殖知识，我很快掌握了养殖蜜蜂的一些技能。那箱蜜蜂养了一年，先生几乎没有碰过。

第二年，油菜花开，采蜜了，吃上了自己家蜜蜂酿的纯正的蜂蜜，激发了先生养蜂的兴趣，他才开始接触蜜蜂。由于我那些年全身疼痛，特别是颈椎病很严重，吃了很多中药、西药，效果都不好。什么针灸、按摩、牵引、药敷也做了很多年，一个周期一两个月地做，也不见什么好转。药物用了很多，我们家医疗设备一大堆，用了只是缓解一下，治疗颈椎病、腰椎病的药物用后又引起了胃病。

我周身长期疼痛，无奈之时，我按照书上介绍的蜂毒疗法，用蜜蜂蜇身体酸痛的部位。蜂蜇后，酸痛部位很快好转。特别是我的颈椎，原来颈椎尖盘突出，骨质增生压迫神经，颈子稍微偏转就会头昏，人像要倒了一样。我用蜜蜂蜇了多次后，症状减轻了很多。后来，只要哪里酸痛而用药效果不好，就用蜜蜂蜇，都很快好转了。

我把蜂蜇疗法介绍给朋友，开始他们不信，又怕蜂蜇痛。我们学校的校长是我的同学，脚底肌腱疼，路都走不得，用了很多药不见效。我捉了几只蜜蜂给他蜇患部试试。蜂蜇后，校长没多久就能走路了，几年都没有复发。他又是个大喇叭，喜欢宣传，经他嘴巴绘声绘色一传，我们学校的一些教师以及我的朋友，身体哪里疼且用药不行的，就来找我们用蜜蜂蜇，结果都好了。

我们学校的副校长，原来长期骑摩托车，膝盖风湿关节炎很严重，他听校长一宣传，也来试蜂毒疗法。但他蜇后过敏，膝盖红肿发痒，受不了，就不敢蜇了。他长期膝盖冷痛，走路都吃力，用了几年的药，效果甚微，后来，两个脚后跟也痛。无奈之下，还是来找我们捉蜜蜂蜇，几次过后，病痛减轻很多。

先生看到我养蜂后比过去身体好多了，特别是免疫力强了，他对蜜蜂才有了好感。也因此，我们家才发展养蜂的。

补饲花粉

平时，蒋老师帮助我们很多。所以，前几年蒋老师到重庆住后，暑假，我们就把他的蜜蜂带到高登山一同饲养。

现在，先生跟蒋老师东拉西扯地谈了一些蜜蜂的情况，蒋老师问："彭二娃的蜂王停产没有？"

彭二娃就是蒋老师的表侄，住在九龙，原来和蒋老师一起合伙养蜂。后来蒋老师退休后，为了方便，他把蜜蜂搬到重庆附近饲养。

先生在电话里对蒋老师说："我没在九龙，不知道，估计这么热的天，蜂王也停产了。去年，彭二娃的蜜蜂，热天在空调屋里度夏，8月份，还是一样停产。"

和蒋老师打完电话，我和先生回到农家乐煮了碗面条吃了。先生躺在吊床上拿着手机看信息，外面紫外线太强，我躲在屋子里写作。

晚上，我和先生在朦胧的月夜里，坐在地坝上乘凉。风呼啦呼啦地吹，吹得梨树叶哗啦哗啦响，我仰望星空，天空中隐隐约约出现了银河。月亮像镰刀，头顶上有几颗星星很亮。先生看手机，我拿着平板，不停地在上面敲打着键盘，用文字记录这段时间的点滴。

7月20日早上，先生又检查蜜蜂，发现有箱蜂巢里几个幼虫感染了白垩病。先生又到谢大姐处取了盐巴，撒在患有白垩病的蜂箱的蜂路上，再在蜂箱底部撒了一些盐巴。白垩病是蜜蜂的一种真菌传染病，感染还没有封盖的幼虫。幼虫感染白垩病后，很快腐烂，尸体干了僵硬如块状石灰，脱落下来就如一块一块很小的白垩石子，所以叫白垩病。白垩病传染性强，用盐巴就能治好。盐巴无药物残留，对蜜蜂又没有伤害，蒋老师试出来后，我们也用盐巴治好过蜜蜂的白垩病。

几箱蜜蜂都检查完了，蜂箱里没有见到一个巢房有花粉。先生和夏老师、郭师傅交谈了蜜蜂的情况，当即做出决定：蜜蜂需要喂粉。先生马上打电话给在九龙的小林子，叫他送花粉来。

高登山上夏季大蜜源植物有3种：乌泡、刺芽儿、五倍子，另外就是一些刺泡等杂七杂八的野花。由于这季蜜来源于山上的多种花，所以，这季蜜又叫山花蜜，人们也喜欢叫百花蜜。7月中旬，最早的蜜源乌泡才开花，五倍子和刺芽儿花要8月才开。高登山上这几种植物都很多，密密麻麻几千上万亩。

7月中旬，乌泡虽然开花，乌泡有蜜，花粉却很少，蜜蜂采集乌泡的蜜也只能维持自身的需要。蜜蜂除了吸食花蜜外，还需要蛋白质饲料花粉。工蜂只有吃了花粉，才能吐出王浆饲喂蜂王和幼蜂，幼虫也靠花粉和花蜜喂养。如果外面的植物开花了，蜜蜂在花丛中吸食花蜜，花粉附着在腿部，回巢后，把蜜囊的蜜和腿部的花粉分别贮存在蜂巢里，以备外面没有蜜粉源时食用。

我们到高登山好几年了，前几年，7月底，乌泡花进入旺花期，巢脾上都会有多余的蜜和粉。遇天气好，乌泡花期就要摇蜜。像2018年，乌泡花期缺粉，郭师傅在高登山上十几年了，还是第一次遇到。

花蜜是蜜蜂的食粮，蜜蜂在大蜜源植物开花时，把多的蜜存储起来，以备不测，这是蜜蜂的天性。但蜜蜂有个特性，蜂巢里面蜂蜜装满了，它们就不会出去采集，蜜蜂就会惰工。人们千百年来了解到蜜蜂的特性，也总结出蜜蜂采蜜的规律，趁蜜蜂把蜜采满蜂巢，留一些给蜜蜂吃，就把多余的蜜取出来。这样，蜜蜂巢脾里面蜜不多，它们又会出外采集。养蜂人适时摇蜜，才能刺激蜜蜂采蜜的积极性，养蜂人也可以多收获蜂蜜。

蜜蜂靠吸食鲜花的花蜜和花粉生存。在千姿百态的昆虫中，蜜蜂的后脚跗节格外膨大，在外侧有一条凹槽，周围长着又长又密的绒，组成一个"花粉篮"。当蜜蜂在花丛中穿梭往来采集花粉花蜜时，那毛茸茸的脚就沾满了花粉。然后，由后脚跗节上的"花粉梳"将花粉梳下，收集在"花粉篮"中。最后，用蜜将花粉固定成球状，附着在它的两条腿上。工蜂回巢后，用身体上的刷子把花粉刷下来，装在蜂巢里面。

有些植物的花粉很多，比如玉米、水稻。四川大面积种植玉米、水稻，这些植物开花后花粉多，但没有蜜。玉米开花时，温度、湿度适宜，蜜蜂很活跃。只要不下雨，或者下小雨，蜜蜂都会早出晚归采集花粉。但蜜蜂在短时间内采集回来的花粉多了，又要把大量的巢房填满，蜂王没有地方产卵，这在养蜂上叫"粉压子"，也叫"粉压脾"。大流蜜期，蜜蜂采回来的蜜，会很快装满巢脾，也会影响产子，糖多了叫"糖压子"或"糖压脾"。"粉压子"或"糖压子"一段时间后，由于产子量小，后继蜂不足，蜂群里工蜂的数量会急剧下降，也会影响蜂群的发展，造成下一个蜜源歉收。

为了预防"蜜压子"，养蜂人就要根据情况摇蜜；为了预防

"粉压子"，养蜂人根据情况会在花粉很多的时期，用专制的脱粉器脱粉。脱粉器上有很多比蜜蜂稍大的金属圈，将脱粉器安在巢门外，蜜蜂带着花粉回来，要进入蜂箱，必须要经过脱粉器才能进去。当蜜蜂钻过脱粉器时，金属圈就会刮掉蜜蜂腿部的花粉。养蜂人把花粉收集起来，晒干，贮存，等外面没有花粉的时候饲喂蜜蜂或出售，这就是市上出售的花粉。花粉含有丰富的蛋白质、活性物质、多种维生素、矿物质及多种氨基酸，营养价值极高，有保肝、降血糖、抗癌、抗衰老的功效。

如果蜜蜂花粉欠缺，没有足够的蛋白质饲料喂养幼虫，工蜂就会把巢内的幼虫拖出来，这叫"拖子"。有时候看到巢脾上满满的卵，满满的幼虫，过几天巢房里空空的，什么都没有，也没有见到才出巢的幼蜂，这种情况，可能就是出现了"拖子"。恶劣环境里，蜜蜂也会拖子。"拖子"后续蜂断了，也不利蜂群的发展。

先生给小林子打完电话，我们到吊床上休息。一会儿，先生手机响了，是谢大姐打来的，她和她婆婆从邻水坐车到天意谷了。天意谷没有上山的车，叫先生去接她们。

我躺在吊床上，太阳越来越大，风吹得树叶哗啦哗啦响，空气非常清新，感觉每个毛孔都很通透。树下虽然很凉快，但从树叶的缝隙中透下来一些阳光，高山上紫外线非常强烈，在树荫下也会把人晒黑。

我看了一会儿书便进屋了。谢大姐和她婆婆坐着先生的车回来不久，小林子拉着花粉也来了。原本冷冷清清的一个农家小院，一下子增加了几个人，有了很多生气，似乎他们把整个世界都带来了。

先生和小林子把花粉用高温蒸煮消毒杀菌，再烧开水化白糖

－ 蜜蜂与候鸟人 －

水来调湿花粉。干湿度要求，用手捏能成团，松开手花粉团散开，这样的干湿程度恰到好处。

下午先生和小林子把薄膜剪成一个一个巴掌大的圆形，把拌湿后的花粉包在薄膜里面，做成花粉饼，在每箱巢框上放一个花粉饼。我也在旁边打下手，当花粉饼刚放进蜂箱，蜜蜂像饿狼捕食一样围向花粉饼，狼吞虎咽地吃起来。

养蜂人一看就知道外界实在是太缺粉了，如果再不补充花粉，就会出现"拖子"现象。工蜂从产卵到幼蜂出巢要21天，如果这时全场拖子，下个月五倍子开花，有大蜜源时就没有蜜蜂去采集花蜜，损失肯定惨重。有时一点小小的疏忽，就直接关系到一年收成的好坏。所以，蜜蜂养殖过程中，每一个细节都不能掉以轻心，养蜂人要经常检查蜂群，发现情况，对症施治。小蜜蜂勤劳，养蜂人也很辛苦。

郭师傅和夏老师没事，闲来就在上面平台乘凉，小林子早早喂完了，也上去和夏老师、郭师傅聊天。这里比谢大姐那里海拔高300米左右，自然比梨树林要凉快很多，凉风习习，舒服极了。几个养蜂的伙伴，空闲时就在平台空坝上吹牛、乘凉，交流养蜂的经验，天南海北神吹，也侃侃国家大事。

月夜拾贝

我们把花粉饼放完，先生把我送到谢大姐处，又上蜂场去了。我看一会儿书，又在平板上写作。好长时间没有下雨，下午四五点了，太阳还是毒得很。谢大姐这里虽然海拔1000米左右，站在太阳底下，还是像要把皮肤烤焦一样。午后，气温太高，谢大姐没有出外干活，躺在吊床上睡觉。

我在别墅的娱乐室里，看了几十页书，感觉累了，也到吊床上歇息。谢大姐见我去了，对我说："妹，树下面这么凉快，你看我妈嘛，硬要躲在屋里穿起两件衣服吹风扇，把门关得很严，屋里空气哪有外面空气好嘛。"

我说："老太太心理可能有点问题，始终把自己关在房间里，不愿出来。"

我要写一些有关即将逝去的记忆的文章，我冥思苦想找题材。记得小时候，老家夏天割谷碾草时要唱秧歌，脑子里有点记忆。但不知道歌词，也不知道具体的情节。

我在微信上问了一个发小，好像他父亲会唱，但他回答他父亲唱不来，可能爷爷会唱，但他爷爷已经过世了。这条线索又断了，我抬头望望谢大姐，她60多了，或许也会唱秧歌？

我说："谢大姐，你会不会唱秧歌？"

她猛地从吊床上抬起头来，说："秧歌？啥子秧歌？"

我心里咯噔一下，完了，她也不知道。但我还是说："就是割谷子、翻稻草时唱的歌呀。"

"唱不来。我们没有听过唱秧歌，倒是小时候听到唱嫁歌的。"

我眼睛豁然一亮："那你唱不唱得来嫁歌呢？"

"唱得来一些。"真是踏破铁鞋无觅处，得来全不费工夫。

我说："你唱一个给我听呢。"

她唱了一首，我说："慢、慢！"我拿出平板，"谢大姐，你说一句，我记一句。"谢大姐一句一句地说，我一字一字地记在平板上。快6点了，谢大姐说："我去地里干活了。"

"好的，那晚上再来记。"

傍晚，先生从蜂场回来了，小林子开车回九龙去了。晚上，吃了饭，收拾完毕，我和先生把椅子端到地坝上，谢大姐端来两条高凳子，再把凉床搁置在凳子上，叫我去和她一起躺着乘凉。我说："今天晚上我要记录，你唱嫁歌给我听。"

上弦月挂在天空，月亮周围有很大很模糊的晕，银河隐隐约约，天空中有几颗很亮的星星，感觉它们在相互问好、聊天。有一颗明亮的星与月亮很近。月光映照下，周围的景物轮廓分明，风吹得树叶哗啦哗啦响。整个山都很寂静，除了我们几个人，感觉其他人、物以及大地，都进入了梦乡。

谢大姐躺在凉床上，我、先生还有谢大姐的婆婆坐在椅子上，围在她旁边。谢大姐说一句我记一句，真佩服她的记忆力，60多岁的人，小时候唱的歌还记得起。她用四川方言给我说，我有时分不清楚是哪一个字，就问她，她知道意思的就跟我解释，不清楚的就说："我也不晓得是哪个字？你晓得，妹，我连书都没有读过。"

从晚上 8 点到 10 点多，两个多小时，她不停地说，我不停地记，但还没有记完。晚了，明天再记吧。

我收好平板，抬头一望天空，月亮周围的晕不见了，皎洁明亮的月光撒满大地，本是阳历 7 月下旬的夜晚，但高登山的月夜却有些冷凉。先生见我记录很专注，早已拿了一件外衣披在我身上。风不停地吹，有些冷，火辣辣的白天被吹得无踪无影。

高登山上，感觉天空没有平坝上那么高。月亮与地面仿佛近了很多，近得似乎架着长梯子就可以登到月亮上去。月亮往西边移动了一段距离，快到高登山顶了。奇怪的是，原来与月亮挨得很近的那颗星星也在移动，比月亮还快，已接近了西边的山巅。再看其他星星，位置没有变动。

我不相信自己的眼睛，站在地坝继续观看。过了一会儿，那颗明亮的星星落到山那边去了。我心里起疑：难道那不是星星？是一个孔明灯。

第二天，太阳照样火辣，白天一点风都没有，我们按部就班做着各自的事。晚上，我们煮好饭打电话叫谢大姐回来吃。她回来时只看得见一点黑影子，隐隐约约感觉到和她一起来的还有一个人。

果然和谢大姐一起走到餐桌边的还有一个老太太。借着微弱的灯光一看，老太太瘦小精干，腰板挺直，走路稳健，说话声音洪亮。这个老太太十几天前来过，她跟我攀谈过，与我一个姓，辈分还比我低一辈。老太太叫我孃孃，我不准她这么叫。我说："您这么大岁数这样叫我，我怎么承受得起。"

老太太却说："一笔难写一个刘字，我们是一家人，不能乱了辈分，不管岁数大小，辈分为大。"无论我怎么说，她执意要这么叫，我也不好意思再推辞了，随她吧。

很快地吃完晚饭，我们照样把乘凉的东西搬到地坝。月亮挂在空中，但清瘦了一些，空中没有一丝云彩，银河比前几天明显了很多，看得见密密麻麻的星星了。我下意识地看了前几天落山的那颗星星，仍然挂在前几天那个位置上，很亮很亮，但每天出来的月亮，却与这颗星星距离越来越远。这颗星星每天出来时，都在同一个地方，只是月亮越来越靠东了。我观察好几个晚上了，这次，我坚信不疑，那不是孔明灯。

老太太和谢大姐躺在凉床上，我、先生还有谢大姐的婆婆围着她们坐在椅子上。我记着头天晚上的事，要求谢大姐继续给我说过去女孩出嫁时的嫁歌。哪知谢大姐才说几句，那个与我同姓的老太太记忆比谢大姐还好，非常流利地说出了很多，一首接一首。谢大姐说得还有些凌乱，老太太把新娘出嫁的整个过程，前前后后，按先后顺序说得一清二楚。好多年好多年都想得到而没有找到的东西，无意中却得到了另一种文化瑰宝。真的是缘分，是上天垂爱赐予我的财富。这里我录一首女孩出嫁时离开爹娘的嫁歌：

哭爹娘：一皮青菜二皮黄/何必跟到我爹娘/跟到爹娘睡懒觉/跟到婆家听鸡叫/鸡叫头声我起来/鸡叫二声我穿鞋/鸡叫三声我梳头/梳子放在转角楼/头绳挂在金钩上/开开大门大月亮/开开后门满天星/提起金盆去打水/守到金盆哭一场/别人问我哭哪样/暴当媳妇暴离娘/哪个进得婆家苦灶房/公公要吃红花酒/婆婆要吃黄花茶/哪有红花来泡酒/哪有黄花来泡茶

还有哭哥嫂的、哭亲戚的、做嫁妆时哭的歌，吃离娘饭的嫁歌，各个过程的嫁歌都有。从歌词可以看出，旧社会礼节多而且繁琐，并且女人地位低下卑微。

　　她们唱，我记，记了一会儿，停下来，我叫谢大姐看天空。"看，谢大姐，你看那颗星星，在走。"

　　到晚上10点左右，那颗星星接近山顶了，我望着它从山顶落下去。这么多年我们都知道太阳落山，月亮落土，在书上也知道宇宙中所有的星辰都在运动，星星落山我还是第一次见到。如果不是我几天的认真观察，怎么知道星星运行这么快，速度比月亮还快。

　　谢大姐与我同姓的老太太一唱一和把嫁歌给我介绍完，已经11点多了。明天要回九龙，早点睡觉。

　　　　　　　　　　－ 蜜蜂与候鸟人 －

候鸟迁徙

一回到九龙，进入房间，一股热浪袭来，感觉人要窒息一般，整个身体一个劲地出汗，像蒸桑拿。

我们赶忙打开房间的所有门窗，家里空调坏了，只有吹风扇睡午觉。先生实在热得睡不着，索性爬起来坐在沙发上看电视。"嚓嚓嚓"，一声巨响惊醒了我，我赶紧从床上爬起来，不知道发生了什么。

先生跑到窗子上看，我问："啥子事？"他没回答。又一声巨响，我还处于恍惚状态，看窗外，却是很强烈的阳光，不相信是打雷。我试探着问："是不是打雷？"才说完，哗哗哗哗，下起了倾盆大雨。不一会儿，屋外的街道起水了，大雨铺天盖地，砸起了一个个乒乓球大小的水泡，瞬间，街道成了河。盼了好久好久的雨，在人们没有一点心理准备时，降临了，足足下了40多分钟。

雨停了，我和先生到公婆家里去。如果不是两位老人在九龙，我们没有必要几天又回九龙一趟。公公婆婆都是非常勤俭节约的人，在农村辛苦劳作几十年，现在已经80岁了，还舍不得丢掉土地。婆婆现在身体不好，有高血压，后来发展到心脑血管疾病，动一下就累，只能在家里煮饭和喂一些鸡鸭。公公闲不住，在地里种一些蔬菜和粮食。他每年都会种一些糯玉米，还种有一些黄玉米来喂鸡。嫩糯玉米种出来，几个儿女回来吃鲜，多的就冻起来慢慢吃。

我们原来是不许他们干地里的农活，公公婆婆老是生气。后来一想，他们与土地打了一辈子交道，叫他们不做，那他们做啥子呢？看到他们很窝火，后来几个后人答应他们，只能种一点点混时间。正因为他们种了玉米，几个儿女都不放心，每年收玉米的时节，大家都回去帮忙。

从我们家到公婆家，开车几分钟就到了。一路上，看到公路两边的房屋前面晒坝坎下，到处散落着玉米。很明显这场雨来得太急太大了，急得主人都来不及抢收晒坝上的玉米，大得主人无法抢收晒的玉米，只有任由大雨冲刷。

我们本地把夏天突来的暴雨叫偏东雨。收获季节，遇到偏东雨，抢收晒在地坝上的粮食叫"抢偏东"。

我们还没停车，就看见公公一手提着箢箕，一手拿着扫帚，箢箕里有合着石子还有枝条的玉米粒。一看就知道"抢偏东"没有抢赢。我一下车就问："你们掰了一些玉米了？"

公公回答："掰了一点，没有多少，叫你们在山上不要回来，这里热得不得了。"

"不回来怎么放心呢？明年不要种了，热天跟我们一起到山上去耍。"我说。

婆婆出来了，"没得多少苞谷，你们回来，热又热得很。"

大雨刚停，又是大太阳出来，只不过太阳没有中午毒了，空气中有了一点点凉气。田野上一片湿漉漉的，空气格外清新。在公婆家吃过晚饭，我和先生回到住处。天还没有黑，虽然下午落了一场大雨，户外凉爽宜人，但屋内还是热气腾腾。

按照惯例，晚饭后要出外散步，沿着我们所住的街向北行不远处就是农业园区。我们走在行人道上，我对先生说："走快一点，以免燕子屙屎落在头上。"

我一边走，一边本能地抬起头，往街道两旁上空的电线一望，电线上密密麻麻站着燕子，可能它们也热，似乎有些无精打采。先生倒背着手，边走边说："今年出生的新燕不归巢了，它们要把翅膀练硬，为长途南迁做准备。"

为了生存，为了繁殖后代，小小鸟雀不惜长途飞行，南来北往，这些特性也是自然选择的结果。"好勇敢的小燕子哦！"我脱口而出。

先生说："现在人不是也学候鸟吗？你看黄水6月底我们去，还是关门闭户的看不见几个人，7月中旬就人山人海了。"

我国夏季普遍高温，只有海拔高的山上才凉爽宜人。现在，很多人，夏天就往海拔高的地方迁徙，躲避夏季恶劣难耐的高温。

先生说："现在人们有钱了，不光是人们往高山上走，听说，东北人到海南、北海买房过冬。条件好了，夏天，高山上有很多候鸟人，冬天人们又往海南、广西一带迁徙。"

第二天，我们把公公的玉米全部掰完，把玉米籽粒脱落下来，摊晒在地坝上才11点多。我和先生劝说公公婆婆跟我们一起到黄水去度夏，公公说他无论如何都不去，家里面有那么多鸡，走了不放心。我又劝婆婆，"黄水那里不但凉快，关键是空气好，你去后就不会感觉累了。"

"哎呀！我不去，这么远，晕车。"婆婆说。

我说："全是高速公路，很平稳，不得晕车。那里空气好，你去了就不会周身无力了。去年到西山去已经试过的。"

2017 年夏天，婆婆感冒后浑身无力，住院治疗后精神状态很差，我突然意识到，是不是平坝地区夏天高温多湿，致使心脑血管病人缺氧憋气？我自己深有体会，每到夏天不也是这样嘛。但我一到山上感觉呼吸道就畅通了，全身酸痛乏力的症状消失了很多。在我苦口婆心加有点强制下，婆婆跟我们到了长寿西山，那时我们在那里避暑养蜂。婆婆去西山时，走十几步就不能走，我们一直鼓励她坚持走动，并且要走出去跟别人交流。婆婆身体一天一天好转，才半个月的时间，就能走一段路程，精神状态也好多了。

这次去黄水还要拉很多物件，婆婆始终不愿意去，我们也只好作罢，等下次回来再做工作。

7 月 24 日，我和先生又返回高登山检查蜜蜂，因为我们要去黄水住久一点，必须保证在这段时间里蜜蜂的蜜粉源充足。

高登山上，乌泡已经开花，蜂巢里虽然进蜜不多，只够蜜蜂自身消耗，但粉源还是不足。我和先生给所有的蜂箱添了一次粉饼。

谢大姐知道我们要去黄水，没去地里干活，专门在家弄早饭。我们检查完蜜蜂回来，她已经煮好饭了。吃过早饭，谢大姐让先生开车和她一起去地里摘菜。我才把碗洗完，他们就从地里回来了，摘了好多好多菜，一定要我们拉到黄水去吃。

我们从高登山下山去邻水，说好了我父母与我们一起去黄水避暑。前几天跟他们谈去黄水避暑，母亲不想去，我有些生气："你们都不去，我买房子干啥？还不是看到娘婆两家父母年纪大了，想让你们大热天少受点罪。那里空气清新，在好的环境里生活，你们身体好，不生病，只要你们健康长寿，我们花钱也值得。我贷款买房，结果你们都不去，我何必买呢？"

看我生气，母亲答应这次和我们一起去黄水耍几天。我们从高登山出发就打电话给父母，叫他们准备。高登山到邻水的途中，任老师打来电话，说他和他们学校几个教师要去黄水耍。

我们来到邻水父母住处，车子只留坐人的空间，其他的地方都被东西塞得严严实实。高速公路上，先生边开车，边给父母介绍路边的地名。11点钟到冷水了，我打电话给在黄水家隔壁的李老师，叫他多煮一些饭，我们要到黄水了，大概一小时到。

前几天和李老师通电话，知道李老师已把他母亲从九龙老家接到黄水了。我们12点过到黄水凤凰栖时，李老师他们已经煮好饭等着我们。我们把随手带的东西放在自己房间里，就去隔壁李老师家。

杜老师正在厨房炒菜，李老师招呼着我们几个，他母亲坐在沙发上，看着我们进屋，很麻利地站起来，笑眯眯地和我们说话。

李老师的母亲已经91岁了，眼睛还炯炯有神，看她的动作也很利索，我们说话她反应很快，并且耳聪目明。李老师跟我们说："前几天回去接她，硬是不来，说了好多好话才跟着来的，才来两天又想回家。"

我们说："婆婆，这里空气好，又凉快，你回去一个人在家，儿子媳妇担心。"

李老师说他母亲平时在家还能自己做饭洗衣，还在房屋旁边种一点菜。她住的地方离李老师他们有1000米左右，她还能上街赶场。老人家有8个儿女，只有李老师夫妻俩离得近，其他几个都在外面打工挣钱。李老师夫妇也经常去看母亲，晚上回去照顾母亲。这次李老师到黄水避暑，一住就是一两个月，只有把老太太带在一起才放心。

　　下午，任老师他们一行人赶到，他们都是李老师学校的教师，与我们一条街住着，大家都很熟。只有教师才有暑假，其他单位哪有我们教师暑假这么自由。吃晚饭时，我们不由得为教师有暑假，可以出去避暑而感到自豪。我、先生、李老师和杜老师都对来耍的几个老师说："黄水凉快，空气清新，附近有很多风景区，你们来了，就慢慢出去耍。月亮湖和太阳湖可以去垂钓，多耍几天。"

　　晚饭时，李老师说，任老师他们来之前叫李老师去订农家乐住宿，李老师和杜老师跑去20多个农家乐问了，都没有空房间。也去一些宾馆问了，住宿都排到8月20号后了。农家乐老板说他们顾客都是一周前预定，很多是往年的回头客以及他们带来的客人。

　　杜老师说："这些农家乐生意才好，有大的农家乐比如逗林大院可以住300多人，根本没有位置，一般的农家乐可以住几十上百人，都是爆满。"

黄水见闻

我们和李老师两家共同煮饭炒菜，一共十几个人挤在一起吃饭，嘻嘻哈哈，好不热闹。

在我们吃晚饭时，好几个售楼小姐带着一群一群的客户，来看我们这一层的房。看房的顾客也在我们门外望望，看我们和李老师家的房的户型。他们询问我们买房的时间和价格，我们也迫不及待问他们现在的价格，大家彼此打听着，"哎！房价又涨了几百了。"

晚饭后，我们一行人也分成两路出去散步。前次来，只住了两天，还没来得及转转就回老家了，也没有弄清楚黄水街道的东西南北，更不熟悉周边环境。杜老师和李老师在黄水十几天，对周边已经熟悉了。

天也快黑了，小区里停着好几辆货车，清一色拉的满车的家具或家电，工人们正在忙碌地把车上的东西往下卸。

"这些家具店生意才好，每天从早到晚，都是一车一车家具拉进来。"我指着那几辆拉家具的车说。

杜老师说："白天无论什么时候，站在阳台上往下望，看到的都是工人在搬家具。"

李老师说："我们来了十几天了，很多次出去后回来，就遇到家具堆在电梯门口。"

我们买的是凤凰栖二期房，凤凰栖已经开发两期了，一期房屋早已售完。2017年8月初曾老师他们买的时候单价才5000多元，后来一路上涨，8月末就卖到6000多了，我们2018年6月底凤凰栖房子均价7600元，还在涨。

刚到小区楼下，就遇到我们买房联系的售楼小姐小张，她带着客户急匆匆坐上看房车。我问："小张，天快黑了还不下班？"

小张冲我们一笑，我又问："又卖了多少套房子了？"

小张很为难地说："还好吧，关键是现在没有多少房源了。"

李老师说："6月底我们来的时候，好几栋楼才开售，还有好些楼盘捂着不售。才一个月时间，就没有房源了？"

小张坐在看房车上，说："是啊，今年才开始售房一个月多，就卖了几百套房。"

李老师和杜老师带着我、先生还有我父母几人，从凤凰栖二期出来，他们给我介绍："这是我们小区的后门。"小区后门外面的公路上很多人，人流形成一个强大的队伍，像去赴一场非常隆重的宴会。男男女女，老老少少，老人居多。他们与我们行走的方向相反，走到我们凤凰栖小区外的岔路口，分成两路队伍前行，一路横行，一路直走。李老师说直行是去场镇外散步，横行是去黄水大剧院，再到街上。

我们绕着凤凰栖外面的公路，这条公路上有一座很长很高的桥。这座桥在我们住房的北边，离我们楼房大概两三百米，站在阳台上就能看见。桥外是一望无际的森林，桥与森林一体，形成了一道靓丽的风景。

我们几人站在桥上往四周打量，桥南边全是一栋一栋8层高的小洋房，这一大片楼房的左边楼顶上，打着"凤凰栖"几个大字。杜老师介绍：这一大片都是凤凰栖小区，凤凰栖小区的右边是"金竹云山"楼盘，两个楼盘面积都很大，都有几十栋楼。桥的北边是一望无际的森林，由于桥的位置高，远山看上去没有耸立的山峰，山顶稍稍有点起伏。这桥，似乎是在森林海洋边上。近桥的山坡，有的坡度大，缓坡上种了一排排水杉，每棵水杉笔直，高达三四十米，树干都比脸盆还粗，非常茂密。远处，近处，都有一片一片的水杉林。水杉林外是灌木丛，满目苍翠葱茏，看不见一处裸露的黄土。

我们邻水很多地方的山是一座座的山峰，连成一条条的山脉，山脉与山脉之间有低凹的山涧，有的形成槽。黄水场镇海拔很高，所以，在黄水场镇看周围的山，没有山峰，只是场镇外的森林地表有些凸凹不平而成的沟涧。整个黄水场镇也非常平整、空旷，感觉黄水就是四大高原中的内蒙古高原的地形。这里除了场镇的居民区，四周都是一望无垠的森林，而不是"天苍苍，野茫茫，风吹草低见牛羊"的草原景观。

我们走在桥上的人行道上，慢慢地观看四周的风景，桥下的森林里有几户人家，有砖瓦结构的楼房，也有建筑木工板搭建的房子，不知道是本地居民还是搞建筑的农民工在居住。

过了桥，沿着一条公路漫步，来到金竹云山小区大门前，原来，与我们逆向而行的人流是金竹云山小区出来的业主。金竹云山楼盘与凤凰栖楼盘隔着一条公路。绕过这条公路，再往南走，就来到凤凰栖一期和凤凰栖售楼部。这边才是凤凰栖的正大门，这一大段公路边的人行道上，都是挤挤密密卖菜的摊子，很多人在摊前买菜。

凤凰栖售楼部往南十几米处，有一条直通凤凰栖小区的公路，这条公路边，有联系安宽带的、卖小电器的、卖床上用品的，各种各样的小摊，最多的是卖蔬菜的地摊，公路两边的人行道摆满了摊。

路灯早已亮起，女人大多数裙子外面披着一条各种花色、各种质地的披肩，一群一群的慢走，在华灯的照射下，女人们显得更加的妩媚动人。人流络绎不绝，只要能站人走路的地方，都是人。

绕着凤凰栖差不多走了一圈，再沿南走了一段公路，就来到天上黄水大剧院。夏天，黄水大剧院每晚都要演出"天上黄水"系列节目。大剧院正面的墙上贴着大型的广告，广告主要是"天上黄水"的剧情介绍，整个剧情讲的是黄水的风土人情和黄水的发展历程，演员大部分是本地的土家族农民，艺术总监是刘晓庆。

偌大的大剧院广场上堆满了人。公路上、街上、大剧院广场，到处人头攒动，感觉全宇宙的人都挤到黄水来了。过了广场就到了餐饮一条街，街道两边摆着整齐的餐桌，已经晚上 8 点多了，还座无虚席，只要眼睛看得见的街上、公路人行道上都是在走动的人。母亲自言自语地说："哪来这么多人？"

先生接过话题："我们都知道到黄水来乘凉，人家也晓得来这里凉快啊。"

我说："听说黄水每年七八月份，有二三十万外地人赶来避暑游玩，怎么人不多嘛。"

我们边走边看，边走边留影。突然我看见一个熟悉的身影，只知道是我们邻水人，但记不起是谁。一种强烈的冲动：我很想拉住她打招呼，但她已和同伴从我身边匆匆走过，望着她背影正犹豫不定时，眼前更是一亮，我脱口而出："刘同学。"被我突如其来的一叫，背影旁的一个人一惊，他本能地停下脚步，笑着招呼我："哟，老同学，你也来黄水了。"

原来我先前看见那个似曾相识的女人，是刘同学的老婆。刘同学是我师范的同学，他说他们是学校几家人一起来黄水旅游避暑的，说了几句，他急匆匆去追同伴去了。我看着刘同学的背影，用目光巡视他的老婆，他老婆两三句话的工夫，就消失在人海里，怪不得刘同学要匆匆忙忙离开。在这个时间段，如果稍稍停留片刻，如果没有通信工具，在黄水街上找人，会如大海捞针。

李老师他们学校来的几个老师出去转了一圈，在大剧院处，我们两路人汇合了。我们一大群人在黄水大剧院附近耍了一会儿，怕晚了冷，就回了。几个老师就住我们和李老师家顶楼。我上顶楼去，哟，李老师家顶楼客厅里添了一间平床和一个三人沙发。

前次，我家顶楼买了一张上下床和一张平床，李老师他们只买了一张平床。李老师家楼上客厅安了一张沙发和一张平床，效果比我们用的高低床配置好多了。我和先生决定到原来买家具的店里去换家具，把高低床换成一张平床和一张沙发。7月26日下午，我和先生优哉游哉步行到前几天买家具的店。

这次，那个中性打扮的小孩没在，她母亲在守店。老板娘见我们是老顾客，热情地招呼我们。我们很不好意思地说明了来意，老板娘说要问她老公，还要看有没有时间给我们换。老板娘说："我老公和儿子太忙了，一天就是拉家具出去安装，晚上都要很晚才回家。"

我说："生意人就是要忙才有效益嘛。"

老板娘笑着说："也是。我们就做两个月的生意嘛。"

我说:"你们成都人,怎么到黄水这么偏远的地方来做生意?"

老板娘仍然笑眯眯的,说她姐姐家开了家具厂,他们原在成都批发姐姐家具厂的家具。发现发往黄水的货很多,就来考察,才知道这里做旅游地产,房屋销售很火爆。所以,他们2017年也来这里开了门店。

"你们批发都不做了,一家人都在黄水开了几家店,还请人看店,可以看出这里生意一定好做。"我说。

老板娘毫不掩饰地说:"还可以,我姐姐他们早来一年,我们家很多亲戚都到这里开家具店了。"摆谈间,她老公开着个四轮车回到门市来了,看样子是出去安装家具才回来。老板娘叫住他,把我们想换家具的情况说了,他老公答应可以换,老板娘才回到店里给我们开单。他老公连店门都没进,又把车开到斜对面的库房里装家具去了。老板娘指着对面她的老公对我们说:"你们看看嘛,我没有骗你们嘛,我老公和儿子实在太忙了。"

我们还是那句话:"做生意的有生意,忙就好。"

老板娘边开单边说:"我们这店地段偏僻,我姐姐他们的店地段好,生意还好些。"

我和先生说:"你们家都忙成这样,那你姐姐家不知道生意火爆成什么样子。"

"姐姐,这个生意只做两个月。你们回去,我们也要回去了。"

我说:"你们好聪明哦,人家这么多人花钱到黄水买房避暑,你们到黄水来做生意,既赚了钱,又避了暑。"说得大家一阵哈哈大笑。

晚上,我洗漱完毕,就给小容嬢嬢发信息说,明天下午到水云间去拜访他们。第二天，小容嬢嬢打电话来，说她老公在黄水的几个同学，早已约好了一起吃饭，昨天忘了告诉我。我说那就过一天再去拜访。一会儿，小容嬢嬢和姑父就到我们家来了，他们约会的同学就在我们这栋楼的六楼，也是邻水城里人。

我父母也在客厅，看见小容嬢嬢来，他们都很高兴，热情地和他们拉话。特别是父亲，一脸都是笑。我奶奶与小容嬢嬢的妈妈是姨表姊妹，父亲与小容嬢嬢是表兄妹。

小容嬢嬢夫妻俩在我们家耍了一会儿就去同学家吃饭了。

7月28日中午11点钟，我们去小容嬢嬢家做客。早听小容嬢嬢介绍水云间楼盘很大，有39栋，我们凤凰栖二期也有三十几栋。正好水云间在黄水场镇的最南边，凤凰栖在黄水场镇的最北端，如果步行，从凤凰栖到水云间的街道，大概要走半个钟头。

黄水海拔高，虽然房屋里面不热，但外面太阳还是很火辣，紫外线特别强，我们决定开车带着父母去水云间。

当我们找到小容嬢嬢他们家，小容嬢嬢的大姐碧容嬢嬢已抱着小容嬢嬢的外孙女等在楼道里了，我兴奋地叫了一声："大嬢。"大嬢看着我，也很高兴。

听着声音，门开了，小容嬢嬢和姑父站在门口迎接我们。

按辈分我叫小容嬢嬢，但她还比我小几个月呢，大嬢比我大两岁。我的老家在邻水御临镇，嬢嬢她小时候的老家就在御临街道。20世纪六七十年代，那时还叫幺滩公社，整个公社只有幺滩街道才有初中，我的家在乡下，离幺滩场有十几里路程，小容嬢嬢家离初中不到200米。

我上初中是1978年，那时刚恢复高考，学校条件差，学生都是走读。父母考虑我们家离学校远，怕每天上学放学走两三个小时，耽误我的学习时间和精力，就让我读书时住在小容孃孃家。小容孃孃和我读一个年级但不同班，我上初中时大孃刚高中毕业。那时我们几个年龄差不多，我住在她们家，她们对我都很照顾。

大孃也在水云间买了房子，跟小容孃孃不是一栋楼。大孃的老公跟我先生是师范同学。大孃打电话说同学来了，叫他过来喝酒，并对我先生开玩笑："看嘛，你们是同学，这下把你辈分降低了哦。"

吃过午饭，我们在小容孃孃家叙旧。

小容孃孃对我们说："头个月，我看你发的朋友圈在黄水，我就问你们是不是在黄水买房了。"

我说："我发朋友圈时已经从黄水回家去了，正好那天来黄水定的房子。"

大孃说："那几天我正在黄水买家具。"

我说："我根本不知道你们在黄水买房了。"

小容孃孃接过话题说："我前年就买了的，我一买，邻水几个朋友也跟着买了，那时黄水房才4000元左右，还有退税和政府补贴。我们水云间太多邻水人了，都是退休的或者快要退休的，水云间被称为邻水大院。还听别人说，邻水到黄水买房的有几百家人了，这里夏天凉爽宜人，适宜养老。"

大孃说："邻水有几十家人现在没在黄水买房，他们合租一栋楼，请人煮饭，实行 AA 制消费。"

黄水探亲

　　小容嬢嬢又激动地说："姐姐那个房才划得来，打的特价，我前年买房后，去年姐姐来耍了十几天，觉得黄水凉快，也想买房。后来我知道水云间有特价房，就帮她抢了一套。"

　　大嬢也笑得合不拢嘴，说："我们那房子真的划得来，50 多平方米才 21 万元，我才花 4.5 万元装修。环境又好，窗外是一望无际的森林，等会儿到我们家去看看。"

　　我们从小时候读书一直聊到现在。聊家里所有的人，又聊亲戚朋友，父母又和他们聊老亲戚，这么多年没有在一起了，有摆不完的龙门阵。快 4 点了，小容嬢嬢提议，到周边去逛逛。

　　我们先去大嬢家。小容嬢嬢、大嬢还有大姑父带着我们来到大嬢家，他们家只与小容嬢嬢隔两栋楼。大嬢和姑父最欣赏他们这套房子的地方是厨房大，厨房与生活阳台连成一个半包围结构的转角，十几米长，全玻璃外墙。最难得的是，厨房外面有一个湖，湖外面是一眼望不到尽头的森林。站在厨房里任一个地方，人就融入大自然中，你说惬意不惬意？一抬头，目光所及的是苍翠、蓝天、白云以及它们在湖中的倒影，在这样的环境里，都会把日常的烦琐化为享受，煮饭、炒菜、洗衣，真正的锅碗瓢盆交响曲。

小容孃孃对我说："前年如果晓得你们想来黄水买房，我就推荐你买这边的了，你看环境多好，那时又便宜。"

我说："是啊，现在的价快翻一番了。"

说话间，从卧室里出来一个老太太，大概有 80 多岁。大孃早已给我们说了，她儿媳妇的爷爷奶奶还有爸爸妈妈都住在她们家。我猜，这个老太太就是大孃儿媳妇的奶奶。大孃给我们介绍，果然是。

顺着敞开的门，我站在门口一看，客厅外面是一个宽大的阳台，阳台做成了封闭式。封闭阳台上放有一架高低床，上下床上都有人倚在床头玩手机。

我赶忙退回客厅，坐在客厅沙发上摆谈。从封闭阳台里进来一个女人，穿着粉红色的睡衣，皮肤非常白嫩细腻，身材很好，头发扎了一个简单的马尾，架一副眼镜。她非常麻利地到厨房，听到切东西的声音，随后端出一盆西瓜来，叫大家吃西瓜。

大孃叫道："亲家母，这是我们的亲戚。"又指着我和先生说："他们也是教师。"

大孃又对我们说她亲家母和亲家也是老师。我们一屋人都说只有教师才有两个月的暑假，再加上现在教师工资又高，有条件出来耍。

大孃的亲家母说他们是南充的，南充热得不得了。一家人就来到黄水避暑，已经来了 20 多天了。有空看看有合适的房可以买一套。还说，他们大哥大嫂也来黄水住了 20 多天，前天才回南充去。如果南充还是高温，估计他们还会来黄水。又说，她的大姑子和大姑爷一家在外面租的农民的房子度夏，三室一厅，两个月租金 8000 元。他们一个家族，夏天到黄水避暑已经好几年了。

我说："是啊，夏天到处都热。我们在老家时，一天汗水都往外淌。黄水连吃饭都不热，非常凉爽，空气又好。"

我们在大孃家耍了一会儿，为了不影响他们一大家亲戚休息，我和小容孃孃提议出外去走走。才走到楼下，东一点西一点下起雨来。大孃说："黄水的天气真是怪，看着看着就下起雨来了，一会儿又晴了，我们已经习惯了这样的天气。"

小容孃孃和大孃领着我们绕着她们小区后面走。小区后面就是一条山涧，但不知在哪里筑堤坝拦住了，使山涧贮存了很深的水，成了一个湖，湖周围是茂密的树林。在湖与小区之间，有一条用防腐木铺成的道路，依地形一上一下，蜿蜒曲折。一路上，要么绿树掩映，要么鲜花相伴，有小桥流水，也有亭台楼阁。刚下过雨，天格外的蓝，云格外的白，云在房顶上飘过，一大团一大团，像棉花糖，让人想踮起脚尖伸手把它抓下来，放在嘴上舔舔。

我们绕着湖边往上走，大孃问我："你怎么会到黄水来买房呢？"

我说："我这么多年一动就累，心慌气短，周身酸痛无力。曾老师带我们来黄水，这些症状突然就消失了，我意识到是身体缺氧造成的，所以才借钱买房的。"

大孃也说："我原来血压高，在黄水后血压也不高了。"

小容孃孃和大孃都劝我父母："表哥表嫂，你们以后每年夏天早点来黄水，多耍几个月。"

我说："他们耍几天就想回去呢。"

小容孃孃和大孃连忙制止："要不得，要不得，多耍一段时间，这里空气好，又凉快，何必回去一天关在空调屋里憋闷受罪。"

两个孃孃都退休了，她们说以后每年 5 月份就来黄水，住到 10 月再回。

大孃对小容孃孃说："你 11 月又到海南去过冬了？"

小容孃孃跟我们说："我去年到海南海花岛租房过冬，以后，准备每年冬天都去海南。"

大孃和我父母都说：现在教师工资这么高，双职工，节约一点，几年就可以买一套小户型的旅游地产。

小容孃孃又对我们说："冬天你们也到海南去嘛，听说很多东北人到海南过冬。"

我指着先生说："他妹妹在海南 20 多年了，妹妹家有套老房子空着，让我们退休后冬天去那里住。"

一问，小容孃孃在海南租房子的地方是一个小县城，与先生妹妹那个小县城相距不远。小容孃孃说，她的几个朋友也会到海南租房，老了，到那边去过冬，朋友多，好耍。

我们都很兴奋，我和先生还有几年就退休了，退休后大家可以约起夏天在黄水度夏，冬天到海南过冬，春秋就回老家，一年四季几处居住，过一种候鸟似的生活。

边走边说，不知不觉上到了街上，天上又下起一阵细雨。我们站在街边一个像亭一样的房屋前面，躲了一会儿雨。雨小了，小容孃孃带着我们拐过一个弯，眼前出现一条街。街两边都是门店，卖各种各样的东西，感觉最多的还是吃食，街上行人很多。小容孃孃在一家店里订了餐，她说："这条街生意火爆，去晚了吃不到饭。"

街就在一条公路边，公路对面打着一个大大的牌子"天上院子"。我对地名、人名不容易记住，但"天上院子"我一下子就记住了。

说起"天上院子",还是我们接房那天,学校的周老师来黄水订房,有中介给他们介绍"天上院子",并且黄水的观光旅游车上都打着"天上院子"的广告。天上的院子,一听名字都感觉很神秘,很温馨,有一种和谐、愉悦,不但是家,还有垮的感觉,更有在天上那种梦幻神秘的色彩。那时周老师的老婆一提"天上院子",我们就有去看的冲动,现在"天上院子"就摆在面前,我恨不得马上去揭开它神秘的面纱。

看到"天上院子",我感觉我们已经站在天上的街市了,似乎天黑了牛郎织女就会提着灯笼来,我似乎在等他们的到来。我指着牌子惊讶地叫起来:"天上院子,天上院子,去看看。"

我和父母也在寻找合适的房给妹妹买。小容嬢嬢和大嬢说:"天上院子不是卖房的哦?走去看看嘛。"

没走几步,就有一个"天上院子"售楼部,小容嬢嬢和我走进去,问柜台里面的工作人员:"天上院子是不是要卖房?"

工作人员回答:"是的,你们前去看看嘛。"

"天上院子"是一条街,这条街大约有几百米长,两边的房屋全部建成一个个大小不一的四合院。这里的每一个院子不是平房,有的有二楼,有的有三楼,有的还有地下室。每个院子里有住房、娱乐室、会议室、休息室,还有统一的厨房、餐厅、厕所等。面积200多到400多平方米不等,如果几家人合住一个院子,一定很热闹,很有生气。

大嬢和小容嬢嬢说:"天上院子前几年都是租房,几家一起合租一个院子。怪不得今年这一段街上的人没有前几年多了,原来这里没有出租了。"

我说:"这个老板太会做生意了,前几年旅游的人多,但买旅游地产的热情不高，就出租房屋赚钱。现在大家抢着买旅游地产了，马上又变租房为卖房。"

"天上院子"这条街的外面有一个森林公园，叫"毕兹卡绿宫"，土家族称"毕兹卡"就是说土家话的人，"毕兹卡"就是土家族的自称。毕兹卡绿宫有2000多亩，都种有大型的水杉。这些水杉树皮脱落后细腻、光滑，土黄中夹着一点浅浅的灰，树干笔直、伟岸，一二十米以下绝无旁枝。高大参天的水杉，要仰起头才能看见树梢，像一个个亭亭玉立的少女，也像一个个荷枪实弹的哨兵站在那里。

已是下午，我们没有必要到公园里面去逛。小容孃孃带我们沿着公园外面的道路行走，她给我们介绍，前几年他们约一伙朋友到黄水旅游避暑，一伙人就到毕兹卡公园耍一天。早上买一些东西带进去，在公园里三三两两一起打牌、下棋，带一个吊床系在树上，看书啊，睡觉啊。她指着路边的大树说："公园很大，很平坦，到处都是这样的大树，遮阴蔽日。有些人也在里面唱歌、跳舞，自得其乐。20元钱可以耍一天，耍的人可多了。"

她又指指路边的大树说："其实里面就跟路边这些地方差不多。"

路边到处都是密密麻麻笔直的水杉，并且到处看到的都是一片一片这样的树。一排排、一行行的大树，几十米高，大的要两三个成年人才能合抱。这么平整的公园，这么多的水杉，株距行距相等。毕兹卡绿宫，是天然的森林，还是人工培植？

我们估计应该是人工培植的。哎！好有前瞻性的眼光哦！这么平坦又肥沃的土地，换着别处，这个季节，不是玉米金黄一片，就是十里稻谷飘香。

从毕兹卡公园出来，已是傍晚了，我们来到订餐的地方。发现我们买家具的店就在吃饭的斜对面几十米处，我和先生趁等待的时间去家具店问问。守店的还是第一次接待我们那个小女孩，我们见过几次面了，已经很熟了。我问："小妹，我们换的家具这两天给我们拉去嘛？"

她有些冷淡地说："我爸说了的，你们换的家具等 8 月二十几号给你们换，现在没时间。"

我商量着说："妹妹，我家过两天要来客人，尽早给我们换了吧。"

"不得行，我爸说二十几号就二十几号，他们忙得不得了，现在没得时间给你们换。"说完，自顾自玩起手机来。

土家养蜂

我和先生出了家具店，回到餐厅，陆续有客人到坐了，但很多桌还是空的。看见我们来了，小容嬢嬢站起身来向我们招手。走拢餐桌，刚坐下，我掉过头往四周一看，附近一大片的餐桌都坐上人了，好像这些人突然从地下冒出来一样，难怪小容嬢嬢说去晚了吃不到饭。点的是菌子鸡汤锅，还有凉拌莼菜、烤土豆、嘟粑。两个嬢嬢说，到黄水来就是吃菌子、莼菜、土豆、嘟粑，这几样都是黄水的特产。

配菜端上桌了，二位嬢嬢热情地叫我们快尝尝黄水的特色菜。土豆不大，蒸的整个，口感糯、硬、爽口，的确比我们平坝的土豆好吃一些。黄水的土豆不像其他土豆那样很绵，绵得满口钻，吞咽困难。可能是高山气温低，生长慢，还有夏天高山昼夜温差大，有机物积累多造成的。嘟粑是植物蕨的地下茎捣碎后取浆，过滤沉淀晒干后的蕨粉，用这种蕨粉稀释后再煎的粑。

大嬢说嘟粑要趁热吃。煎熟的嘟粑外表油亮，嫩嫩的淡紫色看着就很养眼。我想尝尝什么味，赶紧夹了一块放进嘴里。外焦里嫩，糯中带焦、甜中带香，本色本味，毫不矫揉造作，与过去吃过的糯性糕点不相同。低海拔地区对嘟粑、莼菜闻所未闻，更不知其味美独特，难怪到黄水来的人都青睐这两道菜。不但自己要饱饱口福，还要带回家去送亲戚朋友。我问："价格如何？"

小容嬢嬢说："中锅180元，还送2个小菜，莼菜一份20元，嘟粑一份28元，土豆一份8元。"

我们8个人吃一个中锅，中锅有那么多分量，只是两个嬢嬢减肥，吃得不多。吃完饭，大嬢说她身体不好，在一个医生那里按摩，她又说那个医生按摩手法好，按了一段时间，效果不错。我也长期周身酸痛，两个嬢嬢叫我去试试。我们跟着她俩穿过几条街，不一会儿就到了那个地方。是一个药店，老板是一个女的，看模样像个小姑娘，正在给一个小孩按摩腹部，很多人等在店里。一打听都是来做按摩的，多数是来避暑的候鸟人。拿药的人也多，老板娘按摩一个孩儿，就要起身匆匆忙忙给病人拿药，店里一个十几岁的男孩也在帮忙找钱。我以为是老板娘的弟弟，听他们说话，才知道是她儿子。真是大山上的环境好，儿子那么大了，还出落得像个黄花闺女。

两个嬢嬢跟药店老板娘很熟，把我介绍给她，老板娘说人太多了，前面已经有10多个人，要9点后才有空位。并说，如果等不及，只有明天早点来，小容嬢嬢怕我不去，把钱给我交了。

我们又去他们水云间开车。告别嬢嬢她们，出水云间，走环城公路。通过水云间外的一座桥，沿着一条宽大的沟边柏油路前行。沟的左边就是黄水场镇，右边还是矮矮的坡坎。先生说周老师到华宇买房时，售楼小姐介绍这座桥对面的坡地都是华宇的地盘，计划两三年修建完毕（1000多米的地段，2021年已全部修建成设备齐全的避暑房）。

在这条路上，看得见黄水镇，一条一条的街，一座一座的楼，外观色彩、高矮相差甚微。车行了一段，右边的地形平坦开阔的地段有了建筑群，先生对我们说："前面那个小区就是华宇的楼盘，周老师他们就在那里买的。"先生还说，华宇的小区一直要修到大桥处，楼房后面还有一大片地，也要修成楼房。华宇小区不远处有一条支路，岔路口立着一个指示牌"蓝莓采摘园"。

我在农业杂志上见过很多宣传蓝莓的，但从没见过真正的蓝莓，我这个对植物充满好奇的人，就想前去探索一下。太阳还照得大地金光灿灿，看来时间还早，我提议："我们去蓝莓基地看看。"

从环城路支路进入蓝莓基地，走的是乡村公路，开车行了几分钟后，公路就是毛坯了。宽大碾实的路基上铺了一层碎石，公路两旁都是水杉。有的路边是杂木，还有的是一小片一小片的荒草地。这条路上水杉不大，看样子栽种不久。整个地形都很平坦，感觉种树的地方原来应该是耕地。路边也有一些农家乐，跟街道周边一幢接一幢的农家乐比起来稀疏了很多，稀稀拉拉出现了村民低矮的老房屋，这是我们在黄水周边见到的少得可怜的老房屋，有二层楼的吊脚楼木板房，也有低矮的砖房。二层楼的吊脚楼听说是土家族民居，黄水土家族人居住在高山上，树木多，就地取材，古时的房屋都是木房。大山上常年野兽出没，虫蛇多，潮湿，就修成吊脚楼，楼上住人，楼下堆放杂物，圈养牲畜。这老房屋在黄水街道没有见过，场镇附近也少见，听说石柱县农村保存完好的吊脚楼还有很多。看一眼吊脚楼，让人穿越到热带雨林去了；看一眼低矮的砖瓦房，又一下子回到几十年前的中国农村。我想，这几间老房屋可以作为古迹保留下来，让后人见识中国农村的古民居。

我们停车步行，走了一段，从一个砖混结构的民房里出来一个30多岁的男人，他正要骑摩托车走，我拦着他问："你就是这里的人吗？"

他见我问，也不好意思走，回答我："是的。"

我指着他房屋旁边的一片阔叶林，这种阔叶林在黄水周边，我见过好几处，就问："这是什么树？是野生的吗？"

他说："是种的，叫厚朴，一种药材。"厚朴这个药名我早已知道。

我又看见他房屋旁边树林下搁了一些蜂箱，蜂箱是老式的木桶型，搁在离地面七八十厘米高的木板上，整整齐齐摆成一长条。我说："你们家养的蜜蜂啊？"他回答是。

我又问："一年摇几次蜜？"

我要抓住机会了解黄水的蜜源，因为他们是当地人，蜜蜂就地养殖，更能了解黄水的蜜源情况。

他说："一年能摇一次，要 9 月份才能摇蜜。"

我们这个暑假，一个重要的任务，就是考察好黄水夏季的蜜源情况。所以，我们见到有养蜜蜂的，就不会放弃每一个考察的机会。我和那个养蜂人就蜜蜂养殖的问题交流了几句，他骑着摩托车走了。既然他们 9 月份摇蜜，说明黄水夏天有蜜源。你肯定会问：春天那么多的蜜源植物，比如油菜花，还有其他野山花，在黄水黄连基地有蜜源植物黄连花，为什么黄水本地养蜂，春天就不能摇蜜呢？

因为黄水处于北纬 30°，海拔高，冬春气温比平坝低很多。平坝丘陵，在冬至过后就开始繁蜂了。而高山上冬季气温太低，冬季大多时候是霜雪天气，蜜蜂冬繁太难。只有等到开春后，天气转暖，蜂王才会产子繁殖。所以，春天来了，尽管百花盛开有大蜜源，但蜜蜂蜂群弱，蜂少，怎么采蜜呢？

蜜蜂有一个特性，蜂群里的温度在 20℃ ~ 25℃ 最适宜繁殖。

如果超过这个临界温度，蜂群繁殖就要受影响。蜜蜂对外界温度很敏感，外界温度过低或过高，为了减少消耗，蜂群就会停止繁殖。蜂王要靠工蜂饲喂，当温度不适宜蜂群繁殖时，工蜂就减少对蜂王的饲喂，蜂王由于缺乏营养就停止产子。如果外界气温长期低于10℃，工蜂基本上不外出活动，为了维持蜂群的温度，抵御寒冷，延续种群，蜜蜂会紧紧聚集在一起，结成一团，养蜂人把蜜蜂的这种行为叫"结团"。并且，在此寒冷的季节，蜂蜜饮水和食物需求量很少，为了减少体能的消耗，它们几乎进入冬眠状态。

经验丰富的养蜂人，在蜜蜂冬季结团前，要给蜂群大量地饲喂越冬饲料，由于蜂蜜成本过高，有的是饲喂白糖水。在这期间，蜜蜂会把多余的糖水贮藏在巢脾里，并封盖保存。到了10月份，气温逐渐降低，蜂王产子下降，巢脾的子圈逐渐向内缩小。我们一般是在10月底11月初就要把蜂王关起来，让蜂群统一断子，好管理。

为了赶春季的第一个蜜源油菜花，养蜂人就要进行冬季繁蜂。就是在油菜花盛开前两个月左右繁蜂，长江中下游一带一般是元旦前后开始冬繁。那时，虽然外界气温仍然很低，但要人工刺激蜂王产子。养蜂人要用稻草或棉絮把蜂箱包裹起来，让蜂箱内的温度升高，形成保护装置。同时还要饲喂花粉和每天给予少量的糖水，刺激结团的蜜蜂去吃，这叫奖励饲喂。蜜蜂一吃糖水和花粉，就动起来了，多数蜜蜂一活动，箱内温度就会升高。箱内温暖，结团的蜜蜂就散开了，这叫"散团"。当蜜蜂散团后，活动增强，蜂箱内温度升高，蜂王就会产子，这就是蜜蜂的冬繁。蜜蜂冬繁好，才能保证来年春季的第一个蜜源油菜开花时，有大量的工蜂出外采集。

高山上，冬季低温时间太长，繁蜂的时间要比平坝迟很多，所以到春季花开了，蜜蜂还没有繁殖出来，蜂群蜜蜂数不多，即使外界蜜源再多，也没蜜蜂去采，所以高山上养蜂采不到春季的蜜。

我们向前步行了几百米到达蓝莓基地。整个蓝莓基地用铁丝网围着，一看门票 58 元。蓝莓基地旁边有一个水池，水池里向上喷水，先生说那是水幕电影。我问："就是用喷出来的水帘做幕布，把映像投射到上面吗？"

先生答了一声："对。"

蓝莓基地有几百亩大，围栏里面也有不少人，有的在弯下腰摘什么，远了看不见。我看见路边铁丝围栏里面的一些矮小的灌木，用手把枝条拉出来，自言自语地说："这个是不是蓝莓？"我们在挨着路边的这个灌木上搜寻着，用眼睛专心致志地找，在路边好多颗灌木上找到了几颗很小的小圆果子。园中，有父女俩提着塑料袋摘了一大包，感觉他们找得很不容易。

我和先生说："看来没有什么蓝莓，天也快黑了，没有必要花 58 元进去。"

夕阳西下，夜幕开始降临，我们往回走。从蓝莓基地外的乡村公路驶出，进入黄水镇外的环镇公路，一晃就到了华宇楼盘外。华宇楼盘地面一层是商铺，已经有好多家开业了，外面的大坝子上摆着很多餐桌，主要是餐饮行业，还有房地产中介，也有暑假培训机构。商铺没有开门的，门楣上都挂了商铺的招牌。商铺外宽大的坝子上搭了一个舞台，帐篷式的舞台上，打着"第三届华宇杯才艺大赛"。偌大的场地四周用标语牌围着，用白色和绿色、红色搭了像蒙古包的几个晴雨篷，周边还竖立着一些宣传语。赛台上和标语牌围着的区域里有一些穿着比赛服装的人。我想：华宇搞哪些才艺大赛？真想去看个究竟。

华宇楼盘外两边的人行道和宽大的公路上，跟凤凰栖外面一样，都是密密麻麻的人。人行道和公路边，也一样是各式各样的摊子，卖水果的居多。梨子有青皮的，有黄皮的，也有白皮；西瓜有十几斤的大西瓜，也有一两斤到几斤不等的小型西瓜；有卖香蕉的，也有卖芒果的，还有买猕猴桃、葡萄、提子的……很多品种，像是在搞水果展销。大多是用三轮车或者长安车，还有的是用大货车装着，停在公路边就开始销售，都是一个摊或一辆车卖一样水果，而不是像城里或街上的水果摊，有多个品种。在黄水，这种销售模式居多，各条街道、各条公路随处可见，车子就成了摊子，不用卸货，也不用摆摊，只要一个电子秤往车上一放，就可以招揽生意了。收摊也方便，车厢门一关，就收摊了。说往哪里走，就往哪里走，可以随机应变，非常灵活，难怪这种销售模式在各地都很盛行。

我们的车子开到华宇小区售楼部大门，售楼部里灯光辉煌，从大门看进去，售楼部里面人头涌动。先生说："今年夏天，黄水的楼房销售太火爆了。这么晚了，还有那么多客户在售楼部。"

在华宇售楼部门前不远处，立着很大的临时标语牌，上面大幅标语写着：华宇第三届才艺大赛报名。我对先生说，我下去看看华宇有哪些才艺大赛。

先生把车靠在路边，我下车走到广告栏前，我看有乒乓球比赛、有书法、有诗歌，还有舞蹈、太极拳等。除了华宇小区的业主可以参赛，其他人士也可以参赛。我们没有什么特长，却突然想到杜老师乒乓球打得好，回去叫她来报名。

车子开过华宇，公路两边出现了一栋栋农家小院，都很宽敞，有高楼，还有小院子，每个小院里都停了很多车，还有很多人坐在小院的桌前打牌。小院周围种着各种漂亮的花草，坝子周边上空搭着瓜类藤蔓，藤蔓上挂着栗红色的南瓜。走在公路上，真想进院子去溜达溜达。

过农家小院，横着一条公路，这条公路与华宇过来的公路十字交叉，在十字路口处，先生说前面不远处就是凤凰栖，十字路口对面的大片空地是凤凰栖的，听说凤凰栖的三期楼房就是这一片（2021年，这一片所有空地都修成避暑房了，是山林间楼盘）。

我看到了凤凰栖楼盘的大字，也看到了黄水大剧院也在前面不远处，我稍稍明白一些黄水的坐标了。在这个十字路口到凤凰栖的空地上，聪明的商家不失时机在上面搭了一些孩子游玩的游乐场。大的有几百上千个平方米，小的几十个平方米。有碰碰车、塑料动物、射击、套圈圈、画画……孩子们有的正在疯狂地玩着，有的在聚精会神画画。爷爷奶奶们在周围守着。机器声、电动玩具声、孩子的呼叫声响成一片，热闹非凡。

我们回家后，看了一会儿电视，杜老师和李老师才回来。我给杜老师说了去华宇报名参赛的事，她很高兴，说去试试，说前几天凤凰栖业主也有这些比赛，她那几天身体不好，没有去报名。并说她前几天去我们小区耍，见有些人在羽毛球场打柔力球，她在网上买了柔力球和球拍，准备去学柔力球。我一听也很高兴，说我和她一起去学。我当即在淘宝上买了一副柔力球拍和柔力球，并相约第二天早点去球场学习打柔力球。

游月亮湖

因为和杜老师约好早上起床去球场学打柔力球，早上5点多我就醒了，怕睡过头，便不敢睡了，起床洗漱。洗漱完毕才5点半，我便在阳台上运动运动。6点的时候，我去叫杜老师，等她洗漱好，便背着柔力球拍和柔力球出了门。我们两个来到球场，球场上有几个人却在打羽毛球。杜老师说："怎么是打羽毛球的？前几天我来这个球场，看到的是打柔力球的啊。"

旁边一个60多岁的女人说："这个球场每天早上6点到8点打羽毛球，8点到10点打柔力球，保证大家都能运动。"

杜老师说："这样哦，我们不知道分时间段，前几天我吃了早饭出来，看到的都是打柔力球。"

我说："打柔力球的队员没来，不如我们回去吃了早饭再来。"

杜老师也赞同我的意见。

我们吃了早饭又来到球场，打柔力球的几个队员已经在打球了，杜老师指着一个很高大壮实的中年男人对我说："那个就是陈教练，听说是一个体育馆的柔力球教练。"

陈教练看我们到了，同我们打招呼，然后走过来看杜老师买的球拍，看到杜老师的球拍就有些不大高兴，他说杜老师买的是打套路的，不是竞技那种。杜老师和我一样，不知道柔力球还有竞技和套路之分。

陈教练说："如果你们要学套路，刘校长套路打得好，等会儿我给你们引见，你们找他当你们师傅。"又说："刘校长80岁了，他要等会儿才出来。不过，他每天都要来球场，你们等会儿。"

等刘校长这时间里，有几个打竞技的人也来教我们怎么握拍，怎么运球，并且手把手教我们。还相互介绍来自于什么地方，有重庆的，有万州的，也有南充的，他们听说我们是邻水的，马上叫一个姓余的老师过来与我们相认，说余老师也是我们邻水老乡。

一会儿，刘校长出来了，刘校长很热情地给我们做示范，并说他打了20多年柔力球都没有打好，叫我们不要心急，慢慢练，先练基本功。练到10点，我们告别刘校长回家了。

我们来黄水好几天了，只在凤凰栖楼盘附近转悠，还没有到周边风景区看看。7月29日吃过早饭，不知哪个提出去月亮湖玩。

我和先生、我父母、李老师夫妇便一起去月亮湖。我们几个只知道月亮湖离凤凰栖不远，还不知道走哪条路去。先生说："就在金竹云山楼盘不远处。"

我们根据他说的方向，从凤凰栖出发，沿着凤凰栖北边的公路往西走。沿着街道最外的公路前行，感觉走的是环线，一路走，一路观看，我们心中还有一个目标，就是要观察黄水周边的蜜源植物如何。

向西走了一段，又朝南走，公路边行人不多。从凤凰栖出发沿着公路一直走了很远。这条环形公路内部有密密麻麻的建筑群，公路的外侧除了稍远处偶尔有几处搭建的简易工棚外，远处都是一眼望不到尽头的森林。公路边都是水杉，远一些的地方基本上是灌木丛，地表只有一些落差很小的沟。黄水场镇所在地，在周围海拔应该算高的，看到远处的山峰感觉都是平的。整个黄水地形落差不大，到处看出去都是一片森林的海洋。

过了大片的楼盘，来到一个商业区，但这个区域跟街道内的商业不一样，街道内的大多是饮食衣物之类，而这一段商铺里做的都是建材，明显不是在闹市区。在整个街道的后面，一排排整齐的商铺，清一色的建材门市。李老师说他就是到这里的门市了解安装阳台雨棚的。李老师笑着说："我前几天去好几家门市问了的，现在他们生意繁忙，定了的客户也要八月二十几号才能安装。"

这段时间，黄水旅游地产卖得火爆，肯定相应的钢架棚业务也很繁忙，因为买房的都要住进去避暑，都挤在这一两个月时间里来了。

走过这一段建材市场，又来到闹市区了，一下子就看到了"天上黄水"大剧院，还远远看到小区顶上的"凤凰栖"几个红字。原来我们走的是黄水场镇的环镇公路，绕了半个圈，就在凤凰栖附近。沿着环镇公路直行，公路也是街道，不过，这条街道房子要矮一些，街道也要窄一些，看外形，房屋建筑时间久一些，铺面比较小，也不像那条饮食街那么大气、繁华。听说这条街是原来的老街，多销售农产品，偶尔有饮食店。即使饮食店，多是卖面条一类的小吃，没有大餐厅，门市外的人行道上摆满了地摊。地摊上多是各种蔬菜，还有卖兰草的，卖土蜂蜜、卖菌子的也多，菌子有鲜的，也有干菌，还有卖天麻和灵芝干品的。有的直接堆在地上，有的用塑料袋子垫上。卖菌的多是用筛子或者提篮装着，多的背篼里装半背，少的就几朵菌。卖家多，买家也多，似乎有些拥挤，问价还价，声音很大。卖家多是老人，应是当地农民，估计这里是卖菜的市场。一直向前，我们一行人路过一个几条街的交汇处。中间一个圆形花台里有一个标志性建筑，是一朵花的样子。一打听，才知道那个塑像是黄连花，黄连是黄水的特产，黄连花就是黄水的地标。听说，这就是黄水街道的转盘。转盘一带人潮如流，车子拥堵，好几个交警在街道指挥交通。街上有两个女人在发广告，见我们几个人走过，赶忙塞到我们每人手上一张。

我们接过一看，是卖避暑房的。7月份，凤凰栖几栋楼房一天一天地住进了人，一天到晚都是匆匆忙忙来看房的顾客，也听到看房的顾客讲房价一天一天都在上涨。我妈就是想看有没有合适的避暑房给妹妹买，正在寻找房源。

我们一看广告，房子在丰都，叫"方斗花园"。海拔1200米，避暑房是精装修，价格很便宜。我们有些心动，问发广告的人，她们说去那里有专程车，两个多小时的车程，我父母就想坐看房车去。我说："丰都在我们回邻水的路途中，在石柱下高速后再走几十千米就到了，回去的时候顺带再去看看，不用专程去。"

从黄连花地标再往南走几十步，就看到月亮湖标志了。站在街道边，能看见湖，从街沿下几十步石梯，就到了湖边。我被石梯上一幅很休闲的场景深深吸引着。好多老人在石梯上，几个一组自顾自地打着扑克，真令人羡慕不已。炎热的夏天，很多地方的老人没有事，外面又热，他们都到超市去坐坐，聊聊天，在超市门口打打牌，既可以节约电费，又凉快，几个老伙计一起很愉快地度过了时光。黄水太阳下都是凉风习习，所以，老人们几个一起在石梯上打牌。他们一个个很专注的模样，看着就很开心，似乎这就是我老年的生活模式。我拿出手机，为他们记下了这幅浪漫的画面。

月亮湖上空，湛蓝的天空飘着朵朵棉花状的白云，洁白的云朵倒映在湖里，使湖水更加清冽深邃。远远望去，湖对岸，白云漂浮在房屋顶上，湖对岸是一望无际的森林。森林中，若隐若现有一些楼房，一副"白云生处有人家"的画面映入眼帘。水天一色，如果不是岸边有树有人家，一定分不清哪是天，哪是水。

湖里，游船如梭；岸边，行人涌动。鱼贯而入的人群，像大海的鱼群在岸边往返游弋。有个六七岁的小姑娘最勇敢了，带着她爷爷奶奶一起坐一个游艇。她开着游艇专门到大船旁边去，感受那种大船游走后波浪起伏，小游艇被浪荡起来的刺激，我们几个在岸上看热闹的人惊心动魄，她却驾驶着小游船兴奋不已。

月亮湖形状像棵人参，又叫人参湖，是一个人工湖，建于20世纪80年代。总面积23公顷，岸边森林苍翠葱茏，环湖路边一大片水杉高大挺拔，像哨兵俯视湖面，为游人遮阳蔽日，为荡舟穿行的游艇保驾护航。湖边，有几处沙滩，有一些钓友撒下鱼饵，抛下钓钩，全神贯注地等着鱼儿咬钩。游艇经过，荡起圈圈浪花，惊吓了正围拢的鱼儿。他们也不急也不躁，正是"姜太公钓鱼——愿者上钩"。游人纷纷脱掉鞋去踩沙，到湖边玩水，留下一张张动人的瞬间。

湖边，一个60多岁的女人牵着一个小男孩在慢慢溜达，女人拜托我给婆孙俩照张照片，说是要发给家里亲人看看。我问她："孩子的父母没有来啊？"

女人说："儿子儿媳在成都上班，我是重庆的，一个人带孩

蜜蜂与候鸟人

子来黄水避暑。"

我又问她："你们买的房在哪个小区？"

女人说："我们在黄连花附近租的农民的一套二室一厅，两个月租金 6000 元，只是小孩没有活动的场所，所以，我就经常带孙子到月亮湖来耍。"

我说："我们在凤凰栖买的房，那边是小区，你有空去那边看看，可以考虑在那边租房嘛。"

她说："有空我去看看，我们来黄水避暑已经几年了，明年还要来，都是租的房。"

考察土家

6月天，孩儿脸，黄水的天就像孩儿脸一样，说变就变。我们从月亮湖回来，本来还是大太阳，瞬间，一团乌云飘到头上，天一下子就阴了，仿佛太阳闭上了眼睛。看着要下雨了，我们大步跑起来，才到凤凰栖小区门口，雨就下起来了。

下午，雨停了，天还是阴沉沉的，吃过晚饭，有些冷。父母出去散步了，我和先生还是要继续考察蜜源。我和先生来到凤凰栖外桥上，桥脚下不远处有几间简易的木房，还有人在房屋旁边活动，我说："我们去看看那几家人。"先生牵着我从公路壁陡峭的水泥梯慢慢下去，梯子可能是修公路时为了方便附近的村民出入建的。公路比下面高二三十米，由于坡度很大，所以水泥梯子很陡。

看见我们从梯子下去，木板房里出来一个大约30岁的男人，我们主动和他打招呼："请问，你们住这里吗？"

他提着一只刚杀的鸡，放在一个冒热气的铁桶里。"是的，我住在这里。"

我们看看木质的板壁房子和周围的环境。墙壁的木板是建筑用的木工板，感觉这个木板房不像很多年前建好的，我问："你

— 蜜蜂与候鸟人 —

们是这里人，自己建的房子吗？"

"是朋友家的，朋友是这里的人，我是石柱的。"那个男人站在门槛边。

一对 60 多岁男女也从我们刚走的水泥梯下来，女的和杀鸡的男人打着招呼："小杨，鸡现在多少钱一斤？"

小杨把鸡从烫水里面捞出来，放进脱毛机里，看着那个女人说："30 元一斤。"

他开动脱毛机，嚯嚯嚯嚯一阵响，几分钟后停下脱毛机，从里面拿出一只光溜溜的鸡来。

我们站在旁边看，那个女人对杀鸡的男人说："小杨，你怎么搬到这里来呢？我到你原来杀鸡的地方去了好几次，都没有见到你。你在那边生意那么好，怎么就搬家了呢？"

小杨嘴角一丝微笑，没有回答。

那个女人以为我们是来买鸡的，对我们说："我还是以前留了电话，打电话才找到他的。"

我说："那你们在黄水买房几年了？买成多少钱？你们是哪里人？"我一连串问了几个问题。

女人热情地说："我是南充的，每年夏天都到黄水避暑，前几年是租房。"她指了指走在前面的男人，说："前年，他妹妹叫我去给她看凤凰栖的房子，我一看小区环境优美，又才 4000 多元一个平方米，跟之前比还降了一些，我赶紧买了一套。"她又拉了拉我的衣袖，眼睛又鼓了一下："结果他妹妹又舍不得买。"

我说："你还划得来哦，我们现在买的，快 8000 元了，翻了一番。"

那女人声调提高："8000 元？听说房子都没有了，这几天买房子像抢一样。"

我低声说："这么翘哦？"

女人压低声音："热啊，我们南充热得不得了，一天在空调屋里不敢出来。黄水多凉快，空气又好，我们都退休了，每年来耍几个月回去。"她男人在前面不远处等她，她说了几句就跟着去了。

为了了解周边的情况，我又跟小杨攀谈起来。小杨说他不是本地人，是石柱上来做生意的，在这里养了一些土鸡、土鸭。附近几个小区的居民，有一些在他这里来杀鸡杀鸭，他指指不远处一个棚子里养着的鸡鸭，说："都是老顾客一个带一个，带到我这里来买的。"

小杨住的木房子后面还有三栋房子，中间一栋是三间二楼一底的砖房，砖房后面有一排低矮的木板房，砖房的左前方与小杨住的木板房并列着一栋一楼一底的木板房。后面低矮的木板房烟囱里正冒着炊烟，有几个人端着碗从厨房出来又进入中间的砖房里。原来，这正是前几天在桥上看到的人家。

几栋房屋往里有几块地，地里的玉米已经结穗，几块地里种着绿油油的蔬菜，还有一些空地长了一些杂草。我和先生从房屋旁边经过，往树林里面走，树林也都是水杉，很大、很高、很密。林子和庄稼地接界处也搭了几间很矮小的棚，大概是关牲口用的，但没有见到牲口。在棚子边放了几个蜂箱，有一个蜂箱还有蜜蜂进出。

已是下午6点多钟，加上下过雨，里面光线很弱，感觉非常阴森。水杉林有几十亩大，林子地面很平，地表是厚厚的黄土层。我心里想：如果在林下种植蘑菇一定很不错。

我们从林子中出来，来到砖房外的地坝上，站在那里看地坝边的玉米和蔬菜。看到我们停在那里没有走的意思，屋子里出来了一男一女，大概 30 岁左右。男女都比较高大，女的穿着土家族服装，我猜是房子的主人。我问他们："这是你们家的房子吗？"

男的说："是我幺妈的。"

我又问："你们是本地人啊？"

女的说："是的，但我们不在这里住，这是我幺妈的。"

夫妻俩对我们说，黄水一个人有几十亩山地。

"一家人这么多的土地啊。我们那里一个人只有一亩左右土地。在你们家找点地来我们种菜嘛。"

那个男的说："这些地是我幺妈家的，你来种就是了。"

一会儿，一个 50 多岁的女人也从房子里出来，有几个附近小区的人来买鸡。这个女人带他们去地里看鸡。

那个男的说："这就是我幺妈，这房子就是她的。我幺妈还有一栋房子租给别人开旅馆了。"

我看着地里的玉米说："你们这里玉米又甜又糯，很好吃，买的人可多了，我们天天去买。"

那女人说："我一般不拿到街上去卖，附近几个小区的业主有的也来我这里买。"

我说："大姐，找点地给我们种菜，行不行？"

她说："你来种就是了。"

我说："今年没有多久时间了，明年早点来种菜。"

我说："凉快了，外地买房人走了，你们黄水怕没多少人。"

那男的说："我幺妈他们冬天不在这里，他们在石柱县城买了房子，冬天冷了，就到石柱县城去住。"

我说："我还以为我们来黄水这群人才是候鸟呢，原来你们黄水人也一样是候鸟哦。"

我问女人："听说黄水种黄连，你们家也种黄连吗？"

女人说："我们原来都种黄连，现在没种了。最近一些年不晓得啥子原因，黄连容易烂，种的就少了。"

我说："是不是雨水多了？"

女人说："不晓得，就是没有找到原因。"

我问："这么多水杉，是人工种植的还是飞机播种的？"

女人说是栽的，栽了有几十年了。我又进一步追问，女人说她也不大清楚，听别人说是 20 世纪 60 年代就开始种的水杉，那个时候她还没有出世。

我惊叹：黄水人怎么有超前的眼光，怎么能够预见 60 年后的今天，人们会跑到大山上来康养？他们是误打误撞的吗？20 世纪 60 年代，正是吃不饱饭穿不暖衣的年代，他们不种粮食，反而来种树，把大片平整肥沃的土地拿来种树。

了解黄水

告别桥下的一家子，女人叫我们从桥洞上去。女人家宽大的地坝与桥洞相连，这个桥洞修成了公路，一直通到桥面上。晚上8点半，我和先生照例到药房去做按摩。药房每天都有很多顾客，有做按摩的，有拿药的，当地人少，避暑的外地人多。看来黄水夏季候鸟人多，不光饮食和相关服务业火爆，就连药房生意都异常火爆。药房老板娘忙得团团转，她老公也趁下班帮忙按摩。她老公是医生，姓黄，不但给病人按摩，还随诊，并配合病情开药。他的药多是中成药，病人们都觉得他医术高超，按摩手法也独到。他给我把完脉后，一说症状基本上对得上，说我病程长，病情复杂，叫我每天晚上9点左右来，那时人少，好慢慢给我调理。所以，我每天都是晚上8点半出发，走半个小时左右到达药房。

到达药房，老板正在给一个病人调理，在外间的老板娘看我到了，便叫我等一会儿。该我调理了，老板先摸摸脉，说比开始去时，脉强了一些。我说按摩几天了，又配合吃了几天的药，肯定要好一些才对，我的确感觉胸部没有前段时间那么憋闷了。我趁老板给我按摩，也问一些有关我病理的问题，他也很耐心地解答。他是学中医的，是离黄水20千米左右的枫木乡人。他在黄水读的初中，20世纪80年代的中专生，毕业后分配到黄水工作到现在，他见证了黄水几十年的变化。我说，我是80年代的中师生，说到这里又拉近了彼此距离。我们两个年龄差不多，都谈起那个年代农村孩子要跳出农门考学校的艰难，又谈起那个年代农村学生读书的艰辛，又谈农村家庭的困境。他谈他们老家在离黄水20千米的枫木的大山里。他小时候，家里很苦，几兄弟挤一张床。读初中时，就是带土豆到学校煮来当午饭，很多时候中午不吃饭。老板娘说她老家是石家乡的，他们老家都是坡坡堎堎，种庄稼不是爬坡就是下坡。

我问那些年他们大山上交通方便不。老板娘说，那些年条件非常艰苦，黄水虽是全国黄连的生产地，也有一条国道，但每到冬天，大雪封山，山上就与外界隔断了。他们高山人口稀少，地多，出产土豆，一家人一年产两三万斤，高山土豆品质好，山下的人每年开春后，就挑着大米来换土豆回去做种。有一年，从头年10月末开始下雪，断断续续下到开春后的2月、3月，山上大雪覆盖，阻断了上山的路。几个月，山下的人无法到山上换土豆种。她家两三万斤土豆开年后烂掉了，她妈妈又一筐筐从家里背烂土豆出去倒掉。几个月背几万斤回家，又背几万斤出去，她妈妈背上的肉都背烂了很大个洞。老板娘说，不光他们一家，家家都这样，他们都说那些年大山里的黄水很苦。

我问他们黄水是什么时候开发的。黄医生回忆说，旅游火爆应该是2008年起。他们夫妻俩都是本地人，黄医生在黄水工作快40年了，又是有文化的人，对黄水比较了解。我为了了解黄水，趁按摩的同时，不停地问这问那，黄医生也不厌其烦，跟我慢慢聊黄水。

－ 蜜蜂与候鸟人 －

黄水镇位于长江上游地区，隶属于重庆市石柱土家族自治县，地处石柱土家族自治县东北部，东邻枫木乡，南与冷水镇、中益乡相连，西临悦崃镇、鱼池镇，北与临溪镇、石家乡和湖北省利川市建南镇接壤，距石柱土家族自治县县城65千米，面积222.48平方千米。黄水场镇所在地地形平坦开阔，叫黄水坝，黄水坝原名凤凰山。清初，因山幽林茂，积叶化土，小溪水呈黄色而改名黄水坝，沿用至今。

1958年9月，黄水乡改为国营黄水农场。1961年1月，撤销黄水农场，建立黄水公社和洋洞公社。1983年11月，黄水公社改黄水乡。1987年10月，黄水乡撤乡设镇，改为黄水镇。

黄医生对我讲：2011年，黄水镇下辖黄水、七龙、黄连3个社区，万胜坝、大风堡、金花、洋洞、清河5个行政村；下设13个居民小组、25个村民小组。截至2020年6月，黄水镇下辖4个社区、4个行政村：黄水社区、七龙社区、黄连社区、万胜坝社区、大风堡村、金花村、洋洞村、清河村。

黄水坝原来只有3户居民，黄水是石柱土著居民最早居住地之一，孕育了比较悠久的历史和古朴纯正的土家文化；黄水镇是著名的"中国黄连之乡""中国莼菜之乡"，也是"全国造林绿化百佳县"的核心林区，森林覆盖率为78%；拥有天然气储量近200亿立方米，水能蕴藏丰富；1997年重庆恢复直辖市后，黄水镇被列为首批百个试点镇之一，1998年辖区被命名为国家森林公园，2001年大风堡林区被命名为市级自然保护区，2003年又被列为重庆市百强镇和百个中心镇之一，2004年被确定为重庆市经济综合开发示范镇；生态良好、资源富集、民风淳朴、经济繁荣，是渝鄂边陲重镇。

黄水镇境内有国家级风景名胜区黄水大风堡景区、黄水药用植物园、毕兹卡绿宫国家森林公园、油草河自然风景区、中国一号水杉母树等。

黄医生说，黄水 2004 年城镇化建设，在黄水坝划出地段，动员教师、政府部门等职工在城镇建房，然后又规划商品房建设，鼓励农村人到城镇建房。2008 年，打造太阳湖，举办旅游节活动，政府利用多方力量宣传，吸引重庆主城和周边区县的众多人士到黄水观光旅游，一下子把黄水炒出名气了。后来又开发旅游地产、黄水特产，黄水的知名度越来越大。

母亲住院

7月30日早上，打开微信，家人微信群里有个妹妹发的红包，上面写着：哥哥生日快乐！一下子才想起今天是先生的生日。才起床，母亲也说先生生日一事，我和先生对母亲说："吃了早饭，我们出去买些菜回来，就在家里过生日。"

刚吃过午饭，还是大太阳的天空一下子阴下来，天上响了几声雷声，接着哗啦啦下起了大雨。下午5点多钟，雨停了，太阳又出来了。我站在阳台上，雨后的天空更加湛蓝，白云在房顶上飘，远处的林海更加清晰，楼与楼之间的空隙间有很多蜻蜓穿梭，一会儿又四平八稳地停在空中，做着它们的游戏。

吃过晚饭，我和先生出去散步，手机又响了。一看是我母亲打来的，叫我们到隔壁小区金竹云山去看房子。

我和先生来到金竹云山，母亲想给妹妹买房，但打电话给妹妹，妹妹不要。尽管我们几个觉得这套房比我们在凤凰栖买的房划算，性价比高，但妹妹不要，我们只好作罢。我们几人从金竹云山回来，走到凤凰栖楼下，又碰着售楼部的小张，小张带了几个客户到凤凰栖看房。我说："小张，又卖了几套房？"

小张急匆匆坐上看房车，"凤凰栖一共只剩两套房了。"一副无可奈何的愁样。

我说："怪不得这几天来我们楼看房的人少了。"

晚上，我从外面的楼梯口上顶楼去睡觉。在八楼去顶楼的楼道里碰到一个70多岁的老奶奶，她也和我们一样，买八楼送顶楼，我打了个招呼："婆婆，你们住进来了？"

婆婆和我边说边上楼梯："是的，昨天搬进来的，我大儿子买的八楼8号，送的顶楼。"

我说："婆婆，我们也和你们一样的房型。"

婆婆又说："我二儿子买的六楼，还有一个女儿在成都，女儿女婿还在上班，太远了，不会到这里来买房。"

我们说话间已经到了顶楼，婆婆带我到他们屋去看。屋里有一个女人和一个两三岁的小孩，女人见到我，也热情地和我搭话。婆婆说他们是重庆北碚的，重庆热得不得了。黄水凉快，又没有蚊子，她和媳妇把小曾孙带过来避暑。

黄水的天气，不像我们邻水夏天一下雨就是狂风暴雨。黄水从7月下旬到8月初，几乎每天都要下一会儿雨。每天中午看着看着的大太阳，突然天空中飘来一团乌云，马上就下起雨来。感觉太阳眨一下眼睛，雨就来了。雨一般不大，有时淅淅沥沥下一会儿就停了，太阳又出来了。真像人们说的"六月天，孩儿脸"，说变就变。

7月31日下午，我从顶楼下楼来，看见我们斜对面的门开了，门外堆了一些家具。有一男一女在门口指挥着，杜老师也在旁边看。我走过去，说："他们才搬来的哦？"

杜老师说："才来的，我们又热闹些了。"

我问："你们是哪里人？"

女人站在门口，男人抱着一个小娃娃，女的说："石柱县城的。"

"那你们不远哦，你们石柱也到黄水买房？"

还是那个女人搭话："不远，石柱县城到黄水几十千米。但我们那里也热得不得了，我们带着小孩上来乘凉。"

男人把小孩放到地上的防潮垫上，女人说："到外婆这里来。"

我和杜老师说："你们是外婆外公哦？小孩的爸爸妈妈没来啊？"

女人抱起小孩对我们说："爸爸妈妈在重庆要上班，来不了。"

我们又问："婆婆爷爷呢？"

女人又说："婆婆爷爷还没退休。"

我们对女人说："我们是教师，所以暑假有假期。你退休了？"

女人指着他男人说："他也是教师，我退休了。"

我们看着他们家摆弄家具，和他们说了一会儿话，又逗逗他们家小孩子，看小孩儿像个男孩，但女人说是个妹妹。

外面还是雨淅淅的，父母在客厅里打牌，母亲穿着一件短袖，我说："妈，穿件厚衣服，不要着凉了。"

母亲说："不冷。"低着头继续打牌。

才吃过晚饭，母亲感觉胃有些疼，不大一会儿就上了几次厕所。她说："可能是吃了凉拌黄瓜胃疼，像针扎一样，一阵一阵的疼。"

我说："你可能是着凉了，又吃了凉拌黄瓜。"

母亲到床上躺着，父亲找了感冒药和胃药给她吃，她不吃。她说周身像气灌满了，不舒服。我连忙找了玻璃瓶给母亲拔火罐，母亲才觉得舒服了些。父亲和先生去散步，我守在家里给母亲拔火罐。母亲一直打嗝，说背部发胀，胃时不时疼，我说去医院看看，母亲坚持不去。

天刚黑，父亲先回来，他带有胃疼的药，拿一些来母亲吃下。不一会儿母亲又去厕所吐了，但她还是忍着，觉得过一会儿就会好。

10点多，我和先生到楼上睡了。睡梦中，我觉得我呼吸很困难，上气不接下气，很难受。我有心血管疾病，原来夜间也经常做这样呼吸困难的梦。我到很多医院去做过检查，也看过很多医生，都说不出是什么病来。

正当我在梦中挣扎时，"嘭嘭嘭"，我一下子醒了，接着又是一阵非常急促的"嘭嘭嘭"的敲门声。我心一下子紧张起来，我知道肯定是母亲病情加重了。我连忙坐起来，先生也起来开门，是父亲在门外，父亲说："你妈一晚上胃疼，还是要去医院看看才行。"

我和先生来到母亲床前，母亲痛苦地呻吟着。她声音很低，"背部很胀，你爸一晚上给我揉背，我以为可以坚持，实在坚持不下去了。"母亲一直打着嗝，看样子身体里气不能正常运行，所以她才胀痛。她以前也常这样，去医院输消炎的药，很快就通畅了。

我看看手机，正是凌晨3点钟，我问先生："知不知道医院在哪里？"先生摇摇头站在床边。我们决定去看看我做按摩那个药店夜间营业没有。

母亲低低地呻吟着，怎么办呢？深更半夜不知道医院在什么地方、有没有夜间门诊。但看着母亲痛苦的样子，我对先生说："你开着车出去找，我在这里给妈艾灸试试。"

先生很快出门去了，我担心他一个人出去，叫父亲跟去，但父亲动作慢了一点，先生很快下楼了。我对父亲说："爸爸，你一大晚没有睡好觉，你去睡，我来给妈揉。"

父亲也是快80岁的人了，加上一夜没怎么睡觉，他去沙发上睡了。我用学过的气功知识给母亲调理，用力按揉合谷穴和足三里、三阴交和太冲等穴位，又在她胃部拔罐，母亲的嗝逆声逐渐慢了下来，呻吟声也没有先前那么急促了。她慢慢地睡去，发出均匀的呼吸声。

先生回来了，我看手机3点29分，他说找到了医院。母亲没有呻吟也没有嗝逆声了，我把母亲扶起来，父亲也跟着起来，我和先生都说："爸爸，你一夜没有睡好，你在家睡觉，我们俩去。"

先生拉着我们来到医院。车上，先生说他开着车用导航也显示不出医院的位置，就开车在街上到处转才找到的，是黄水镇中心医院。只有这里夜间有值班的，场镇外面有个重庆医科大学附属医院，但夜间没有人值班。

我们来到医院二楼值班室，没有医生。先生到医生值班室敲门，一会儿，一个年轻的男医生揉着眼睛，打着呵欠出来了。他问了母亲的一些情况，开了一些口服药和输液的药。先生去药房取药，医生叫我和母亲去输液室等，并叫我们敲护士值班室外的玻璃窗。

我敲了好几次玻璃窗，又叫了几声，里面没有响动。我想可能护士睡着了，只能又来到医生值班室。这时医生值班室来了一老一少两个女人，年轻女人抱着一个小孩。我对医生说叫不醒护士，医生赶忙走出值班室，进入护士室敲门。一会儿出来一个护士，医生给她交待着。先生把药取来了，我连忙招呼里间的护士输液。

那个护士转过身对我说："把药拿过来。"我以为夜间吵醒她，她会不高兴，给我们脸色看，甚至会对我们发脾气。

护士大概有40多岁，身材苗条，皮肤白皙。她给母亲导上针头，又去给才进输液室的小孩处理。她正准备给小孩打针，母亲说："输液的血管起了一个包。"我看的确是。

护士听见我和母亲的说话，急忙放下小孩的药，赶到母亲身边，看了看，把输液的针拔出来，又重新导上，动作非常娴熟。

我坐在沙发上脚有些冷，把脚盘在沙发上坐着好一些。先生叫我去车里睡一会儿，我说："我守着，你去。"

我坐在紧挨母亲输液的沙发上，先生坐在我们对面的沙发上，他不放心我一个人守护。一瓶药液输完了，先生拔下输液瓶上端的针头换了一瓶药液。我从包里拿出平板，对先生说："你去休息一会儿，我写一点东西，顺带看着输液。"

先生看我在平板上敲着，说："你注意不要冷着了。"于是脱了他的外套就要披在我身上。

我连忙用手推他："这怎么行，你穿短袖怎么熬得过去，穿上，穿上。"我指指盖在母亲身上的被子，"这里有被子，我冷了把脚伸进去就是，你快点去休息一下。"

母亲在输液的沙发上睡着了，发出均匀的呼吸声。还好，我们带了一床厚一点的被子，不然后半夜真有些难熬。

我不时望一望母亲上空的药瓶，又低下头在平板上流利地敲击着。我写一会儿，又抬头看一下药瓶里面的药液。天不知不觉亮了，医院里看病的人越来越多，原本寂静的医院逐渐嘈杂起来。先生来到输液室，叫我也到车里去小睡一会儿。

- 蜜蜂与候鸟人 -

我走出医院楼房，院子里已经有人在晨练了。我钻进车里，闭上眼睛，但始终不能入睡。最后我索性不睡了，本想打开平板写作，但又懒得动。干脆上楼去看看母亲还要输多久，我正打开车门探出头，先生和母亲也从医院底层的楼门出来了。

一路见闻

我们从医院回到凤凰栖，父亲已经做好早饭在等我们了。我们正吃饭，有几个人来到我们门外，向我们屋里张望。

"什么事？大姐。"我问。

"你们住这里啊？隔壁这房就是我一个亲戚买的，我们来看看。"一个穿着时髦的中年妇女说。

我问："你们是到黄水旅游，顺带帮亲戚看房吗？"

那女人说："不是的。我们买的房子在金竹云山，今天有时间，随便过来看看。"

"你们是哪里人？那你们亲戚买了房还不来住？"我说。

到黄水只要不认识的人一般都要问从哪里来的。那中年妇女说："我们是邻水的。"

听说是邻水的，感觉非常亲切，我连忙打断她的话："我们也是邻水的。你邻水哪里的？"

那几个人高兴起来："哦，你们也是邻水的哦？我邻水丰禾的，买这房的亲戚是邻水县城的。"

我也高兴起来，"越说越近咯，丰禾镇离我们九龙镇就20多千米路程啊。"

— 蜜蜂与候鸟人 —

我端着碗问他们："那隔壁这房子你们亲戚还不来住？"

那个女人用手捂着嘴，小声说："他们在这里买了两套房子，等房子涨价了再卖。"说完，冲我做了个鬼脸，然后，调转头跟同来的几个人慢慢走了。

吃过午饭，我们收拾东西，准备回高登山，已经来黄水好几天了，必须回去看看蜜蜂。本来叫父母就在黄水，但他们见我们要回家，也收拾东西要和我们一同回去。

我们从黄水镇出发，走千野草场这条路上高速公路，目的是为了看看千野草场方向的蜜源植物和野外放蜂的情况。从场镇出发的几千米路，公路两边摆着各种农家乐的招牌。房屋宽大整齐，外观、颜色、款式都和黄水场镇的房屋格局一样，看样子是政府统一打造的。

房前屋后，绿树成荫，一大片一大片的水杉高大挺拔，遮天蔽日，花花绿绿的吊床给阴凉静谧的树丛增添了很多热闹和欢快。房屋外面的人行道都是卖各种农产品的摊，从黄水场镇往千野草场方向，延续了几千米。卖货的和买货的在一起互动，热闹非凡，跟场镇赶集差不多。

不一会儿，天下起雨来。车程显示，已经离开黄水场镇 5 千米了，路边的房屋渐渐稀疏。但也有很多大型的农家乐或者农庄，在路边打着各种招牌，招揽生意。再行几千米路程，路两边变成灌木丛，路边几处旅游地产在修建，打着出售的招牌。

一路上，五倍子树已经开花，树梢上大丛大丛的花朵，粉白色，只要眼睛能见到的地方，一眼就能看到哪里有五倍子，哪里五倍子密集，哪里稀疏，哪里矮小，哪里高大。

五倍子，就是一种蜜源植物，8 月份开花，泌蜜丰富。夏天高温天气，蜜源植物不但少，且分散，而五倍子正好填补了夏季蜜源少的空白，成了夏季主要的蜜源。现在退耕还林，到处都是五倍子灌木。但海拔低的地方夏季温度高，五倍子即使开花，开出来的花失去水分，花蜜在分泌的过程中就被高温蒸发干。即使五倍子树成林成片，蜜蜂也无蜜可采。

据蜂友多年的实践，我们邻水地域，只有高登山和罗锅铺很少的几处五倍子花才流蜜，因为这两处夏季凉爽。几年来，我们的蜜蜂搬到高登山上，躲避酷暑难耐的高温的同时，也收获了一季五倍子蜜。

从黄水走千野草场的路是山路，七拐八弯，但路边很多大型的五倍子树都开花了。五倍子树混杂在灌木丛中，不开花时在远处是难以发现的，只有开花了，远远就看见一大片一大片的白。养蜂人就是这样在植物的开花期，凭肉眼观察，来考察蜜源植物。

既然发现了蜜源植物，但这里的五倍子花是否泌蜜，泌蜜情况如何，还要做进一步的考察。黄水场镇附近有几处大型的蜂场，养蜂人不会只是为了避暑到黄水来。

淅淅沥沥的雨中，我们的车沿着盘山公路缓缓下行。山涧云雾弥漫，形成云山云海。偶尔迎面使来一辆车，不时也有一辆车从我们的身边疾驰而过。

民房越来越少，车开了半个小时，公路边立着一个牌子，上面打着"出售土蜂蜜"。我和先生同时说："这里有蜂场，下去看看。"

养蜂人只要看见一排排的蜂箱，心里就激动。车停在靠近蜂场旁边的公路边，我和先生走近蜂场。蜂场边拴着一条狗，看见有人靠近，就冲着我们叫起来。听到狗叫，从帐篷里走出一对40多岁的男女，一看就是夫妻。

他们俩站在帐篷门口望着我们，天上下着细雨，我们连走带跑，几步走到帐篷边。先生主动打招呼："师傅，你们是这里人吗？"

夫妻俩一听这样的问话，知道不是买蜂蜜的，心里对我们有些狐疑。先生赶忙又补了一句："我们也是养蜂的。"

听说是同行，他们才放下了戒备。男人说："我们不是这里人，但离这里不远，有半个小时的路程。"

我想：半个小时的路程，与我们3个小时的路程比，也算本地人。

我问："你们7月份就来了吗？"我想打听这里7月份有没有蜜源。

女人弯下腰，进帐篷去，端出板凳放到帐篷门口，叫我们坐。女人把板凳放好，直起腰来，说："我们才来几天。"

先生明知故问地说："是来这里采五倍子蜜吗？"

男人说："这里山高，凉快，蜜蜂和人都来避暑，也采一些蜜。"

我为了进一步追问蜜源情况，问："你们在这里几年了？"如果他们前几年在这里放蜂，对这里的蜜源应该了解很深入。

女人笑着说："我们去年就在这里，前几年在前面不远处。"

我说："一年五倍子蜜摇几次？"如果一个蜜源能摇两次，蜜源就很不错，可以考虑到这里来放蜂。

男人说："哪里能摇几次蜜哦？一年9月份可以摇一次，这一条路蜂场很密集。"既然蜂场很密集，蜂群多，能摇一次蜜也不错。

先生又问："那五倍子蜜一箱蜂可以摇多少？"

男人也还是很坦率，说："一箱可以摇10到20斤。"

我们在高登山采了五六年的五倍子蜜，知道一个花季一箱蜂摇蜜 10 到 20 斤的地方，蜜源也算很不错了。

告别这家养蜂人，我们继续前行。的确如那个养蜂人所说，走不了多远就有一家蜂场。但每个蜂场蜂数都不是很多，大多数只有三四十箱，最多的蜂场也不过百来箱。蜂场很密集，有的蜂场在人家房屋旁边的空坝上，有的摆在路边。

千野草场景区大门距鱼池场镇不远。一是下雨天，二是我们要赶着回家，所以，我们没有进千野草场景区去。一过鱼池，山势崎岖，地质跟黄水一带明显不一样。鱼池以上的地表面覆盖很厚的黄土层，地表裸露的石头很少；鱼池以下基本上是石灰岩地质，呈喀斯特地貌，大型的树木很少，都是灌木丛。灌木丛里，出现了很多乌泡，乌泡也是七八月的蜜源植物，但黄水附近没有见到乌泡。几个蜂友经常讨论，乌泡大多生长在海拔 800 米到 1200 米的山上。

沿着山路下行，开了很久的车，没有见到人家，路边有几个蜂场。这一带坡陡，公路边很狭窄，几个蜂场都是把蜂箱放在紧靠水泥公路栏杆，帐篷搭在稍稍宽一点的地方。

我说："天啦，这些蜂箱挨公路好近哦！"

先生说："你看看这些路嘛，外面平的地方就只能放一个蜂箱的位置，宽一些的地方就只放得下一个帐篷，根本找不到再平一点的空地，只能这么放。"

我摇了摇头，"哎！好艰苦哦。"

— 蜜蜂与候鸟人 —

清脾扫底

雨还在下，山上起了薄薄的雾。山沟里浓雾弥漫，父亲可能没有见过，有些惊讶地对我们说："看下面的雾。"

我说："那是云海，好美。"

公路里面有一条沟，山上的水流入沟里，黄黄的，真是名副其实的黄水。

这条路尽管路面很好，但弯道太多，还没到高速路口，母亲就吐了两次。我心里真有一种负罪感。明明想父母来黄水凉快，躲避酷暑的高温，没想到母亲坐车这么受罪。我在心里一直责备自己：不该来这么远买房，父母每年来都要受罪。我心里盘算着：再等几年在邻水附近的避暑山庄买一套房，近一点，母亲就不会舟车劳顿受苦了，婆婆也好出来耍耍。

快到高速路口了，母亲又很难受，我赶忙叫先生停车，让母亲下车缓一缓。母亲一下车就哇哇直吐，我帮她捶背，拿来矿泉水给她漱口。好一会儿，她才缓过神来。我们坐上车，母亲叫着我的名字说："琼，我这辈子可能只到你这里来这一回了。"

母亲话音刚落，我心里一阵酸痛，心脏一阵接一阵紧缩，眼泪忍不住直往外涌。我怕父母看见，只好把头扭向车窗，看着窗

- 蜜蜂与候鸟人 -

外，死死咬住嘴唇，把涌上喉咙的酸气哽下去，强压住抽泣声，把眼泪吞进肚子里。

我们回到邻水已经晚上6点钟了。吃过晚饭，弟弟妹妹又把母亲送到县医院做了检查。医生见她年岁已高，不敢给她做胃镜。母亲又在医院输了液，晚上11点过才回家。

第二天，8月2日，在邻水父母家吃过早饭，急急地往高登山赶。我们来到高登山，直接把车开到蜂场处。蜂场处，夏老师和他家属已经回家了，只有郭师傅一个人在帐篷里。听见狗叫，郭师傅走出帐篷，见是我们到了，开心地迎出来。

先生和郭师傅说了一会儿话，我迫不及待地走到我们的蜂箱处，一箱一箱揭开箱盖和副盖上的覆布，见继箱里面蜜蜂不是很多。先生也过来了，我说："继箱上面怎么看不到多少蜜蜂？"

先生说："前段时间，好多天没有下雨，尽管在高山上，但太阳底下温度还是挺高，蜜蜂怎么受得了？怎么会不损失蜜蜂呢？"

我们养的蜜蜂，一箱蜜蜂有底箱和继箱两个部分，下面的叫是底箱，也是主箱，有底，可以单独使用。上面的没有底，只有一个4个壁的框，套在主箱上面用，叫继箱。底箱的中间插一块木板，这块木板我们叫它中隔板，中隔板把底箱又分开成两个相等的区间。中隔板不能有缝隙，必须插到底，上部要与底箱口相平。底箱被中隔板隔开的两边各放置几张巢脾，最多放4张。中隔板如果两边都有蜜蜂，每边各放一只蜂王，这样的蜂群就叫双王群。双王群配置好后，如果蜂群强势，就要加继箱，给蜂群增大空间。继箱和下面的底箱之间又要用一块板隔开，这块板叫隔王板。何为隔王板？就是隔板由很多条竹条组成，竹条与竹条之间有一定的空隙，这个空隙只能容许工蜂通过，隔住蜂王不能通过。隔王板的目的就是隔住蜂王，使蜂王只能在它自己那个空间里活动、产子，不能到继箱来。

双王群的蜂箱里虽然有两个蜂王，但两个蜂王互不串门。每个蜂王只在自己的空间里产卵，蜂王又不能上到继箱去，继箱里只有工蜂活动。遇到大流蜜季节，工蜂就把蜜搬到继箱的巢脾里。这样，底箱里的巢脾是蜂王产的卵，孵化的幼虫和封盖的蛹，而继箱里的巢脾全部是蜂蜜。蜂蜜和幼虫分开，摇蜜时只摇继箱里的蜜脾，不动有仔的巢脾。此法摇蜜，既不伤幼虫，又省事又省时。

先生把继箱端起，查了几箱底箱，发现底箱的巢脾上，四周的巢房已经装满了蜜。

我们又到山上去看，乌泡花已经处于旺花期了，五倍子花即将开放。在手机上查最近半个月邻水的天气，都是晴天，蜜蜂能外出活动。蜜蜂不会缺蜜了，我们决定过两天清脾扫底。

何为"清脾扫底"呢？就是清理巢脾里面原有的蜜，把装蜜的巢脾彻底清扫出来，好装纯净的蜂蜜。

我和先生开着车在高登山上下转了一圈，成千上万亩的乌泡已进入盛花期，但乌泡泌蜜量不很大，蜜蜂采回的蜜只能维持自身的生存。只有大蜜源植物五倍子和刺芽儿的花开后，蜂箱里才会存入大量的蜜。也只有大量的蜜贮存，养蜂人才会把巢脾上多余的蜜摇出来，就是我们平时说的摇蜜。

蜜蜂和蝴蝶、苍蝇一样，都是完全变态的昆虫，成虫食物就是蜜糖。但蜜蜂除了吸食花中的蜜外，它身体里有一个蜜囊，专门用来装蜜。花开了，蜜蜂就在花朵中寻找花蜜，找着后，就把头部伸入花朵里，用长长的吻吸取花朵中的蜜，把蜜装在蜜囊中带回。蜜蜂回到蜂箱后，又把蜜囊里面装的蜜吐出来，装在蜂巢里。之后，蜜蜂又返回花丛中采蜜，蜜蜂就这样来回奔波于百花于蜂巢之间。

蜜蜂很勤劳，天才蒙蒙亮就飞出去，一天要跑很多趟。遇到大流蜜季节，天要黑了，蜜蜂也要往外飞，实在赶不回来就在野外过夜。如果夜间气温过低，在外过夜的蜜蜂熬不过夜间的低温，会被冻死在植物的叶或者枝条上。采1千克蜜，一只蜜蜂要飞行40多万千米，采集上百万朵花，可见蜂蜜的珍贵和来之不易。

我们邻水一带，5月柑橘花开后就没有大蜜源了，只有零星的一些菜花。即使我们搬到高登山上，也要到7月中旬，乌泡才陆续开花。其间两个多月的时间，这些零散的蜜源根本不能维持蜜蜂生存所需。那怎么办呢？不可能看着蜜蜂活活饿死，养蜂人在这段时间里就要给蜜蜂补喂饲料。蜜蜂的食物是糖，这段没有蜜源又不摇蜜的时间，养蜂人用蜂蜜或白糖给蜜蜂做饲料。

我们老家一带一年有两个季节蜜蜂缺蜜源，一个是每年的5月到7月，另一个就是10月到来年的2月油菜开花前，这两个时期都要给蜜蜂补饲。给蜜蜂补饲白糖，这就是很多买蜜的人担心的一个问题。

蜜蜂喂了白糖后，不进行处理，摇出的蜜蜂或多或少混有白糖。为了使出售的蜂蜜纯正，养蜂人必须做一个工作，就是清脾扫底。

清脾扫底就是在蜜源植物开始泌蜜了，且有几天连续的晴天，择机把巢脾里面喂了白糖的蜜全部摇出来。这些清出来的混有蜂蜜和白糖的蜜放着，等以后蜜蜂缺蜜时做蜜蜂的饲料。扫底后，巢脾里面空空荡荡，蜜蜂在晴朗的天气里采回来的蜜，再装入蜂巢里，就是纯净、一点不含杂质的花蜜了。但有的养蜂人怕麻烦，不做清脾扫底这项工作。

　　谢大姐知道我们要清脾扫底，第二天天才放亮，我们起床时，谢大姐把早饭已经煮好了。洗漱完，吃了饭。我和先生拉着摇蜜机和装蜜的桶，匆匆忙忙到了蜂场。用了两三个小时，把蜂箱里所有的巢脾清理完毕，巢脾上没有一点存蜜了。之后，蜜蜂采回来的就是五倍子、乌泡和刺芽儿的花蜜了。

又见"候鸟"

下高登山后，回邻水。我和先生要去看望我父母。

8月初的天气，邻水城里热得很。我们到邻水父母家，客厅里，两个电扇不停地吹，感觉屋里还是像火烤一样。我钻进空调屋睡了一觉，人舒服多了。

下午4点多，我们开车往九龙赶，在高速路铜锣山隧道里，几辆货车开得很慢，挡在我们前面。另一边的隧道在整修，我们所行的隧道单行道变成了双行道。隧道里面没有灯光，只能靠着车灯前行。隐隐约约，看不清前面的货车上装的是啥，感觉很高很大。我们只好放慢速度，尾随其后。接近隧道口，外面的光射进来，模模糊糊看见前面的货车上都载着大型的机器。越往洞口走，越来越亮，能看清整个车了。原来这些货车上面装载的都是大型的收割机。

"哎，要割谷子了？收割机都来了。"我说。

先生回答："8月7日立秋，秋前秋后稻子黄嘛。"

邻水东槽、九龙、袁市、丰禾被称为鱼米之乡，境内地势平整，耕地以水田为主。车子进入袁市场镇附近到九龙一带，公路两边，无边无涯的水稻映入眼帘，蔓延几十千米。稻子已由青转黄，稻穗笑弯了腰，用它们谦卑的姿态，向人们诉说着丰收的喜悦。知了扯着嗓子鸣叫，打破了田野的宁静。

"江浙一带的人怎么知道这带稻子要收割了？哪个地方早熟、哪个地方晚一点，他们把时间拿得那么准？"我很疑惑。

先生说："那么多收割机来到这一带，肯定专门有人组织，有人做前期考察工作，不然，他们怎么会知道哪些地方、什么时候需要割谷呢？"就是，每年到九龙来的收割机恐怕有几百辆。

6 年前，夏天，我们还住在九龙老家，整个夏天都躲在空调屋里。每当 8 月上旬，江浙一带的收割机来到九龙，停在九龙的大街小巷，我们家门外的公路上也密密麻麻停放着收割机。

稻子成熟的季节，他们一般要提前一两天来。天刚蒙蒙亮，乡里的一些女人和老人就来到收割机前，和收割机的主人讨价还价。讲好了，就开走一台收割机。一大早，一条街就像赶场一样嘈杂着，大声、小声、本地音、外地音，你一句我一句。逐渐逐渐，一阵阵轰隆轰隆，一股股汽车油烟冒出，一辆又一辆的收割机开下乡了。到了中午，满大街的收割机所剩无几。

收割机开下乡后，拥挤吵闹的门外，以为可以清静下来恢复往日的模样。不料，到了傍晚，一辆接一辆的收割机回来了，又停在大街小巷。他们夜间有的睡在车顶上，很多的人就在居民门前地上，放一张垫子睡在地上。车子里面实在太热，他们就打开车门，拿着扇子噗噗噗噗地扇着，坐在驾驶室里，不知道心里在想着什么。

他们接到了生意，中午晚上就在主人家吃饭。早上，有的在饮食店吃一顿，有的是在路边自己煮饭，在附近居民家里要一些水，洗的衣服就挂在车子旁边牵着的一条绳子上。如果遇到下雨或者没有谈成生意，他们同车来的几个人，白天就只好蜗居在车上的驾驶室里。

有一次我出门，听见隔壁大娘对收割机上的人说："这么大热的天气，田里温度这么高，你们好辛苦哦！"

那人却回答："我们最怕下雨，气温越高，我们越喜欢。"

是啊，如果稻子成熟后遇到下几天雨，稻秆会倒伏，这样收割机就没法操作了，种稻子的农民也怕三伏天下几天雨。所以，人们最惧的三伏天的炎烤，江浙一带开着收割机来的人们却巴不得永远都是三伏天，他们永远有生意。

他们一个车上有男有女，看样子大多数车都是以家庭为单位。记得几年前，我们住在乡下，一个三伏天的中午，附近有家村民请了收割机割谷，来给他们割谷的除了一对夫妻，还有一个60多岁、看起来壮壮的男人。那年，九龙刚用收割机割谷，大家都很稀奇。田里，收割机上几个人配合着收谷；田埂上就站了很多看热闹的人，连公路上过路的人都停下来看。来观看的大多数是附近的农民，他们想了解收割机割谷的情况，再决定自己家是人工收割还是机器收割。几天后，听说收割机上那个60多岁的男人中暑死了。

我们九龙地处亚热带地区，又是平坝，每个家庭除少量的旱地外，大部分是水田。一家人少则一两亩，多则几亩。祖祖辈辈都是用镰刀割谷，在大集体的时候，生产队脱谷是用牛拉着石头滚子碾草头。后来包产到户后，开始一家一户都是自己人工割谷，把谷子连同稻草一起收回家，然后拿着一把把草头在凳子上摔打，把稻草上的谷子摔脱下来，劳动效率相当低下，劳动强度也很大。一年中，收割稻谷是最辛苦的季节，天气恶劣不说，农人必须抢时间收割，不然遇到大风大雨，稻子就要烂在地里。那些年，在高温天气的大太阳底下割谷，中暑而死的大有人在。

在 20 世纪 90 年代，市场上出现了脱谷机，脚踏式的。人们拿着稻草把子，把稻穗放到齿轮上，脚踩动踏板，通过皮带带动齿轮转动，这种半自动化的脱谷方式，稍稍降低了劳动强度，提高了一些劳动效率。后来又出现了电动脱谷机，但都要先割谷，再连谷带草担回，再把稻谷和稻草分离，一家人起早摸黑，都要前前后后忙碌十几二十天。尽管把谷子收进了仓，很多壮劳动力在这个季节都要累垮一身肉，照农村人的说法：割谷要脱一层皮。这期间，累得生病住院的也不乏其人。

20 世纪 90 年代，年轻人都纷纷外出打工，老人和一些中年妇女在家种庄稼。每年收割稻谷的时候，很多家庭的男人要匆匆忙忙从外地赶回来。来来往往既辛苦又花钱，打出来的粮食有的只够车费，甚至有的连车费都不够，算下来不值得。最近些年，很多村民都不愿意种地了，他们没种的田地，有的被一些老人种上，很多打荒。

前些年，平坝割谷时，丘陵、山上的稻子还没有黄，山上没有外出的农民，趁此机会到平坝来帮收割稻谷，赚点辛苦钱。请人割谷，收回稻草，并把谷粒脱出，3 个人一天只能完成一亩田的工作量。一亩田人工收割谷子，现在工价涨到三四百元。尽管是请人割谷，但主人家一样不闲，要招待茶饭，还要安排收割，照样受累。

收割机到来以后，收割一亩田工钱只要 100 元左右。并且，收割机割谷时，就把谷子和稻草分开，稻草秆还田，主人只管把谷子从田里拉回去晒就行。不但提高了劳动效率，也大大降低了成本和劳动强度。现在，只要是收割机能去的稻田，人们就用收割机收割了。

好几年了，每当稻子收割季节，九龙就来了很多收割机。

看着前面的收割机，我有意在手机上翻看日历，还有几天就立秋了，怪不得收割机来得这么准时。我们的车尾随载有收割机的货车出了铜锣山隧道。这些车辆负着大型割谷机，像蜗牛一样爬行。先生加快了速度，超过了它们。

我们没有回九龙自己的住处，直接把车开到朝阳公婆家。地坝上晒着一些新鲜的稻草，旁边晒着一些谷子。听到停车的声音，公公从底楼里走出来，婆婆在二楼阳台上张望。我说："你们把谷子都割了哦。"

公公小声说："一点点糯谷，打几十斤。"

先生说："这么大岁数了，不要种了，你种一点庄稼，想外出耍就不行，一天心里挂着。"

我也劝道："热天去黄水避暑，家里喂了鸡鸭，又有点庄稼就走不出门。明年不要种了，好安安心心出去耍。"

我们在公公婆婆那里吃过晚饭，才回九龙的家。尽管已经傍晚，温度比中午的火辣减轻了很多，但地表散发着热气，走在水泥路上，整个人被一股热浪包裹着。

多年的经验，我们所住的顶楼一定像烤火一样。家里 10 天左右没有开窗了，里面一定闷热得透不过气。正准备出去转路，先生说："我先上楼去把窗户全部打开通气透风，你在这里等我去转路。"

先生一会儿就从楼上下来了，我们俩走到街口。从这里有两条路可走，一条是去乡下的路，一条是去农业园区。他要走乡村道路，说乡村道上车辆少，灰尘少。我说："走农业园区，去看附近的道路上空的电线上，燕子走了没有?"

才出场口公路就成"Y"字形分成两条道路，一条是很多年都有的过境道路，一条是才修建两年的农业园区的道路。原过境公路两旁一家挨一家建有民房，虽是农村，但已经形成了一条街。这一条街，房屋前架有供电的电线。几百米长的四五条并列的电线上，燕子一个挨一个站着，密密麻麻，就像五线谱上的一个个音符，形成了一道独特的风景，给这条街增添了一股强大的气场，每年的夏季都如此。傍晚，叽叽喳喳，叽叽喳喳，有的燕子站在电线上，你啄啄我，我啄啄你，相互梳理着羽毛；有的挥舞着剪刀式的尾巴，上下翻飞，在空中寻找着食物。它们必须把身体养得胖胖的，储备能量，为遥远的南飞做准备。

我站在岔路口，惊叹："咦！燕子还没有走。"

先生说："可能不会太久了，它们等到同伴到齐了，就要开始南迁。"

我说："或许是北方的燕子到达我们长江中下游一带了，在这里稍作停留，再南迁。"

我们沿着农业园区的道路走，这条路是新建的，宽大，平直，又是柏油公路。农业园区有上千亩土地也被政府征用，目前已有好些家企业入住。园区公路两边没有居民，平时一些机动车辆就停在园区的公路边。

我们沿园区道路行走，当要走近一排大型的车辆时，从车上下来两个年轻的男人，大概就 20 出头，看起来还像学生娃娃。我抬头一看，原来是停放在公路边的收割机，大概就是我们在铜锣山隧道遇到的几辆。

"稻子才黄，他们就准时来了。"我说，"他们真拿准了时间。"

先生说："真是一群准时的候鸟人。"

栖息黄水

8月4日，星期六，弟弟打电话问我们什么时候去黄水。

我说："我们还在九龙，办点事，再到高登山，然后再去黄水。"

弟弟说："邻水实在太热了，我趁周末带妈过去，我们也顺带去黄水耍两天。爸爸后面跟你们一起去。"

弟弟趁周末放假，把母亲再次拉到黄水去避暑，同行的还有弟媳、两个侄女和妹妹的儿子。

这天，先生中午去外面做事，我宅在家里写作。下午，先生说九龙实在热得受不了，还是上高登山去。

我说明天九龙赶场，我们回家一趟，趁九龙赶场买些新米上高登山，谢大姐他们高登山上没有田，不种稻谷，给谢大姐和夏老师、郭师傅他们买些新米去，让他们尝尝新。

家里的空调坏了，我们时不时回家一趟，便没有叫人来维修，只好吹风扇降温。电扇一天到晚不停地吹，吹过来的风都是热的。电扇吹着不但不凉快，倒把我吹感冒了，鼻炎也发了，大热天流起鼻涕来，眼皮很沉。为了等到第二天赶场，我们挨呀挨，好不容易挨到下午四五点。

既然我们没有走，又偶尔回家一趟，就没有在自己家煮饭。一般是去公婆家，看看他们，顺便在那里吃饭，和他们摆摆龙门阵，拉拉家常，让老人家高兴一些。

　　儿孙们经常和老人在一起，享受天伦之乐。看着我家的几位老人，我脑子里总是出现一幕往事。记得十几年前，我住在街上一个门市里，门市隔壁一对做生意的夫妻，都快 50 岁了，男人有一个快 80 岁的老娘。一年冬天的一个傍晚，我和隔壁两夫妻站在门外聊天，老人颤颤巍巍来了。

　　老人来到儿子媳妇面前，胆怯地说："我饭菜煮好了，你们来吃嘛。"一副乞求、巴结的神态。

　　媳妇不说话，儿子白了老太太一眼，边进屋边硬硬地甩过去一句话："你自己吃嘛，我们不来。"

　　老太太说："我煮了那么多，今天我过生日，煮好了叫你们，这个也不来，那个也不来。"

　　媳妇说："叫老大他们去吃嘛。"

　　老太太有些难为情："老大我去叫了的，他们不去。"

　　老人眼巴巴地望着儿子媳妇，在儿子门市外面杵了很久，儿子媳妇又不叫老人进屋坐。老人说了各种道理，儿子媳妇就不说去。老人发出微弱的声音："饭菜要凉了，走，去吃嘛。"

　　不管老人怎么求，儿子媳妇还是不去。天黑了，老人家只好灰溜溜地离开。老太太离开时那凄凉的背影，那沉重得迈不开的脚步，一直刻在我脑子里，怎么挥都挥不去。那时，我家双方父母才 50 出头，但隔壁夫妇的老人离开时的背影触动了我的神经和灵魂，从那以后，我们就尽可能多陪陪双方老人。如今，公婆年岁大了，每隔几天，我们都去老人那里看看，给他们买一些东西，又在他们那里拿些菜回来。老人种的蔬菜有人要，他们也觉得自己还有价值。

下午5点过，我和先生又来到公婆家。吃过晚饭，又耍了一会儿，我们一个劲儿动员两位老人去黄水玩，婆婆说："这里今年不热，明年去。"

我说："黄水空气好，又凉快，你去了之后一点不会累。"

公公说："家里这么多鸡，不放心。"

我们说了很久，也说了很多次，还是做不通老人的工作，只好说："那明年一定不能种庄稼，鸡也不要喂，才好出去耍。不然，过几年你们想出去耍，都走不动了。"

我知道上年纪的老人有个想法，他们怕去外面后回不来。所以，他们哪里都不愿去。

我们回到九龙的住处，天还没有黑，屋子里像蒸笼一样，热得透不过气。我们只得到户外走走。走了百把米，水泥路上的热气散发出来，熏蒸着整个身子，汗水直往外冒。我拿着蒲扇"噗噗噗"地扇，没有一丝凉风。走着走着，我和先生一点继续向前走的意愿都没有了，先生说："不想走了，到处都热得慌。哎！干脆回高登山吧。"

我看了他一眼，"走吧，上高登山，实在受不了，下次回家再买新米。听说这几天很少人割谷，估计明天市场上也没有新米卖。"

我们说走就走，从九龙出发，我就跟谢大姐打电话，谢大姐叫我们去吃晚饭，一听就知道她在家。

我们来到谢大姐家，没见开灯，喊了几声，也没有回音。我连忙掏出手机打她的电话，听她回话应该是在她老家垮上打麻将。

天空中有些云层，月光很弱，周围的东西若隐若现。风吹得地坝边的梨树叶哗啦哗啦响，身上飕飕凉，非常清新。不像九龙，即使吹风，风里都是热浪，使人喘不过气来。站在地坝上，好凉快！好舒服！哪里是盛夏的夜晚，跟刚才在九龙简直是两个不同的季节。

我们等了一会儿，谢大姐回来了。我说："九龙热得受不了，晚上睡不着觉，吹风扇把我也吹感冒了。"

谢大姐说："早点上来嘛，山上还是凉快得多，来了多耍几天。"

我说："我妈他们去黄水了，我们明天要抓紧时间检查蜜蜂，早点去黄水。"

第二天下午，我们带着父亲到黄水去。

在冷水下高速公路。冷水境内，公路两边鲜花盛开，一路都是向日葵、格桑花、绣球花，还有一些不知名的花花草草。天气阴沉沉的，下着雨。尽管是星期一，公路上来来往往的车很多，一辆接一辆，有的路段还有些塞车，两边农家乐院坝上，也停了不少车。我说："来避暑的人好多啊。"

先生边开车边说："7月8月正是避暑高峰嘛。"

没行多久，一幅大型的广告吸引了我们。广告没用花花绿绿的色彩来吸引人，而是整幅的白色，上面只有几个简单的红色大字，有几个人正把广告布往广告牌上拉，上面写着"凤凰栖三期楼盘报名登记中"。我说："黄水的房子怎么那么好卖？"

先生说："黄水海拔高，植被又好，既凉快，空气又清新，很适合康养。小户型一套二三十万元，现在很多家庭都拿得出来。"

我说："是啊，人们的生活水平提高了很多。人们既要吃好耍好，还要求居住环境好。各地旅游地产、养老地产也应运而生。"

从太阳湖边经过，湖边房屋临水而建，真有江南民居的韵味。湖水倒映着周边的房屋、山峰，有好多游人在湖边垂钓。先生说："看看，太阳湖的水位降了好多，这么大的一个湖，盛夏降水量又大，本来水位应该上升才对，太阳湖的水位却降了那么多。"

太阳湖岸现出一段黄黄的水淹过的痕迹，大概有三四米高。我说："黄水突然增加二三十万人，太阳湖和月亮湖会不会就是饮水工程，不然怎么解决这么多人的用水问题？"

走之前给母亲打了电话，我们6点多到黄水的家中。听到我们在走廊上说话，母亲和隔壁杜老师迎出门来，杜老师说："你妈才4点多就把饭给你们煮好了，在门口望了好多次。"

到黄水第二天，下雨，我一天都宅在家里写作。中午，隔壁杜老师对我说，黄水业主有个微信群，问我们进去没有。我说："我先生进群了，我还没进。"

杜老师说："我拉你进群。群里有人还在组织艾灸爱好者学习，正在报名接龙。"

我爽快地说："要得。不知道艾灸群人满没有。"

杜老师说："我已经排到9号了，广告说只要12个人。"

我进群后，凤凰栖业主群已有300多人了。杜老师把那个艾灸广告发给我，接龙下去，我排在10号。马上有人来加我。

8月7日，我起床站在阳台上一看，天放晴。小区外的森林里，沟涧升起一阵一阵的雾，形成云山林海，神秘又梦幻。公路上出去散步的人密密麻麻，桥上，很多人拿着手机、相机在抢拍美景。看到户外的美景，我亢奋不已，叫先生赶快出门去欣赏。

我们来到小区外的桥上，加入观景的人群之中，我也拍了几张云山雾罩的户外风景。前几次到黄水来住了几天，对于我这个路盲来说，还是不怎么熟悉周边的环境。我让先生带我由凤凰栖后门出发逆时针方向走，我想认真记一下凤凰栖附近还有哪些小区。

我特意拿出平板记下，凤凰栖北边有金竹云山和紫金花园，绕一圈与凤凰栖前门隔一条公路，斜对面的有玉林苑、东方晨光，东方晨光紧挨农贸市场。

农贸市场人声鼎沸，凤凰栖外面的几条公路边，人山人海，守着地摊的农民正在和顾客讨价还价，时令蔬菜、山野菜、嫩糯玉米棒子、大米、鸡蛋等，还有黄水的黄连、黄连花，以及一些我不知道的东西。看得出，这些地摊是本地农民在卖。地摊上，一种小塑料袋装着的草吸引了我，苍翠，一条条茎上毛茸茸的，茎分枝，就像梅花鹿长出来的角。我小时候见父亲采药，知道这种草叫"伸筋草"。两年前，一个朋友叫我到山上遇到后给她采，说可以治风湿。朋友的请求我一直记在心里，有意无意都留意着，两三年了，仍没见着。这次无意中碰到了，我怎会放过。

我问："这个草多少钱一把？"

站在旁边的一个人连忙说："一元钱一把。"

我弯下腰拿起伸筋草，一个老太婆从远一点的摊子上，急急忙忙过来，说："一元钱一把，好难得找哦，山上才有。"她把伸筋草压了又压，我还以为她不卖给我，我连忙说："我要买。"

过了地摊区域，又看见公路上一车一车的蔬菜、水果，有李子、苹果、猕猴桃、哈密瓜等，都是用车拉着卖。一车车红的、黄的、紫的、绿的，圆圆的，新鲜的，看上去很撩人。一车暗红色的李子挑逗着我，暗紫红的果皮外带着粉白的霜，看上去非常水灵，车子上面，用硬纸板写着几个字：翠红李。一男一女守在车旁，我不由得念出声来，男人马上说："对，翠红李，又翠又甜，尝尝吧，大姐。"连忙从车上抓了两个递给我，又吆喝起来："翠红李，翠红李，又翠又甜，吃不付款，尝不要钱。"一下子围了好几个人，一尝，真的甜。我问："这个李子是你们黄水出产的吗？"

男的说："不是黄水的，是从汶川拉来的，汶川产的李子。"

我又说："那你们是汶川人啊？"

他说："我们是成都的。"

我说："你们好会做生意啊，在成都怎么知道黄水这个地方呢？"

男人笑笑说："大姐，为了生存嘛。"

我买了李子，付过钱，不妨再夸他们一番："你们真会做生意，又在黄水避了暑，又把钱挣了。"男人和女人都笑起来。

候鸟生活

我买翠红李时，先生就站在稍远一点的路边等我一起回家。凤凰栖售楼部在凤凰栖前门旁，凤凰栖前门的公路一边到金竹云山，另一边到黄水大剧院，附近几条公路两边的人行道上，都摆满了蔬菜和水果，有很多人在选菜、选水果。旁边的坝子上，大妈们跳着坝坝舞，有的几个，有的十几二十个。

进入凤凰栖小区，有两个小朋友在羽毛球场打羽毛球，乒乓球台上，两人挥舞着球拍激战，旁边几人在助威。这是小区的另一个运动场，小区里依地势高低建有几个运动场。高一台阶的坝子上，有几个六七十岁的女人身穿太极服，打着舒缓的太极。另一个坝子上，几个女人轻快地抛着柔力球，左翻、右翻、前抛、后摔，她们的球拍像有吸引力一样，柔力球在她们的舞动下，不偏不倚落在球拍上。她们像有魔力一般，玩得轻松自如。我想：我哪天能把柔力球打到她们那个水平就好了。

我回到家，父亲看着我手里的草药，问："你买的啥子?"

我说："伸筋草，人家说治风湿。"

父亲打开塑料袋一看，说:治风湿，威灵仙最好。"父亲是懂一些中药的，我很小的时候，他和他的很多同事到我们老家山上采药，我就是从他们采回来的药材中认识伸筋草的。

我说："威灵仙长什么样子？"

父亲比划了一阵威灵仙的叶子、整个植株像什么样子，但我还是不明白。打开百度搜索，百度上尽管有图片和文字介绍，但图片不像实物那么清晰，查了半天，我也没有弄明白威灵仙的模样。但威灵仙这个名字却被我牢牢记住了，也知道它的药理药性了。

母亲从厨房出来，端出一大盆煮好的玉米棒子放在桌子上，玉米棒子冒着热气，散发出阵阵清香。母亲说："你们回来了，快点吃玉米，给李老师他们一人拿一个过去。"

我用盘子捡了3根玉米棒子，给李老师家端去。李老师出去转路才回来，他的老母亲从沙发上站起来，慢吞吞走了几步，笑笑。

李老师说："你们自己吃吧，我们也买了玉米的。"

我说："我妈买得多，已经煮好了。"

黄水的蔬菜比我们九龙、邻水贵，就糯玉米便宜。邻水一般蔬菜1元到2元一斤，黄水同样的蔬菜大多数是3元一斤。只有嫩糯玉米，剥皮后才2元一斤，一个还不到1元钱，又糯又甜又清香，我很喜欢吃。所以，父母每天早上出外散步，都会顺便带一些回来，有时还多买一些，给隔壁李老师他们也一人煮一个。

吃过早饭，李老师过来叫我们去他家阳台看看，我们走到他家阳台，见隔壁邻居家正在做露天阳台的顶棚。我们问了安装工人做阳台顶棚的一些有关情况后，和李老师商量马上出去，找做铝合金门窗的商店谈谈。

说走就走，当走到电梯口，遇到6号房的老两口牵着一个小男孩从他们家出来。他们家就在电梯旁边。女人说他们是长寿来的，这房子是女儿买的。女儿女婿上班走不开，只有他们老两口带着外孙来黄水避暑。我们这一楼8户，除隔壁邻水那家还没住进来，其余都住进来了。虽来自各地，大家目的都一致，都是来黄水避暑乘凉，都是候鸟人。

李老师带我们到一家铝合金门窗店，老板不在，门前一个人来和我们搭讪。说是铝合金门窗店主的房东，可能长期在这家店里耍，对棚顶的各种材料还很了解，最后我们决定明年来再做打算。

时间还早，我们就去街上溜达。黄水无论哪条大街小巷，都是人来人往，似乎各个地方的人都到这里来聚会一样。

白天，黄水大剧院广场没有晚上那么多人，硕大的广场只有路过的人匆匆忙忙地走着。尽管明晃晃的太阳照得眼睛都睁不开，不戴草帽头顶也有些烫，但风吹在身上还是凉悠悠的。走了一个多小时，也没有流一点汗。

黄水大剧院和凤凰栖之间的公路两旁，各种摊子一个挨着一个地摆着。我关注得最多的是一个用面包车搭成的临时摊位，面包车上重重叠叠摆着各种各样的遮阳帽，有男式的、女式的、小孩的，女式的居多。这个卖帽的车子每天都在这里，摊主是两个年轻男孩，小的看上去是个学生。两个人除了守着车上的货以外，旁边还有一个地摊，卖凉鞋、拖鞋之类。我每次路过都要在帽子车边徘徊，看有没有我喜欢的款式。

回到家，打开微信，长寿的柳柳姐在朋友圈发了视频，视频里是他们长寿县城的一群老年人到黄水游览景点拍的照片，还有他们演出的照片，很漂亮。我微信联系：姐，今天下午有没有空？

我已经联系过柳柳姐几次了。前几次不是他们一大群人要出去游玩，就是我有事去不了。

一会儿，柳柳姐回了信息：小刘，我们下午有空，你过来耍嘛，我们住在阳洞街 52 号三妹农家乐，就在政府斜对面那条公路下面。柳柳姐给我留了她的电话。

吃过晚饭，先生说政府大楼就在月亮湖附近，尽管我们去过月亮湖一次，也在黄水街上走过两次，但我还是没有弄清楚黄水的几条大街。父亲想到月亮湖去钓鱼，也想找找路，就跟着我们一起出门了。我们走到黄水大剧院那条餐饮街，一眼望不到尽头的街道两边摆满了餐桌，座无虚席。这条街大约有 2 千米长，到处都一样爆满。红彤彤的汤锅里翻滚着麻辣烫，菌子汤锅飘着薄薄的热气。行人来往于餐桌的空隙间，人影、说话声使整条街十分拥挤，就连空气也被餐饮散发出的各种气味挤满了。这条街，就是黄水的黄连大道，也是饮食一条街。

走了一阵，发现母亲没有跟来。这么拥挤的人流，我们生怕母亲一个人走迷路，先生给父亲指了去月亮湖的方向，叫父亲去找母亲。

由黄连大道往南走了大概 1 千米，右边有一座宽阔的大楼，几十级台阶，拾级而上。楼门上挂着庄严的国徽，楼顶四周插着鲜艳的五星红旗，不用问，那就是黄水镇人民政府大楼。

我们通过电话和柳柳姐联系，找到了阳洞街。柳柳姐等在十字街口，右手搭个凉棚放在眉宇间，踮着脚左顾右盼。我一看就是她，跟微信头像一样。赶忙叫了一声："喂，柳姐。"

柳柳姐听到叫声，看见了我，也认出来了，她对我招招手。招呼我："小刘，小刘。"这是她第一次叫我小刘，我还不怎么习惯呢，因为在微信上她都是叫我的网名。

我们在微信上联系了整整一年，这次还是第一次见面，大概都是凭的微信头像认出了对方。

看得出，柳柳姐很兴奋，她拉着我的手来到他们住的农家

- 蜜蜂与候鸟人 -

乐，从店里端出椅子，叫我和先生坐。接着，从店里出来一个花白头发、精神矍铄的老头，柳柳姐给我们介绍："这是我们项老师。"

我知道，项老师是柳柳姐的丈夫，去年她在微信上跟我说过，并且柳柳姐的相册里有他们两人的多张合影照。

柳柳姐又接着说："我姓郑，我退休前是幼儿教师。"

当时，我就想说我一直还以为你姓柳呢，话到嘴边我还是把它吞了回去。我连忙向柳柳姐介绍我的先生，柳柳姐又把我和先生介绍给项老师。柳柳姐对项老师说："他们去年在西山放蜂。"

项老师突然高兴起来，大声笑着说："哦！哦！记起了，记起来了，是去年在西山养蜂的那个张老师嘛?"伸出双手，热情地与先生和我握手。

"对对对，就是我们，就是我们，去年在西山放蜂的。"

西山，在重庆长寿境内，属于明月山脉，在九龙和长寿之间，长寿叫西山，实际上是邻水的东山。去年（2017年）我们和蜜蜂一起在西山避暑度假，在西山的西岭山庄住了一个多月。那里海拔900米左右，森林覆盖率很高，也有大量的蜜源植物五倍子树和乌泡。

项老师说："那小刘小张，你们蜜蜂还在西山啊?"

我和先生回答："我们蜜蜂现在在高登山上，就是华蓥山石林反背。"

柳柳姐说："小刘，你们今年怎么不在西山呢? 前几天我们去西岭山庄还说起你们呢。"

先生说："西山的海拔比高登山低，夏天温度要高一些，五倍子树和乌泡泌蜜量没有高登山好。所以，今年就没去西山了。"

2017年在西山避暑放蜂，长寿老年大学的几十个学员到西山避暑，举行演出活动，唱歌、跳舞、小品等，每个人尽情地施展自己的才华。我们几个年轻人好羡慕他们，观看他们的表演，为他们鼓掌。他们摄影班、电脑班的学员把他们做的视频发给我们，我被他们孜孜求学的精神所折服，主动去向长寿的老年朋友请教，学习一些制作视频的知识。他们好几个跟我聊天很投机，都和我加了微信好友，成了好朋友，一直联系至今。

柳柳姐其实不是我们在西山加的好友，2017 年我们在西山时，她和项老师也随那个老年大学班到了西山，但那个时候我们并不认识。那段时间，我在微信平台发了几篇文章，被长寿的微信好友转发，柳柳姐看到了，就主动来加我。后来，我把文章发给她看，她也经常把她外出旅游制作的作品发给我，我们两个相互点赞，相互鼓励。从她的摄影作品可以看出，他们一年内，很多时间都在旅游，出游了国内很多地方。

项老师跟我们聊了一会儿天，说出去看演出，先生也跟着他去了。我和柳柳姐两个人坐在农家乐外面耍。

我问："姐姐，你们一年好多时间都在外面旅游哦？还有很多朋友一起。"

柳柳姐说："我们这次到黄水来，前段时间有 20 多个人，好多人回去了，这两天就我和项老师，还有摄影组的老两口带着孙子住在这里。现在，摄影组的两个朋友带着孙子出去看演出了。就在那个土家族风情广场，昨晚彩排，今晚演出。"

"姐姐，我看你发的微信朋友圈，你们每天都有外出活动，所以我怕影响你们集体活动，前段时间就没有联系你。"

柳柳姐说："我们人多，一般是中午一起出去游附近的景点，下午就在黄水场镇周边自由活动。摄影组有任务，必须完成。"

"那你们是老年大学组织的，还是自发组织出外旅游？"

"摄影组一年至少要组织一次集体外出采风。出去采风之后，每个人都要交作业，还要打分、评等级。除此以外的活动都是我们自发约起外出旅游。比如这次来黄水避暑。"

"那你们一般在一个地方住多久呢?"

柳柳姐说："不一定，出外一次不容易，我们都上了年纪，又没有车，一个地方住十几天到二十几天不定。我们到了某个地方，都要去游览附近的景点。我们这次到黄水是 7 月 23 日来的，计划 8 月 13 日回去，住 20 天。"

项老师和先生回来说演出还没有开始，人太多了。坐了一会儿，我说："干脆我们出外走走，边走边聊。"

大家都同意，我们慢慢走，项老师和柳柳姐带着我们，给我们讲周围的情况。"你多大岁数了? 姐姐。"我问。

柳柳姐说："我已经 70 岁了，项老师 80 岁。"

"啊! 真看不出，我从你的照片看，我以为你才 60 岁出头。所以，我在微信上就叫你姐姐，按岁数我应该叫你阿姨才对。"

柳柳姐说："不讲究，小刘，就叫姐姐或者郑老师，项老师原来是高中教师。"

4 个人一路从阳洞街慢慢走，经过土家族风情文化广场侧边的走廊。这个木走廊横跨在风情广场后面的湖上，一路都是摩肩接踵的人。我们几个人在走廊上、湖边合影。

隔湖远望，土家族风情广场及四周的石梯上都挤满了人，密密麻麻、黑压压一大片。广场靠近湖边的戏楼成飞檐状，高低错落有致。戏楼每条边缘上整齐布置着的灯发出明亮的光，像给戏楼戴上了一串串洁白无瑕的珍珠项链。夕阳余晖下湖水似血，戏楼倒影映照湖中，湖水一晃一晃别致而生动，让人感觉像是到了龙宫。

黄水访友

借着火红的夕阳，我们在土家族风情广场背面，以广场的楼阁和湖为背景，项老师给我和先生抢拍了几张照片。绕过湖，来到广场侧边，在广场附近的路旁，有个大的门市在销售书籍，一些人在里面选书。

偌大的广场挤满了人，连主席台前都没有一点空隙。广场周围的几十级台阶上，前面的人坐着，后面的人站着，连垃圾桶上都站了些人。荧幕上打着"风情土家、康养石柱，黄水消夏之旅激情音乐会"几个字，我们几个挤到广场边，再往里就挤不进去了。柳柳姐说："昨天晚上彩排人就很多，今晚更多。"音乐声响了好久，喇叭不知道传出什么声音，我没听清楚。只见人群一阵躁动，人们极不情愿地慢慢往外挪动脚步，并一步一回头向主席台张望。柳柳姐说："通知今晚上不演出了，人多了怕出事。"

人们在广场上等了一会儿，主席台上的灯熄了，荧幕上也没了灯光，整个广场暗了下来，人们才像潮水一样往四边的路上流动。猛一回头，透过树梢，一团粉红色的祥云漂浮着，人们纷纷拿出相机拍照。美丽的祥云转眼变成了蓝灰，消逝在暮色中。

我 T 恤外面披一薄薄的丝巾，有些冷。我看柳柳姐和项老师也穿得单薄。

临了，我问柳柳姐："你们还有哪些景点没去？忙去忙来，黄水的景点我们还没去过几处。"柳柳姐说："我们还有油草河没去，其他景点都去了，你们也抽空去看看，那些景点都很美，我们拍了很多照片。"

我说："那我们先去云中花都，后面约起一起去油草河。"

柳柳姐说："好的，小刘，微信联系。你们穿得少，早点回去。"

我们从风情广场返回，风情广场后面的湖上面就是一个森林公园，同行的人说这是风情广场公园，黄水场镇内的公园，有五六百亩大。公园里有孔雀园，道路两边有很多孩子玩的游乐场所。公园里人来人往，我们跟着一群人穿过一大片大型的水杉林，就到了几家农家乐。这些农家乐都是一幢一幢的，很高大，很气派，在公园附近。

从农家乐旁边的水杉林走了一段，一长排的高楼横在眼前，从这排高楼之间的小巷通过，眼前突然一亮，仿佛进入了另一个天地。映入眼帘的是一条街，前不见首后不见尾，这条街叫"川鄂街"。华灯升起，楼房一栋连一栋。这条街没有黄连大道热闹，但还是很多来来往往的人。街上两边的人行道很宽，大约有十几米，家家户户都是做服务行业的，以餐饮住宿居多。

有几家店外的坝子上围着一些游人，"在那桃花盛开的地方，有我可爱的故乡……"洪亮的歌声从人群中飞出。我和先生也挤进人堆里看热闹。圈子中间，一个花白山羊胡子的老头拿着话筒在纵情地歌唱，旁边凳子上坐着的几个人拉着手风琴、二胡，还有其他乐器，一齐给他伴奏。老人看上去起码80多岁了，高腰板直直的，声音高亢、洪亮，那么高的音居然还唱得上去。围观的人有的也跟着哼起来，有个穿着纱裙的姑娘情不自禁地给老人伴起舞来，看来他们为唱歌有备而来。

我问看热闹的人："这些人是专门演出的啊？"

那个人说："是外地来旅游的，他们住在这家店里。"他用手指了指楼上，"每天晚饭后，这一群人都在坝子上自娱自乐。"

我又问："你是这里的居民吗？"

"不是，我也是来黄水避暑的，住在隔壁这家农家乐里。"他又指隔壁的楼房。

"你们住多久？"

那人说他们住7月、8月两个月，每年夏天都来，在这里住了几个夏天了。他又指着对面对我说："你看，对面坝子上的那一群跳舞的，一样的是来黄水避暑的。"

"哦，我还以为这些是当地的居民呢。"

这条街尽头有一条通往凤凰栖小区外动步公园的道路，道路边及动步公园的边缘也是儿童乐园，有大型的塑料游乐场，也有小型的打气球的摊子、卖书的摊子，还有画画的摊子……有的彩灯旋转，有的华灯炫目，孩子们尽情地蹦跳，大一点的孩子专心致志地绘画，老人们在旁边守护。

我不禁感叹："儿童乐园的生意这么红火！"

先生说："你看，都是爷爷奶奶或者外公外婆带着孩子到黄水避暑，年轻父母上班。生意人有眼光，到处都有耍的，孩子才耍得住。现在这个年代，大人都舍得为孩子花钱。"

从地下车库进入小区，我无意中望了一下车库外的玻璃岗位，不是白天那个打暑假工的学生娃，是一个中年男人。这时，他正从狭小的玻璃岗位出来，我问："师傅，你值夜班吗？白天晚上不是同一个人守吗？"

男子见有人问，没有急于回去，说："一个人全天怎么受得了。"他说他都是值夜班，一个月工资2000多元，是附近的农民。白天就到附近工地干活，家里种有黄连，抽空就管理黄连。

我问他黄连亩产如何，好不好种植。他说，前些年，黄水家家户户都种植黄连。最近些年，黄水旅游开发，很多村民开始做农家乐生意，做得大的开起了避暑山庄、宾馆酒店等，种黄连的农户少了，只有离黄水远的地方的村民才种黄连。他又说，黄水这些年搞建筑，需要很多建筑工人和零工，出去打工一天能挣几百元，比种黄连还挣钱。他说种黄连时间机动，每年4月份到10月份都可以播种、移栽，有空就去施肥除草，打工、种黄连两不误。他家就种有几亩地的黄连，抽空闲就去管理。现在黄连价高，70多元一斤，管理好，一年种2亩地可以收入10万元。

他说出的数字让我吃惊："一亩地一年收入5万元吗？"

他很坚定地回答是，最低也有好几万元。我说我们当地种粮食，一亩地大不了几百元收入，很多人不愿意种地，都在外打工，土地荒芜很多，就连家门口的大块平平整整的田土都打荒了，现在有人承包来种果树。我很好奇他们的黄连种植，加了他的微信好友，说有机会去他的黄连基地考察。

我们回到家差不多9点了，父母正在看电视。我抱了平板，拿了手机，出门往顶楼上走，在楼梯口遇到正往顶楼走的叶妹妹。她笑着问我："你们住顶楼啊？"

我说："下面的房间我父母住，老年人住下面方便一些。"

叶妹妹说："我也住顶楼，在上面守看我父亲。"

叶妹妹很热情，拉住我说："刘姐，我买了房子了，就在附近。"这房子是我姐姐的，我现在自己也在黄水买房子了。"

我望着她说："凤凰栖房子不是早就卖完了吗？"

叶妹妹非常兴奋，"哎呀！我是在凤凰栖业主群里听说有个人要卖房子，赶忙跑过去看。如果我迟一步，别人就买去了。"

我说："这么俏哦？"

她更激动了，拉了拉我的衣袖："你不信？我姨侄女到处看房子都没有买到。你和我姐姐的房子户型一样，你们的房子最划得来。不信，你把房子甩出来，马上就有人要接手。现在凤凰栖没有房子卖了噢，我姨侄女看了几天房都没有。凤凰栖业主群你看了没有嘛？有人甩一套房子出来，很快就被人买去了。"

我和叶妹妹上到顶楼，我们两家房子一个在左边一个在右边，正好是同一个朝向。要分手时，我说："我先生说你姐姐家的布置很合理，前几天他就要我来看看，说我们顶楼也照你们那样布置。但我们这几天没有见到你们家的人，我现在去看看可以吗？"

叶妹妹很热情地把我领到她姐姐家的顶楼，一个老人正在房间里颤颤巍巍地走动，我知道是她父亲，才搬家来时在她姐姐家里八楼见过。

刚进屋，老人就走到门边要把门关上。叶妹妹说："莫关，我们在这里。"

老人叽里咕噜地说："有强盗要来偷东西。"

叶妹妹笑着说："哪来的强盗嘛？莫关莫关，你坐起。"说着就去拉她父亲。才拉过来，老人又倔强地慢吞吞往门边走，叶妹妹不放心他，把他拉了又拉，老人始终要去把门关上，说是有强盗。叶妹妹说："他一天就这样，每天我们几姊妹轮换看守，你看嘛，我就睡这个沙发。"

我一看，客厅里沙发床紧挨着一张平床，主卧有一张平床。顶楼的房间除了比下面正房稍稍矮一点外，就是厨房里没有厨具，房间面积都一样。她姐姐家就在顶楼厨房位置安了一架1.2米的高低床，正好放下。我们家跟叶家房型一模一样，但我们家没量就买了一架1.5米的高低床，厨房位置放不了，放在客厅里，显得客厅拥挤、不好看。的确，他们的摆设显得房间宽敞、美观。

叶家买房后，把80多岁的父母也接来避暑。父亲得了老年痴呆，随时需要人照顾。所以叶家几姊妹就住在姐姐家，轮流照看老人。

回到我们顶楼住房，我打开微信一看，凤凰栖微信群里果然发布了很多信息。除了有人买房卖房外，最多的就是联系车子，有人找车的，有车找人的。凤凰栖业主群已经有400多人了，都是来自周边的各个区、县的。

第二天中午，母亲把饭煮好了，我打电话给父亲，叫他回来吃饭。父亲早上出去时，我们还没有起床，他到风情剧场后面的湖里钓鱼去了。我们吃过饭，他才背着装满钓具的背篼回来，笑嘻嘻的。父亲一向笑嘻嘻的，尽管他笑嘻嘻的，我们也知道他没有钓到鱼，因为他钓了几十年的鱼都没钓到过几条，难不成今天有例外？

我还故意问了一句："爸爸，钓了好多鱼？"

"嘿嘿！"他笑了两声，我们大家都一起哈哈哈哈笑起来。

他还没有放下背篼，就说："今天和我一起钓鱼的七八个人，有重庆北碚来的，有涪陵来的，还有垫江来的……都是来避暑的，有的是儿女买的房子，有的在黄水租房子避暑。租房子的，两个月租金六七千到一万不等，他们叫我明天又去。"

我说："你去嘛，免得你一天没得事不好耍。"

晚上，我在微信上约柳柳姐他们第二天去油草河。

8月9日早晨，我起床后下楼去小区走走，正好电梯上碰到曾老师从楼上下来。

我有些惊讶："呀！你怎么……"

曾老师笑嘻嘻地说："成都的两家朋友来黄水避暑，一家住在我们家，一家住在我弟弟家里。我们那边住不下，我和一个朋友就过来住李老师家顶楼。"

我说："哦，家里来朋友了哦。"

曾老师的房子在凤凰栖5栋，2017年夏天买的，他买后，他的弟弟又买了一套。曾老师非常热情，对朋友很大方。

曾老师压低声音说："这么热的天，到处都热得慌，黄水还像个活人的地方，最高才25℃。所以，叫我的几个朋友一家人到这里来耍几天，凉快凉快，空气又好。"

我说："你对朋友总是热心周到。"

他又笑着提高嗓门说："是不是这里住人舒服些嘛？"

我说："的确空气好，我在这里，就不像在九龙那么心慌气短、周身酸软无力了。"

他又说："你们去年不听我的话啊，如果去年来买，要少花10多万元呢。"

我苦笑了几声。曾老师要去锻炼了，我说我也要早点回去，准备中午去油草河游玩。

游油草河

　　吃过早饭快8点了，我叫父母一起去油草河，他们不去。眼看太阳已经升得很高了，怕晚了太阳更大，也怕柳柳姐他们等急了，就和先生两人出发。

　　我们开车到他们住处，他们已经等在路口，接了他们，直奔油草河去。

　　我坐在车子上，观看沿途的风景，眼睛滴溜溜地寻找五倍子树。因为这段时间五倍子正好开花，白生生的一大片，很远就能望见，如果花谢了，远处的就看不见了。所以，我们要趁五倍子花开的季节，尽量去各处转悠，探寻适宜蜜蜂放养的场所。

　　导航显示，到油草河的路程只有7千米。出黄水场镇，路边一家挨着一家大栋的楼房，打着农家乐、避暑山庄的招牌，连每条岔路口都打着避暑山庄、农家乐的指路标。路边的农家乐，每家都有宽敞的院坝、休闲的餐厅、娱乐场所，还有时尚的舞台。院坝上停满了车辆，农家乐旁的水杉树上，挂着很多色彩鲜艳的吊床。男女老少，有的打拳，有的舞剑，有的打牌，有的在路上漫游，有的在吊床上躺着。路上来来往往散步的人很多，一看就知道是来避暑度假的。走了大概两三千米，民房逐渐稀少。车子行驶在盘山路上，两边都是山体和峡谷，几千米地域没有人家。一路行来，路边的五倍子树很多，树也大，满树的繁花吸引着我们的眼球，兴奋着我们的神经。先生自言自语地说："这一路的五倍子树这么多，怎么就没有养蜂的呢？"

车子行驶在峡谷中，公路一侧是陡峭的山壁，另一侧是向下的陡坡，几乎找不到可以放置蜂箱的条形场地。转过一个弯，眼前一亮，路边立着一个牌子，上面写着"出售土蜂蜜"。我惊喜地叫起来："有养蜂的了。"看见蜂场，先生说："这条路边好难得有一块大的平地，难怪走这么远才见到一个蜂场。"

蜂场不远处有一座桥，桥的尽头立着一块大型的广告牌——油草河风景区。

先生把车子停在桥上。我们下车到桥尽头的公路附近转一转。桥尽头处，有两栋三层和四层的楼房，公路边有一个摊子，卖馒头包子。摊子旁边摆着一个烧烤架，烧烤架上还冒着烟，一个十二三岁的小女孩和一对中年男女站在摊子边准备烤烧烤的食材。

柳柳姐和项老师下车后就连忙拍照。我跨过宽大的桥一看，桥尽头有两条路，一条往下行就是景区，一条直行。听摆摊的人说，直行路是通往枫木乡，也是到湖北利川的路。

先生也在桥上站着到处看了一番，回去把车开到下面景区停车场。我和柳柳姐、项老师走到岔路口，往下一望，谷底是河，河边有很宽大的停车场，还有游客接待中心，河与桥之间是100米左右高的陡崖。偌大的停车场没有多少车，也没有看见什么人。

烧烤摊前没有顾客，我走过去，问："怎么来漂流的客人不多呢？"

摆摊的男人说："现在还早。"

我指指桥边的楼房，问："你们就在这里住啊？"

男人说："这里是道班。"

我说："你们是道班的工人吗？这里工人有多少？"

男人说："平时人不多，热天人就多了。"

他说得模棱两可。我问："热天有人来租这里的房子吗？"他支支吾吾没有怎么回答。先生找车位去了，我和柳柳姐还有项老师在道班里面去转悠。这个道班，在两座山的峡谷口，比现在通车这座桥位置稍矮一点，楼房旁边还有一座桥，已经废弃。废弃的桥也是稍宽的水泥公路，保存得非常完好。

道班里面有一个水泥坝子，不宽。整个楼房被两边的山体遮挡，日照时间应该不长。楼房侧边，有一条通往景区的石梯，已用铁栅门封锁。在里面转了一圈，走不通，又回到了烧烤摊。还是那个男人说："现在才 9 点，还早得很，要 12 点才开始漂流。"

我说："这么晚？"

男的又说："要大太阳出来了，河水不冷了才行。"

柳柳姐和项老师年纪大了，不能去漂流，我心脏受不了刺激也不能去，只有先生，他见我们不去他也不去。既然大家都不去漂流，我们几个就走上游的峡谷，去饱览油草河上游峡谷的风光。

65 岁以上的老人，景区不收门票，我和先生买了两张门票。沿着蜿蜒曲折的谷底路进入景区，一个老人正摆弄着相机找景，项老师是摄影协会的，忙过去和他交流。看到水面露出的鹅卵石，我兴奋地说："就在这鹅卵石上照一张相。"

那个老人说："里面山涧有的是照相的地方。"

景区入口处的河床比较开阔，岸边有很大一片林子。林中的树高大约都有三四十米，很多树的树径一个成年人都不能环抱。开始一片是水杉，再往里有一片红豆杉，不知是天然林还是人工林。黄水的水杉到处都是，十分高大茂密，行距间距相等，排列整齐。这么一大片高大的红豆杉还是第一次所见，有一颗红豆杉树我和先生两人拉着手都不能合抱。

我在书上见到，下午 3 点以前可以采古树的气，我闭上眼睛，双手合十，心里默念："大树大树，请赐予我生气和能量!"我怕大家走远了，不敢太贪，谢别古树，去追赶他们。

除了观光游玩，我们念念不忘寻找五倍子树的踪迹，先生走得快，他一个人走在前面去了。我一路上给项老师当模特，有美的景点，他就要拍一张。柳柳姐虽然 70 岁了，但很浪漫。她嫌项老师用相机拍的照片要回家去才能整理出来，遇到一个好的景点，除了用相机拍外，柳柳姐还要项老师用手机拍一张。一开始我还不明原因，后来柳柳姐说："手机拍的马上就可以发出来。"我知道爱美的女人性子急。这不，柳柳姐 70 岁的人了，还搽脂抹粉打口红，把自己打扮得漂漂亮亮。她一路摆出各种姿势，定格激情的瞬间，留下美好的回忆。哪看得出，她是一个 70 岁的老人呢? 项老师 80 岁了，还不厌其烦地给柳柳姐拍照，真是一对既甜蜜又浪漫的夫妻，令我们羡慕不已。

油草河上游水流量不大，像一条稍大的溪流。河床有的地段很平，不时有一个不高的坎。溪流平缓，水静静地流淌，溪涧有很多大型的鹅卵石。两边峭壁陡立，基本上都是灌木丛。沿着谷底铺着石板的道路行走，路旁的灌木遮住了阳光，凉爽惬意。仰面朝天，只能看见峡谷两边的峭壁和上方小块的蓝天。

先生不喜欢拍照，一个人在前面去探察，我们几个一路拍照，走走停停。在一个小桥流水处，我们停了下来。一座木制小

- 蜜蜂与候鸟人 -

桥架在小河上，桥的一头有茂密的竹林，另一头有高大的乔木，在僻静的幽谷，显得更加典雅。河底大大的礁石，河水从上一块石头流下来，激起层层浪花，河两岸散布着一些小型的鹅卵石，给这里的风景增添了不少色彩和情趣。

项老师真是摄影行家，叫我在小桥上、大礁石上、鹅卵石边摆出各种姿势留影，我见那清澈见底还铺了河沙的汩汩流水，赶忙脱掉鞋，一步一步走下去，项老师也给我留下了美好的瞬间。

我们在小桥处拍了很多照片，又到树下阴凉处等先生回转。柳柳姐拿出事先准备的水果和点心叫我们吃。还是他们经常外出有经验，我想如果饿了，景区可以买东西吃，可油草河景区只有入口处才有几家卖东西的，里面荒山野岭，根本没有商家。看着柳柳姐他们那么大岁数还来照顾我，我真的从心底里感到惭愧。

两位老人的确不错，不但精神抖擞，还乐呵呵的，没有一点颓废的样子。柳柳姐每天都发朋友圈，发他们外出的摄影作品，照片里，老人们打扮都很精致，一点不随便。他们很多时间都在野外观光旅游，他们对摄影执着追求，把祖国美丽的河山留在他们的影集里，把美丽和快乐分享给朋友们。

母亲看我们回家了，把饭菜端上桌。才进屋时，天空还是骄阳似火，饭还没吃完，天就暗下来了，几声雷声炸响，哗啦啦下起雨来。

吃完饭，我看斜对面的男人抱着小孩站在走廊上，主动去逗孩子玩了一会儿。我又在走道上喊道："杜老师，你2点钟叫我。"

睡了一会儿，醒了。我看看时间1点40分，赶忙起床，从顶楼下到八楼。雨还在哗哗哗哗地下，我开门时，父母在客厅的门边打牌。一进屋，从客厅的门外吹进一阵风来，我弯腰换上拖鞋，自言自语地说："风好大哟，还有点冷。"

父母自顾自打牌，没有理我。正要去隔壁叫杜老师，杜老师就出来了，她一手拿着外套，一手挎着手提包，她看见我，说："走，好像是在12栋。"

我说："具体在哪里我还没有认真看，微信上有。"

杜老师关上门，拿出手机，打开微信，找到"黄水艾灸养生沙龙"群，翻了翻，找到了具体位置。

12栋与我们10栋是一个朝向，中间就隔11栋。我们两人都没有带伞，走在小区的路上，雨点落在身上，真有点冷。

我们找到艾灸沙龙活动地点，门开着，里面有好几个人说话的声音，还有一股浓浓的烧艾草味飘出来。杜老师走在前面，她抬头认真看门牌，说："就在这里。"

听见我们的谈话，一个女人探出头来，我连忙说："我们是来学艾灸的。"

一个漂亮女人很热情地伸出手来，我也赶忙伸出手去，握着她的手，自我介绍："我姓刘。"我又指着杜老师说："她是杜老师。"

漂亮女人笑着说："刘老师、杜老师，你们好。"

重庆的人，不管你是不是老师都尊称老师。屋里已经有六七人了，一会又来了几人，前几天预约的这次艾灸养生沙龙一共12人。沙龙是在客厅里，摆了高高低低几排凳子。漂亮女人给我们解释，这是把客厅里面的沙发和餐桌撤了腾出来的地方。的确，外面的封闭阳台上堆着一些家具。有两个女人叫她上台去讲，她也没有推辞，上去了。

她上去，数了数，还差一个人，说："我们边说边等。"

她接着说："我们都是艾灸爱好者，因为艾，我们今天走到一起。我工作在上海，去年来黄水买的房，住了一个夏季，觉得

- 蜜蜂与候鸟人 -

黄水这个地方温度、湿度很适合做艾灸。我们既然都喜欢艾灸，现在又是左邻右舍，我们还是先自我介绍吧。"

她先介绍了自己，她姓柳，现在居住上海，学艾灸已经几年了，原来身体很多病，现在身体比过去好多了。她洁白的肌肤，身材匀称，没有一点赘肉。刚介绍完，咚咚咚，有敲门的声音。大家不由得回过头来，挨着门坐的人把门打开，进来一个有些发福、穿一件蓝色旗袍的女人。这女人左边的嘴角有一颗大大的肉痣，腰板挺直。

艾灸沙龙

12 个人中，有上海来的，大多数是重庆主城的，还有合川和垫江的，我和杜老师是邻水的。他们都没有听说过邻水在哪里，我们就只说离黄水两个半小时的车程，小平故乡。说小平故乡，他们多少晓得一些。

主持艾灸沙龙的柳老师讲了一些艾灸的知识，从艾草、艾灸原理到人体的几个大穴位讲起，也讲了艾灸的反应和注意事项。

我接触艾灸已经整整两年了，以前也学过气功，对穴位和经络还比较了解。并且我们农村生长的娃娃，每年端午节家家户户都要插艾，艾是伴着我们成长的，就是现在每年端午节，我都要到街上买一大束艾草回来，干后冬天烧艾草水洗澡、泡脚。所以，我觉得柳老师讲起艾来不够生动，我想她可能是生长在大城市，对艾草只是书面上的了解而已。

柳老师要求在座的艾友互动，有时候也提问。最后，她要求互相分享艾灸感受。最先说的是一个高个女人，这个女人高但非常瘦，感觉像根竹竿。除了瘦，气色不错，皮肤白皙，面容姣好。有熟悉她的人对我们说：她是某个剧团的演员。我和杜老师一听，互相对视一眼，怪不得身材那么好。

— 蜜蜂与候鸟人 —

她非常爽快地介绍，她以前得过直肠癌，化疗后身体极为不好，免疫力下降，精神萎靡不振。后来接触并坚持艾灸一段时间后，再去医院检查，癌细胞控制住了，并且免疫力提高了，身体各项指标接近正常。我们都为她感到高兴，并祝她身体早日康复。另外，也有几个学员做过一段时间的艾灸，我们谈了自己艾灸的一些反应。根据刚才老师的讲解和提问，有几个学员觉得我对穴位比较熟，来加我好友，说以后相互交流。穿蓝色旗袍那个女人突然对另一个女人说："看我的衣服漂不漂亮?"

　　我眼光也跟过去。她身上的旗袍是深蓝色的，如果再浅一些我就喜欢了。她站起来挺了挺胸，转动着身子，自我欣赏着。我一看质地是真丝，很得体。虽然她没有问我，但我凑过去说："好看。"

　　她得意地说："我自己去朝天门买的布，找人设计、裁剪，拿出去别人帮缝纫的。"

　　我急急地问："你叫别人缝纫花了多少钱?"

　　她说："大概200多元吧。"

　　我说："我也喜欢裁剪，喜欢买真丝，家里就买了几块真丝布料，还没有做呢。"

　　她又说："我们群里还有一个服装设计师。"她指了指后面一个戴眼镜的女人，说："她就会服装设计。"

　　我很兴奋，感觉遇到了知己，对戴眼镜那个女人说："我也喜欢服装设计，我们加上好友，以后找你设计服装。"

　　戴眼镜的那个女人说，她是大学教服装设计的教师，已经退休了，又被成都一所大学聘请去教服装设计。

　　我们几个感觉很投缘。讲座结束，从临时的讲座会场出来，小雨淅淅沥沥地下，几个才认识的艾友，在雨中一路谈，一路往自己家走。原来，她们都住在附近几栋楼里。

我回到家，父母还坐在客厅的门边打牌，母亲坐在门口，穿一件薄薄的单衣。我打开房门，他们看了我一眼，又低头打自己的牌。

我想母亲说她前段时间去看了中医，吃了一段时间的药，饭也能吃了，精神也好了，我穿两件衣服还冷飕飕，她坐在风口上，还不觉得冷。我问："妈，你冷不冷?"她没理我。估计不冷，不然她自己会添衣服。

我问先生那里还有多少现金，我没有了。早上买菜还是父母去买的，要取钱给他们。我说："那我们早点弄饭吃了出去找银行。"

先生说："我来黄水后没有找到农业银行，在黄连花转盘那里有几个银行，等会儿出去找。"

吃过晚饭，我和先生找了好几条街，也问了在黄水做生意的人，有的说黄水没有农业银行，有的说什么什么地方有。我们按他们说的找去，在黄连花转盘附近也只有农商银行，农业银行还是没有找到。我们在几条街乱逛，走着走着就来到了农贸市场。

我们买菜一般在附近的市场买，没有专门来这个农贸市场，听李老师说过这个农贸市场。先生提议，既然走到农贸市场来了，索性进去看看。我也有此意，既然成了黄水人，连农贸市场都不知道，也有点不合情理。

黄水农贸市场有几个分区，面积很大，比邻水县城的农贸市场还大，干净整洁，不像其他农贸市场那样地面湿漉漉、脏兮兮的，发出一种不好闻的味道。从上到下第一区是长租摊位，卖蔬菜、水果、干副食、鸡鸭鹅以及熟食品还有肉铺；第二个区是零时摊位，都是地摊，是为附近农民卖自家农产品设置的。外面就是水产市场，黄水农贸市场商品琳琅满目，应有尽有。除了一般商品外，还有黄水的土特产：莼菜、菌子、黄连、黄连花、土蜂蜜、干湿笋子等。

我说："这个农贸市场面积好大哟。"

先生说："黄水夏季突然增加二三十万人，这么多人消费，肯定配套设施要跟上。"

我们走出农贸市场时，天色已晚。雨停了，但气温很低，外面的游人大多数都穿上了外套。街上，人们三三两两慢悠悠地走着，虽然不像前几天到处都是密密匝匝的人，但游人也不少。

先生说："看来降温了，怕冷的不敢出来了。"

找不到农行，我们只好回家，走到川鄂街中间，先生突然高兴地说："我终于在黄水碰到老家的人了。"

我说："你说啥子？"

他脚步急起来："你们在黄水都遇到邻水的熟人，我今天也遇到老乡了。"

我迫不及待地问："哪个？哪个？"

他说："嘿！那里。"先生用手指我们对面。

我还是没有看到，他说："林森他们。"

才说完，林森他们一行人迎面而来了，我也看到他们了。林森在邻水城工作，在老家和先生是邻居，他老婆是我初中同学。先生非常高兴迎上前去，"林森！"因为人太多，声音淹没在人群里。林森没有听见，一直闷着头往我们这头走，先生走到他面前去，大声叫："林森！林森！"

林森抬起头，一看是我们，愣在那里，半天没有说出话来，随行的几个人也下意识地看着我们。先生笑着说："林森，什么时候来黄水的？住哪里？"

我看着林森的夫人高兴地招呼她。林森说："今天才来，你们什么时候来的？"

我和先生说："我们来好久了。"

先生又问："你们住哪里？"

林森说："我们住在华宇，一个朋友家里。我们一路几个人刚到，出去逛逛。"在我们说话的时候，他们同路的几个人往前走了，林森说完，也去追他们了。

我和先生走了几步，我说："林森跟你一起长大，他以为我们也是来黄水旅游。打电话叫他们来我们家耍。"

先生觉得我说得有理，掏出手机，打了林森的电话。他们一起来的有7个人，住在一个朋友家里。去街上逛逛，明天还要去附近景点看看，先生约他们一行人第二天晚上一起吃饭。

约好林森后，我和先生回到家时天已经黑了。我们来了这么久，还有好些景点没有去看，父母今天晚饭后没有出去散步。洗漱后，我提议："爸爸，你明天不去钓鱼，我们一起去云中花都耍。"

父母没有说什么，算是默认了。

- 蜜蜂与候鸟人 -

黄水琐碎

发小发来一条信息，说他们周末到黄水来，我叫他开车来，可以多耍几天。朋友圈里，柳柳姐把这几天我们一起玩耍的照片，做成视频和相册发出来了，同时也发给我了。我想：他们年纪那么大，还这么热爱生活，还在不断学习，追求新知识，我何不趁他们在黄水的机会，找他们学习制作视频和相册呢？

我在朋友圈里给柳柳姐的作品点赞，同时给她发过去一条信息：姐姐，我想跟你学制作视频。

她回答：好的。你什么时候有空？我到你那里还是你到我这来？

人家那么大岁数怎么能让她跑啊？我要学东西无论如何也该我去才行。我回答：我来你那里，明天。

晚上，约好和林森他们一行人吃饭，也叫上了李老师和杜老师。

大家一落座，就相互叙起旧来。我先生和林森小时候两家人是邻居，先生是他们垮上第一个跳出农门的娃娃。先生考上后，全垮大人都以他为榜样教育自己家孩子，好好学习，为自己争前程，也为家里争光。过了几年，林森也以优异的成绩考上了学校。"同在异乡为异客"，大家都很兴奋，谈论着过去。先生和林森谈着他们小时候的趣事，两个人都沉浸在幸福的回忆中。

第二天，早饭后，杜老师在他们厨房里接电话。听她在电话里说他们家女儿已经定了 8 月 14 日住进医院生孩子。她打完电话后对我们说："我们要回家了。"

杜老师他们女儿女婿在重庆上班，女儿要生二胎了，预产期就在 8 月中旬。杜老师前几天已经说过，只要女儿那边定下时间住进医院去，他们就要赶去服侍女儿坐月子。

我站在走廊上，发信息问发小来黄水没有。他回答他们从邻水出发坐大巴到黄水来旅游，和很多朋友一起随团来的。

我回他：那你在黄水多住几天吧，和夫人一起。"

他回答：她只有周末两天假期，要回去上班。

发小是教育系统的，有暑假，他夫人是医院的，只有周末两天假期。趁两天放假他们约了一些朋友，随旅游团到黄水旅游避暑。

吃中午饭时还是火红的太阳，睡个午觉起来，外面就下起了很大的雨，天空阴沉沉的，我发信息问发小：这么大雨，你们怎么游啊？

过了一会儿他回答：没有落雨。我们在云中花都，晚上还要看打铁花。真是十里不同天啊！

我想：这么大的雨柳柳姐那里就不去了，但我没有给她发信息，看情况吧。快下午 4 点多钟，雨停了，天空还是阴沉沉的。

晚饭后，我和先生沿着黄水场镇外围公路，走华宇方向，由华宇斜对面的一条公路，进入黄水街道，绕两个弯，就到了

- 蜜蜂与候鸟人 -

柳柳姐住的阳洞街。先生送我到场口，便散步去了，我来到52号，项老师正从楼上下来，他看见我说："在三楼，我出去转会儿。"

柳柳姐在楼口等我，我想，如果不是我去打扰她，她这会应该是和项老师成双成对出去散步了。我有些难为情，说："姐姐，真不好意思，影响你休息。"

柳柳姐说："上午我怕你们出去玩，下午又见下雨，所以没有打电话约你。"

我说："你们后天就要回去了，所以我要趁你们在这里，当面向你请教。"

柳柳姐热情地带我到他们住的房间，给我介绍他们一楼几个房间住着的一些来避暑的老人。并叫我到公共客厅的沙发上坐，然后连接他们那里的网络，教我下载做视频的软件。软件下载好，她又从软件怎么进去、怎么上传照片、怎么用模板、又怎么加素材、怎么加音乐，一步一步教我制作。制作完后，又怎么保存，怎么上传。我做了一遍，柳柳姐又让我再做一遍，加深记忆。哎！真是个好老师，每个过程都教得这么详细。视频制作好了，又教我做相册，怎么在上面加字幕等。

过了一会儿先生也来了，项老师也回来了，拿出水果给我们吃。这时我才想起，我来拜师学艺，怎么就忘了带水果呢？真为我自己的大意感到难堪。

先生和项老师在沙发上坐着。项老师感觉影响了其他人休息，还不断对住在他们隔壁的两位老人说着抱歉的话。我知道晚了影响老人们休息，心里有些焦急，我看了几次时间，已经9点过了，想快点结束，但柳柳姐还是很耐心地给我讲解。

9点多了，我和先生才离开，柳柳姐硬要送我们出来。下楼了，我让她回去，那么大岁数，晚上黑摸摸的，我怎么好意思还要她送。但她非常固执要送我们到街道的尽头。她边走边给我们讲他们这几天的活动，除了去景点玩耍外，也出去看了黄水的朋友。我问他们后天怎么回去，她说先坐车到石柱，然后从石柱坐大巴到长寿。我也没有说去不去送他们，因为我怕到时候去不了，倒让人觉得我为人不实在。临别时，大家都相互说些祝福的话语。

我和先生回到小区时已经快晚上 10 点了，两辆拉家具的车停在小区楼下，几个工人正卸货。先生说："8 月中旬了，还有人住进来。"

我抬头望了望附近几栋楼房，窗子大多数都已经安上窗帘了，很多房间还亮着灯。我说："我们 6 月底来订房，这几栋才开始卖，这么快都住得差不多了。"

先生说："6 月底我们订房时，有好几栋楼房都没有开卖，现在听说凤凰栖只剩两套房子了。"

我说："外地人来黄水买房就是为了避暑，七八月都不住进来，什么时候住进来呢？短短的两个月，大家都挤到这段时间来了。"

我们进了二单元楼门，哟！什么事？怎么这么多人等在电梯门口？我感觉有些奇怪，几步走过去，没有发现异常。电梯门开了，大家都挤上去，我和先生也进去，整个电梯满满的，走在我们后面的两个人一挤进来，电梯超重，他们只好退出去。我特意数了一下，他们有 8 个人。

和我们一起进电梯的 8 个人，看来是来走亲戚的，按的是五楼。从他们谈话的内容得知，他们是黄水附近的人，前几年城镇建设，黄水开发，有人叫他们来黄水修建房屋。那时，政府鼓励在黄水场镇建房，建筑用地非常便宜。但他们觉得黄水是大山上，没有发展前途，都不愿来。现在这么多外地人来黄水买房，黄水的房价涨得很猛，黄水生意又非常火爆，一个个后悔得不得了，都怪自己没有眼光，没有看清形势。

再探蜜源

　　一大早吃过饭，李老师他们把大包小包的东西提到门口，我们一家都去给他们提东西送行。李老师91岁的母亲也提着自己的东西，和我们打着招呼，我去帮她提，她还非常客气，硬要自己提。

　　父母帮他们把东西搬到电梯口，我和先生把他们送到车库，望着他们的车子远去，我俩才步行出去游玩。尽管到黄水也有一些日子了，但我们早晚都是在附近一些地方转悠，还有很多没有去的地方。我跟先生说："我们上次到月亮湖去，也只是在进湖口的地方走了一趟，就百把米远，月亮湖的大部分地方我们还没有去。"

　　他说："那就去月亮湖玩嘛。"

　　我们沿着黄水大剧场广场的石梯向上走，公路斜对面是一个超市，叫"惠民超市"，这个惠民超市，在黄水农贸市场那里还有一家。

　　这个超市开在几个小区附近，方便附近的居民。超市有几百平方米大，除了日常生活用品外，还有蔬菜、药品等。超市除了面对公路开有门外，进门的右侧也全部是玻璃门。从打开的玻璃门看出去，与超市相连的是一个很大的院子，周围用石板砌成。院子里有一排一排高大的水杉，花台上点缀着美丽的花草，旁边有水池，有喷泉。地面铺了整齐的石板，一条条的石凳上，有很多老人坐在那里聊天，还有一些商贩在卖东西，也有摆地摊卖菜的。这里货品比较齐全，就像一个小型的市场。院子的正面有一个摊子引人瞩目。这个摊子上铺着雪白的桌布，摊子旁边有一顶洁白的晴雨篷，篷与摊子之间立着几块塑胶广告牌，篷和广告牌上写着：黄水—翼启新教育城。它们主要是少儿暑假培训机构，有幼小衔接、阅读写作、数学思维、珠心算、创意美术、书法、双语、少儿模特、少儿搏击、播音主持、声乐、围棋等20多个科目，涉及方方面面，还推出一些亲子活动、家长成长课堂，还有各种社会实践活动。小摊前有两个大学生模样的女孩子，正在给两个中年男女解说。

我和先生走近，听两个女孩介绍他们的培训模式。我问了他们的师资力量和招生情况。好有头脑的商家，暑假黄水来了20多万人避暑，孩子放假也跟着来了，培训机构便也跟着孩子们做到黄水来了。

先生指着院子里面的小区说："这就是云邸小区，听说里面是森林楼房。"

看着小区大门上的字，我脑子里特意记下了这个小区的名字"云邸"，好形象的名字哦。的确，白云就在房顶上飘，到黄水就像到达了云端。

从云邸正门进去，我们在小区里面溜达。整个小区的绿化带里都栽的水杉，大部分树梢已经到达三楼。看来这个小区已经建了好几年，房屋成色有些旧。窗子都挂有窗帘，很明显住满了人。

一走进小区，感觉空气非常清新、凉爽、湿润，地面几乎见不到阳光。楼层下面一片阴森森的，楼层高的地方看起来才亮堂一些。水杉上系了很多绳子，有些绳子上晒着棉被。

先生说："这个小区，高楼层上面看起来肯定很美，像在森林里一样，但三楼以下光线可能不好。"

我们在小区里慢慢转悠，先生说月亮湖就在这个小区背后。云邸小区四周被房屋围着，我们不知道怎么才能走到月亮湖去。看见小区里面有两个女人在晒棉被，我们赶紧凑过去问："大姐，这里能不能到月亮湖去？"

她说："从这里绕过去，有一个物管处，从物管处旁边往后面走。"

我们绕着云邸小区走了一圈，又回到大门处。再由一条贯通的小街道到了后街。这条后街我们到过几次，是和黄连大道平行的后街，也是黄水的老街。老街没有正街那么密密麻麻的人，但人还是多。街上的店铺都做着各种各样的生意，有卖家具的店，有卖棉絮、小五金、小百货的店，还有包子馒头店、面条店……杂七杂八，饮食类居多。店铺门前街道边都是摆地摊的，卖得最多的是蔬菜和黄水的特产，另外就是各种小百货。

没走多久，就到了塑有黄连花的转盘路口处，右边的岔路口就是月亮湖的入口，以前来过一次，我有印象。艳阳高照，但凉风习习。跟前次一样，下湖边的几十级石台阶上，每级都坐着老年人，有的在打扑克，有的抽烟，有的在摆龙门阵，有的在旁边观看，有的自顾自地坐着发呆。游玩的人们从他们旁边经过，也没有惊动他们，他们在那里自得其乐，享受着这里的一份舒服与宁静。

先生走得快，走到前面去了。我叫住他说："你看看这些人，在太阳底下打牌。很多地方，大热天，老年人舍不得开自家的空调，都喜欢去超市乘凉。"

我笑了一声："哈哈，真是不一样的场景。这群在石梯上打牌的老年人，给月亮湖增添了一道美丽的风景。"

9 点钟左右，月亮湖边已有很多游人，我们走的路与上次来游月亮湖的方向相反。月亮湖在黄水场镇的南端，近看湖水并非清澈见底，远看碧绿澄清。青翠的森林环抱着湖，远远望去，一栋栋白色楼房在森林中若隐若现，朵朵白云飘浮在树梢上和楼房间，给人一种海市蜃楼的感觉。

湖边杨柳依依，游客如织，湖里倒映着绿树、蓝天白云，游船如梭。我们在湖边拍了很多照片。先生不喜欢拍照，他嫌我拍照烦，我就和附近的游客互相拍。有两个江津的女人，刚进月亮湖我就遇到她们，我和她们俩互拍了几张照片。走到湖尾，又遇到她们，我又拜托她们给我和先生照了几张合影。我为了才学的视频制作，必须多拍一些照片。在湖尾的沙滩上，我叫先生给我拍照，他坐在栏杆上看着我傻笑，就是不理我。还好，有一大群年轻妹妹站在我旁边，我赶忙过去问："妹妹，你们是来旅游的吧？"

她说："是的，我们十几个人，周末自驾游，黄水好凉快哦！"

我又问："你们是哪里的？"

她说："我们是重庆主城的。"

我叫她帮我拍了一些照片，女人就是不一样，她说："我给你拍了很多张，你自己选选。"

湖边蜿蜒曲折的小路也是水泥地面，尽管沿湖的一面用树根一样的水泥栏杆围住，人们还是会从栏杆孔洞钻过去，跑到沙滩

- 蜜蜂与候鸟人 -

上去玩耍、拍照。路边也有一片一片的大水杉，里面系着花花绿绿的吊床。有的吊床上有人，有的吊床空空如也，大概主人去湖边玩了，累了再回到吊床上歇息。在黄水就是这样，随便走到哪里都有森林，哪里都可以系吊床。即使你没有带吊床也不要紧，路边林子里都系着吊床。什么地方都有吊床卖，什么地方都有吊床出租。

我和先生边走边看，我们除了游玩，最重要的工作还是寻找五倍子蜜源，只有趁 8 月份五倍子开花，远远就能看见，才好寻找。每看到一处五倍子茂密的地方，我就惊喜地指给先生看。他说："这些蜜源也满足不了多少蜜蜂，何况大湖边，蜜蜂外出损失大。"

我说："我们今下午再去油草河考察蜜源。"

我们只走了挨着场镇这边的一半路，走走停停，就走了两个多小时。快 11 点了，我们也该回去了。先生眼尖，发现草丛中有一条若有若无的小路通向上面的坡坎，他说："我去探路。"他几步就爬上坎去，他高兴地喊道："快点上来，上面是公路。"

他拉着我的手上了坎，我庆幸先生有胆识，善于观察，勇于探索，不然我们要再花两个小时返回进湖口处。

才上到公路，就看见公路对面的明月戴斯酒店。我们从酒店的露天停车场出去，就到了黄水街道，没走多久，回到了云邸小区。

12 点回到家，母亲已经煮好饭菜等着我们。吃饭时，我对父母说："我们下午去油草河耍，你们也一起去。"

我们到黄水也有七八天了，先生说了几次，要早点回高登山去看看蜜蜂。但我们来黄水这段时间，还没有把黄水的蜜源摸清楚。吃过午饭，我正要去午睡，收到一条发小的信息，他们在油草河漂流。

本来吃饭时还是太阳火辣辣的天，睡个午觉起来，天又阴沉了脸，要下雨了。母亲怕晕车不想跟我们去油草河，我说就五六千米路，你们一天坐着打牌不好，还是出去走走。

我们来到油草河漂流处时已经快5点了，桥上经过的车辆不多，先生把车停在桥上。我们走下车，桥上吹着一阵阵凉风，下起了雨点。父母在桥上看了一会儿，就去桥头的烧烤摊躲雨。桥下的停车场停着很多车辆，从观光车下来很多漂流后起岸的顾客。

我见一个男子悠闲自在地在桥头抄着手走来走去，就走近问到："兄弟，这里是道班吗？"

他看着我，脸上带着笑说："是的，你问这个干啥？"

我很兴奋："你是道班的哦？那热天有多少人在这里？"

他说："夏天就我一个，冬天下雪，要清扫路面，人多一些。你问这个干吗？"

我说："我们养有蜜蜂，七八月份想到这里来放。这里有花吗？"

他笑着说："这里花多，一年四季山上都有花。"

我说："你们道班里面有没有地方可以搁呢？"

他把我带到挨道班楼房那一面的桥边，指着下面那座废弃的桥说："那废弃的桥上，放一两百箱蜜蜂也放得下。"他又补充一句："并且我们单位还安有监控。"

先生在稍远处，他也发现了这座桥可以做蜂场。他走过来正想说话，我对他说："这兄弟是道班的，他愿意我们夏天来这里放蜂。"

这个道班的兄弟姓阮，我留下了他的电话。我们知道这条路到黄水方向好几千米都没有农户，又问他："走这条路多远才有农户?"

他指着前面的路说："出去大约 2 千米处才有人住。"于是我们叫父母就在桥上等我们，我们前去考察蜜源。沿着前面的路前行，沿途很多很大的五倍子树，开着白茫茫的一片一片的花，我和先生一路谈着，这里应该是放蜂的好地方。

车子开了大概两三千米，在一个半山腰看见几间民房，房屋外面的土地里放着几十箱蜜蜂，看样子是当地村民养的蜂。

我们沿着公路继续走，到了枫木乡场镇。过场镇，有一个很长的坡，满坡开得白花花的五倍子花吸引我们继续往前。我们异常兴奋，远远近近都是白茫茫一片。再往下来到一个沟涧，山涧里更是一片白，有的已经发黄。我们开着车沿着沟涧跑了很长一段路，五倍子非常多，还有很多绿的花蕾，养蜂人见到蜜源植物都很兴奋。沟涧里有一座桥，桥往下走不远，发现了一个蜂场。

公路边摆了很长一路蜂箱，蜜蜂繁忙地出勤，主人住的帐篷处的几箱蜜蜂有些乱，好些蜜蜂绕着帐篷飞。先生把车开得很慢，我摇下车窗，一股浓郁的蜜香飘来，养蜂人都懂，蜂场刚摇过蜜。我们停下车。听到停车的声音，主人从帐篷里钻出来，以为我们要买蜂蜜。我们做了简单的自我介绍，说明来意。蜂场主人姓马，马师傅知道我们是外地准备来黄水养蜂的，不但不介意，反而对我们说，他是黄水本地人，家就在黄水街上，养蜂几十年了。我们问他这次摇了多少蜜，他说在沟里摇了一次蜜了，效果还不错。又说夏季的蜜源植物开花是从高处往低处开，儿子正去海拔低一些的冷水镇和沙子镇联系场地，等几天把蜜蜂转场到下一个蜜源地。他主动对我们说，你们蜜蜂不多，以后搬来放到他蜂场里，他帮我们看守。说我们不用像他那样搭帐篷风餐露宿，该摇蜜时去摇蜜就行。我们说，趁五倍子开花来考察蜜源。马师傅说，可以叫他儿子带我们去到处转转。他打电话给他儿子介绍了我们，并叫他儿子加了先生的微信好友。他儿子小马也说找机会带我们出去转一转。

　　告别马师傅往回走，下起了小雨，小雨越来越密，车子开到道班桥处，四下里都没有见着父母。我掏出手机拨打电话，结果他们说已经坐一辆顺路车回去了。

探讨蜜源

车子开过道班桥头，走了几百米，就是我们看到过的蜂场。我们把车停在路边。看着我们停车，遮阳伞下下棋的两个人抬起头望向我们。雨下大了，落在铝合金做的帐篷上，唏唏哗哗地响，雨水顺着遮阳伞沿不断地往下滴，旁边一条拴着的黄狗汪汪汪汪地叫，还一边跳着挣扎着向我们这边扑跳。

先生在公路栏杆边横着走了几步，眼睛一直没有离开蜂箱。我瞄了一眼，从蜜蜂进出的情况看，群势不强。我转过身，走向遮阳伞，说："我们看看你们蜜蜂，我们也是养蜂的。"

男的站起来热情地走到帐篷边，说："快点进来躲雨。"

我越过栏杆，两步钻到遮阳伞下，仔细一看，是一男一女，女子一下子钻进帐篷里去了。遮阳伞下搁着一张桌子，桌子四方放着几张小凳子，桌子上面除了摆着的围棋外，女子坐的那边有一本翻开的童话书。我心里想：好会享受生活哦！放蜂空隙时还下棋看童话书。

在遮阳伞外面靠路边有一个广告招牌，招牌上有一张大大的照片，正是眼前这个养蜂人。照片上的他赤裸着上身，裸露的躯体上布满了蜜蜂，脸上欢笑着，彰显出养蜂人的勇敢和自豪。牌

- 蜜蜂与候鸟人 -

子上面写着他们的地址和电话号码。先生看着招牌，问："你们是忠县的啊?"

这时，到帐篷去的女子走出来，坐在桌子边，原来是个女孩儿，大概只有十二三岁，估计他们是父女俩。怪不得看童话书。

我们直截了当地说："我们养了蜜蜂，但不多，现在在老家邻水的华蓥山上（高登山属于华蓥山脉）。我们在黄水买了房子，正在寻找可以放蜂的场地，明年夏天到黄水度假，好把蜜蜂搬到黄水来。"

先生和那个养蜂人交谈着，我低下头翻了一下微信，给发小发了一个信息：我们在油草河附近的蜂场考察。

养蜂人姓黄，我们叫他黄师傅。黄师傅说："我也是 8 月份才来，7 月份在忠县。我们那里是大河边，七八月份气温很高，蜜蜂损失惨重。你刚才不是揭开箱盖看了一下嘛，现在我的蜜蜂群势很弱。"

先生说："你应该 7 月份就到黄水嘛，这里凉快，繁蜂应该不错。"

黄师傅说，7 月份油草河一带没有什么花，花粉少，也不利于繁蜂。还听说这一带有一种苦糖花，究竟什么花他也不知道。只听当地养蜂人说，这种花蜜蜂采回后，酿出的蜜是苦的。这种花毒蜂，蜜蜂采了这花，群势下降很快，有时连蜂王都会毒死。但这花在 7 月底就没有了。

先生说："前几年，我们蜜蜂到华蓥山度夏，不但产蜜高，而且蜂群繁殖很旺。这几年夏天，蜜蜂群势迅速下降，找不到原因。"

说话间，我站起来，一辆大巴从蜂场旁边的公路上驶过，车子牌照是川 X。我一看就知道，那是广安来的旅游团，发小他们一定坐的这辆车。果不其然，他发来信息：我们随旅游车回去了。我用语音对他说："刚才在蜂场看到一辆四川的大巴，估计就是你们坐那辆车。"

黄师傅说："我们到旅游景区就是想多卖些蜜，前几年生意还好，今年生意不行了。"他又说，他家在黄水农贸市场租了一个摊位卖蜂蜜，租金4000元。前几年，七八月份两个月，要销售蜂蜜8万元左右，老婆在那里守。今年行情大不如前，才卖几千块钱。很多养蜂人转场到黄水来，主要就是为了卖蜂蜜，黄水避暑的人多。

我们问："这周围五倍子树很多，花开了，蜜蜂应该进蜜了。"

他说："已经进蜜了。"

为了以后大家可以探讨养蜂事宜，我们要了黄师傅的电话。从黄师傅蜂场离开时，雨已经停了。我们往家里赶，一直是蜿蜒的峡谷。开了大约两三千米，公路两边出现了一块宽一点的平地。我们来回几次，这个地方也是这条路上难得的平地了。公路一边立着一个大大的广告牌，上面打着"七块田农家乐"，公路的另一边有框架式的建筑，已经修有两层框架，但从外观看，已经停建多日。每次走到这里，先生都说这里前后离村庄都有好几千米，并且这里森林大、山涧五倍子树很多，是夏天养蜂的最好场所。

我下车一数，这里由上到下、由小到大，正好有7块田。田里汨汨地流着水，公路边的大田有很深的积水。这里有水源，养蜂是个好场地。

记下"七块田"广告电话后，又继续往回赶。在油草河那里就觉得天要黑了，这时候天却亮开，太阳出来了，有种阴阳两重天的感觉。

离凤凰栖越来越近，在油草河和凤凰栖中间，有一个很宽的石头平坝，坝子上摆了很多蜂箱，旁边还搭了一个宽大的帐篷。我们前面一辆白色的车向蜂场靠近，离开公路进入蜂场的空地，停在空地上。我招呼先生："停车，停车，走去看看那个蜂场。"

先生把车停在公路边，进入蜂场。前面车上下来的两个男人，径直走到帐篷处。场地上，蜂箱一排一排，摆了很宽。帐篷前坐着一个年轻人，不知道他们是不是熟人，也不知他们在聊些什么，几个人都是满脸笑容。我们走过去，先生问："有多少箱蜜蜂？"

年轻人跷着二郎腿，把他身边的凳子拉了拉，笑着对我们说："坐嘛，具体多少我也不晓得。"

一听先生的问话，刚从车上下来的一个中年男子说："你们也是喂蜂了哟？"

我说："是的，我们也养了蜂，不过现在蜜蜂不在黄水。"我看着他反问："你们也养蜂的啊？"

他说："我养了几箱蜂。"

先生说："前几天我们过路都没有看见你们的蜂场，你们蜜蜂才来，应该很强吧？"

年轻人高高瘦瘦，长得很帅，并且说话脸上堆满了笑。他说："我不是很清楚，我老汉在管。老汉有事走了，我来守两天。我们才从内蒙古回来，听说蜜蜂受了药害，现在蜂势很弱。"

先生说："我去看看呢。"

先生说着，走向蜂场，我也跟在后面去看看，小伙子和刚才车上下来的两个人都一起跟过来。先生揭开副盖，提起继箱上的巢脾，巢脾上油亮亮的，先生说："有蜜了。"

小伙子说："我们来的时候没有蜜，应该是这几天进的。"

我说："那这里的五倍子泌蜜还可以，几天就装了这么多。"

斜阳照射在我们脸上，人人脸上都泛着红光。我们边说边走到他们帐篷，小伙子拿出一个盆子，盆子底部还有一些黄棕色带点深绿底子的蜜，他说有顾客要买巢脾上的蜜，才摇出来的。先生用手指蘸了一些放在嘴里尝，说："是五倍子蜜。"

我说："五倍子蜜甜中有点苦涩。"

小伙子点点头，说："看来你们养了多年蜜蜂，对蜜很熟悉。"

因为这个蜂场的位置离我们凤凰栖大概二三千米，我不断打听他们怎么联系这个地方的、租金多少。想找到一些联系本地农户的相关方法，对我们以后去找场地也有指导作用。但小伙子始终笑着说，他也不知道，是他父亲联系的。

我们回家时，母亲已经煮好晚饭，等我们回去再炒菜。我问："你们在黄水都不认识人，人家怎么会拉你们?"

父母都说：他们在油草河桥上走，正下着雨，一个年轻人开的四轮车问他们走不走，那个年轻人顺路把他们带回来的。

我说："世上好心人还是很多。"

黄水日出

晚上，在凤凰栖业主群里，看到有人发日出的照片，照片上日出从山涧升起来，很美，并说是在水厂处拍的。我问先生水厂在哪里，他也不知道，只知道是从金竹云山小区附近的公路出去。我叫先生看群里晒的日出照片，他也同意第二天早上和我一起去看日出。

第二天，为了看日出，我早上4点多醒了就不敢再睡。5点钟，我起床梳洗。我们出门时，天才蒙蒙亮，地面上，间或一处有雾贴着，慢慢地飘移。脚下湿漉漉的，我在厚裙衫外披了一条披肩，上牙和下牙还直打架。路上几个匆匆的行人，与我们一个方向，想必也是去看日出。为了驱赶寒冷，也怕错过了日出的美景，我和先生一路小跑。5点半，我们赶到黄水镇北边场口外的公路边，公路边上一道坎，有两个老人在坎上的草丛中，一个架着单反相机，一个端着相机蹲在那里，左眼专心地注视镜头，两手在不停地调试，那聚精会神的神态，像猎人在等候猎物的到来。

我们以为那里就是观日出的地方，我和先生爬上公路旁的小坎，坎上是一个狭窄的斜坡。这个斜坡，除了两个老人站的草丛外，其他地方堆了一大堆的水泥电杆，外面不远处就是陡坡了。我和先生看了又看，找不到一块站人的地方。

远处的山底下出现了一片淡黄，天空其余部分都是铅灰，群山像穿着一件厚厚的棉袍，安然睡着。那绵延起伏的山峦，像沉睡的人一起一伏的胸部。凝神屏气，似乎听到了那浅浅的均匀的鼾声。远处的山墨黑，树也墨黑。我管不了那么多，爬到水泥电杆上去，站在圆圆的电杆上，很难保持身体平衡，我几次就差点摔倒，我索性坐在水泥电杆上。才一会儿，清晨的寒凉和冰冷的水泥电杆，使我透心的凉。先生怕我着凉，要回家，我也实在受不了，感觉这样艰难看日出，也大煞风景。

当我们下到公路，走在返回的路上，突然发现公路左边岔出的一条小路，在小路外面，有一个很大的坝子，坝子边缘已经有很多人了。我和先生都有些惊喜，原来他们说的水厂坝子就在这里。进坝子的小路就像一个坛子口，这条小路两边都是高的坡坎，不留意就看不见外面的世界，难怪我们先前匆忙路过，没有发现。走进小路，来到坝子，一片开阔的世界。看着坝子前边的人群，我们不由自主地飞奔过去。身后和我们一样心急火燎的人，也跟着我们飞快地跑起来。

坝子很大，是在山上推出的一块平地，看样子是建房的屋基。不知什么原因废弃了。好些人在坝子边缘支起了相机，也有好几人蹲在地上端着相机或手机，有的人穿着的雨衣，还有的穿着羽绒服，甚至有好些男男女女身上披着毯子或被子坐在防潮垫上，地上还支着几顶帐篷。看样子，这些人在这里等了很久，甚至在这里过夜。他们都是为了看日出吗？

我也急忙钻进人群，走到坝子边，找了一个空位站定。群山匍匐在脚下，山峰连绵起伏，左右延伸，像一层层不规则的波

– 蜜蜂与候鸟人 –

浪。远处山脚下出现了一片绯红，一座座的山变成了淡蓝。脚下的山上起雾了，一丝一缕，懒洋洋地慢慢飘起，形成丝带。薄薄的丝带逐渐加宽加长，一会儿工夫，丝带变成了没有完全展开的一张张的丝巾，慢慢地往上飘起，落到山涧。

　　远处的山底出现了一片火红的云海，云海向外扩展，越来越大，夹杂着橘黄，像燃烧的炉火一般。眨眼间，红红的云霞上方有了大片的鱼鳞状的乌云。这时，从最底下的山脚冒出了一个亮亮的小红点。人们激动起来了。红红的火球越来越大，很快地往上升起，山体也变得明亮起来，近处山涧的雾越来越浓，弥漫了整个山涧，并往山上蔓延。山底火海一片，近处云山雾罩，既美妙绝伦又梦幻莫测。好些人在前面摆着各种姿势，互换着拍照。有两个美女，一个身穿白纱裙，一个穿黄纱裙，各举一红一绿鲜艳的油纸伞，站在前方的大石上，晨风拂起纱裙，轻盈缥缈，犹如仙女下凡。摄影爱好者们咔嚓咔嚓，抢拍这一人间仙境。

　　我和先生也互换着拍了几张双手捧日、单手托日的照片。太阳升上天空，大地一片光亮。突然有人唱了一句："太阳出来啰勒，喜洋洋哦啷啰……"好些人跟着唱起来，也有的低声地哼着。

　　人们依依不舍地离开。我想，历史上记载发源于石柱的四川民歌《太阳出来喜洋洋》，会不会是从黄水这个地方诞生的？

　　我慢腾腾地往回走，边走边看刚拍的照片，我心里想：这些摄影爱好者拍摄的照片一定比我拍得好，不知他们拍摄的角度是怎样取舍的，我很想看看他们的作品，又不好意思。正当我这样想时，一个女人从我身边急匆匆走过，我抬起头，不知哪来的勇气叫住她："大姐，看看你拍的照片呢。"

　　她看了我一眼，身子向我凑拢，把她手机上的照片给我看。

又翻出别人给她拍的和她给别人拍的照片，的确比我取景取得好。我们一路走一路聊照片，她很热心，硬要给我和先生拍照，并给我们介绍她住在凤凰栖 17 栋。

我们彼此知道都是凤凰栖的业主，更亲近了，她说她是武汉来的。前几年到处旅游，发现黄水这个地方很适合避暑，她和姐姐去年在黄水买的房子。我们互相加了微信，她的昵称叫"阿妮"。临分手时，阿妮对我说："我姓张，我很喜欢拍照，每天我都喜欢到处走，一路拍照。"

我说："我也喜欢拍照，我也喜欢出去走走，找找灵感，找找素材，写写文章。"

阿妮高兴起来，连声说："那好，那好，我们都有共同的爱好，今天真的有缘分。如果你不叫住我，我们就不会认识。"

我说："的确有缘分，这么多人，我就叫住了你一个。"

阿妮说："我姐和姐夫岁数大了，不喜欢出去玩，平时就我一个人独来独往，这下好了，你们有时间可以和我一起出去玩。"

我说："好的，我们今天要去云中花都，你去不?"

已经走到金竹云山外的桥头了，阿妮一脸笑，说："前几天和朋友去过。"阿妮指指他们的楼房，说："我们就住那栋楼房，7 点以前要赶回去吃早饭，我姐煮好了。"我也给阿妮指了我们的楼房。

云中花都

　　吃过早饭，我们拿着一些煮好的玉米棒子，到云中花都去玩。母亲怕坐车，不跟我们一起去，先生开着车，载着我和父亲。

　　云中花都位于冷水镇八龙村，与黄水相距大概 20 多千米。占地面积 3000 亩，前几年以花为主，这两年，园内打造 3D 玻璃滑道，还有非常刺激的玻璃吊桥。

　　我们去得早，售票处排队的人不多，门票 60 元一张，65 岁以上的老人不要门票。

　　景区内，有一个生态休闲大厅，大厅是塑料大棚结构。前方是售货区，货架上陈列着日用品、点心、糖果以及一些旅游产品。大厅里摆有几十张桌椅，上空的棚顶横梁上吊着很多花篮。五彩斑斓的矮牵牛花从花篮里垂下来，或低或高，或密或疏，错落有致，红的、白的、紫的，给大厅增加了很多灵气。大厅里已经坐了不少人，一桌一桌，或歇息或品茶，舒缓的轻音乐传来，使人愉悦放松。

　　我们在鲜花大厅里歇了一会儿，先生也把车停好过来。我给父亲拍了几张照片，父亲也给我和先生拍了几张照片。大厅外，依地形地势而栽种的鲜花，大片的黄，大片的红，黄与红之间是大片的粉红、大片的紫。各色鲜花一齐盛开，非常壮观，气势磅礴。尽管骄阳当空，但一点不觉得热。人们纷纷拿出手机拍照，就连我 80 岁的父亲也笑盈盈站在花丛中，我把鲜花和蓝天白云作背景，给他留下了美好的记忆。

好几百米长的石梯上空，架有圆弧形拱棚，拱棚的架上绿叶密布，形成一条长长的隧道。沿着绿叶隧道拾级而下，偶尔有星星点点的阳光从叶片的缝隙间洒下来，散在石阶上。橘红色、黄色、绿色的瓜果挂在头顶，就像挂着一个个灯笼，伸手可及。穿着各色服装的男女老少，三三两两在瓜棚隧道里，或单手或双手托住金黄色的瓜，摆出各种姿势拍照，或坐在石梯上，给本就如梦如幻的植物隧道增添了灵动的韵律，打破了植物隧道的静谧。人在隧道游走，就像站在一列行驶的火车上一样。

走出植物隧道，几个女人正在花丛中修剪花枝。我从地上捡起她们丢在路边的玫瑰花枝，这么大束漂亮的玫瑰花红艳艳的，热烈奔放，剪掉实在可惜。我问她们剪掉的原因，一个年轻女子说："这花要谢了，剪掉，好让下一批花开得更艳。"

我心里不禁叹道：人生也如此，该谢场就华丽地谢场吧。为了纪念这美丽的被园丁废弃的花儿，我双手郑重其事地捧着，把它的娇艳留在我的影册里。

沿着花间小道拾级而上，一阵嘻嘻哈哈的声音由上方飘来，我不由得加快脚步，向上疾走几步，石梯尽头，就是一个大型水泥坝子。坝子上空布着平整美观的钢丝网，每根金属柱子底部都种有丝瓜。瓜藤分枝不多，叶片稀疏，但很浓绿，在阳光的照耀下，叶片里面的汁液像要从叶片中流出来一样。人们发出惊讶赞叹声，藤蔓上的丝瓜。我以为是假的，趁人不注意，轻轻用手指甲一掐，丝瓜的外皮脱离，嫩绿的瓜上，现出一个月牙形的指甲痕迹，从里面流出汁液来。一条条丝瓜从钢丝棚顶垂下来，有的快触及地面了，大多数是1米多长，最长的大概有2米左右。站在棚里，抬头仰望，蓝天白云像装饰在钢丝网上的图像。阳光洒在藤蔓上，藤蔓、叶片的影子映在地上，随风摇曳，地面上呈现出一幅幅大型的动态水墨画。人们一个个托起那狭长的丝瓜，生怕不赶快按下快门，这里的一切会转眼即逝。

丝瓜旁边的店叫"云中花朵人家"，木板房，非常整洁，可能是还没到饭点，里面冷冷清清。一个小伙子从店里出来，我连忙问："这个丝瓜是什么品种？"

他说他也不知道，是公司发的种子。我又问他们的店是不是自己修建，他说云中花都景区和里面的所有服务性营业场所，都是同一个公司打造修建，再承包给他人经营。

再往上走，出现了空中绳道，空中绳道用绳子编织而成。绳道上有很多年轻男女，他们背上系着保险带，一步一步艰难地向前挪动，每走一步，都很惊险，都很艰难。但他们还是手脚并用，使出浑身解数，顽强地向前。突然一声尖叫，有个姑娘不敢往前走，吓得哭起来了，其他人停下来，等在那里，一个劲地鼓励同伴勇敢地前行。

先生怕我们晒到太阳，叫我和父亲走林中小道。沿着森林小道往上走，又出现一大片森林。水杉，又是水杉，高大挺拔，树荫下透不过一丝阳光。海拔1500米茂密的森林里，凉爽、清新。林下安置着一排排蘑菇状的帐篷，多得数不过来。我从敞开的窗子往帐篷里望，一间帐篷里面有两张床，床上被褥枕头雪白。有的帐篷里传出悦耳的音乐，几个工作人员抱着被子从帐篷里出来，我问他们帐篷怎么出租、这里有多少帐篷等。一个工作人员说:"一间帐篷一天 150 元,一共有 200 多间帐篷。"

我问她住的人多不多。她说,天晴多数时候爆满。

穿过帐篷区,另一片森林里挂着花花绿绿的吊床,有人躺在吊床上休息,有人躺在吊床上举着手机玩,有人在石桌上打扑克,还有人在森林中走动、拍照。整个森林静悄悄的,走在这幽深、神秘的大森林中,感觉这里的人像是精灵鬼怪一般,大气都不敢出一下,更不敢弄出什么声响。觉得一旦有响动,就会使这一片宁静化为泡影。我很喜欢林中小憩,真想找个机会来林中小屋浪漫一下。

好不容易穿过大片水杉森林,眼前突然一亮,一片一片的红、一片一片的黄、一片一片的紫,简直就是花的王国、花的海洋。游人在花丛中穿梭、拍照,一个一个,一群一群,摆出各种姿势,把美丽与娇艳共存。鲜花拱门,层层叠叠;吊架盆景,千姿百态;露地花卉,妩媚妖艳;花卉迷宫,神秘莫测……很多景点排着长队,前面的人匆匆忙忙拍照,后面的人焦急地等着留影。在姹紫嫣红的花海上空,架着一道蜿蜒曲折的玻璃滑道——3D 空中漂流。

这条 3D 空中漂流全长 1000 米,落差近 100 米,是全国最长、最刺激、观光体验效果最好的花海空中漂流。排了一条长龙的游客跃跃欲试,悦耳动听的音乐从空中飘起,一阵波浪疾驰而来。欢呼声、惊讶声、尖叫声此起彼伏,借着水波的冲力,一条长龙盘旋游走,如风卷残云,呼啸而去。空中腾起层层浪花,在骄阳的映照下,似飞珠溅玉一般。有人滑过之处,时而滑道旁彩虹临空,时而头顶白云腾起,像天空幽灵掠过。下面赏花的人一个个两眼都望直了,站在原地,屏住呼吸,久久不能挪步,为滑道上的同伴担惊受怕;就连鲜花地里除草的工人,都忘了自己的工

─ 蜜蜂与候鸟人 ─

作，直起腰来在花丛中舞动双手呐喊助威。

一个工作人员说："晚上 8 点的打铁花还要刺激得多，几个大汉把烧得通红的铁水往天上打，打到空中，打出像烟花燃爆时发出来的火花，能把黑夜中的半边天都照亮。"

有的游人信誓旦旦说要等到晚上看打铁花，但还有很多游人和我们一样，只有遗憾的份了。

尽管高山上不热，但紫外线很强，本来我想去冷水莼菜基地看看，但父亲不想玩了，我们只好往回走。

黄连市场

晚饭后，去黄水大剧院。广场上，已是人山人海，围得水泄不通。上面有工人在搭建台子，又有一些老年人组成的乐队在上面排练。我把手搭在先生肩上，垫了垫脚尖，问旁边的人，说是在排练节目。有演奏各种乐器的，也有舞蹈、小品、合唱。听旁边的观众说，表演者都是来黄水避暑度假的人。

先生提议去水厂那条公路散步，我也想去黄水场镇外看看。水厂这边的农家乐不密集，有几家农家乐很宽大，庭院栽种很多花草，也有一些观赏树木，给人一种悠闲、别致、赏心悦目的感觉。

水厂附近有一个很大的黄连交易市场，大门上打着金字招牌。市场里面有一个大坝，交易大厅的门开着，我们径直走进。大厅大约有 2000 多平方米，里里整齐地摆着一包一包装满的货物，摆了半屋，有十几个工人往一辆大型货车上装，还有好多大货车等着。我们知道往车上装的是黄连，一是这里是专门交易黄连的市场，二是前面在黄水重客隆超市那个市场见过。先生说："黄水的黄连真多，难怪市场上到处都在卖黄连花哦。"

外墙上贴有黄水黄连和黄连市场的简介。最早史料记载：

— 蜜蜂与候鸟人 —

顺治元年（1644），江西丰城县药商熊来成定居县内界沱（今西沱镇），创建"熊恒泰药号"购销黄连，乾隆四十年（1775），《石柱厅志》记："药味广产，黄连尤多，贾克往来，络绎不绝……贩之四方……"随后，黄连进入自由市场，呈现出地摊式交易。集体经济时期，黄连由中药材高山黄连总公司、供销社、外贸公司统购统销。

石柱黄连市场形成于20世纪80年代，始建于1984年，是全国黄连的集散地，享誉中外的"中国黄连市场"，是全国唯一的黄连专业交易市场。2006年被农业部命名为定点市场，2007年被重庆市评为"三星级文明市场"，2009年被国家商务部评定为"双百市场"。全国各地黄连汇集于此，外来客商络绎不绝，是世界黄连价格的"晴雨表"，交易量占全国总量的85%以上。

黄连市场宽大的坝子右边有一个花园，花园里有假山、鱼池，有小径，小径上有防腐木搭就的花架，架上缠绕着一些藤蔓植物，在翠绿的草坪点缀下，园里鲜花更加的艳丽，更加生机勃勃。坝子边往外一望，群山匍匐脚下。我们绕着坝子走了一圈，又回到市场门口。一辆四轮车载着大包大包的货物开进市场来，停在市场内，几个头戴蓝色工作帽子、围着蓝色围裙、戴着手套、袖筒的人从车子上跳下来。一人很利索地爬到四轮车车厢上，不知是受停车声的惊动还是事先有约定，地坝下面一低矮的敞房里，上来几个人。车厢上的人把塑料袋装的货往外拉动，下面几个人排队站在车厢尾部，有的把背对着车厢，两只手往上举着，等着袋子送到肩头，有的在旁边等着前面的人扛着货离开，紧接着一个人就凑近车尾，迅速转身，稍稍弓背，双手掌心向后伸过头顶，拉住装货的袋子，很快扛着离开。几个人有条不紊地把车上的货物卸到下面低矮的敞房里。敞房里，有两个人抬来电动风车，把袋里的货物腾出来，用风车吹出一些灰土。敞房角落有一些渣渣，听他们说是黄连渣，说黄连渣是下脚料，几元一斤，墙角边堆了一堆。土灰都是 2 元多钱一斤，是种庄稼的好肥料。

又一辆四轮车开进来，车上一个女人我觉得眼熟。车停在我们身旁，我想搭腔，前去跟那女人打起招呼。"妹妹，感觉你好面熟哦，不晓得在哪里见过？"

女人也可能认出了我，也可能是话赶话。她说："我家就在凤凰栖外面公路边，对面就是那个气站。早晚很多人散步就从我们门前过，傍晚还有很多人到我们家来买菜。"

我惊呼一声："记起来了，记起来了，前两天还在你们那里买过菜。"

我猜她是拉的黄连来卖，就问她，"你们家收这么多黄连？"

她说："我是收黄连的。"

"收黄连的，怎么收黄连？"

她说："我收黄连赚点差价，我就做这个生意。"

我弄不明白了，问："你们种黄连的都是自己种了自己拉到市场卖，怎么还有收黄连的呢？"

她说："有的种黄连地方远，有的种得少，这些农户不到市场卖，专门有中间商去乡里收，再拉到黄连市场来交易。"

我说："你们黄连不是交给黄连收购公司吗？"

她说："每逢阳历一四七，黄水当场。当场天，卖黄连的就把黄连拉到黄连市场上，摆成一堆一堆，以质论价。整个石柱县的黄连都在这里交易，外地的药商都到这里来买。当场天，黄连市场人山人海，可热闹呢。"

我说："以后有机会来见识见识黄连交易。"

黄连种植

出了黄连交易市场，我们边走边看公路边的植被，主要还是观察五倍子树的分布情况。黄水的山表面覆盖着很厚的黄土，山顶跟黄水场镇的海拔相差不大，并且顶部很平坦。水厂外的公路基本上在山顶，宽大，全部黑化。站在公路上，能看见沟壑纵横，连绵不断的群山匍匐在脚下，群山灌木丛生，一望无际。公路边稍平的坡上，用树枝搭了棚，一看就知道棚下种有什么植物。我们走近观察，棚上的树枝叶子掉光了，只剩下枝条。这样，棚里的植物能接受一些散射光，既不使棚温过高，又能使植物接受到足够的阳光。

我和先生有些好奇，究竟棚里种的啥？为啥农民不用遮阳网，而用树枝来遮阳？一片一片，几分地到一亩两亩不等，好几处都是这样。先生说："难道那里面种的是黄连吗？黄连这么娇气吗？黄水本来就凉快，还要遮阳？"

走到一处树枝遮盖的棚，从棚侧面的缝隙看进去，有个年轻的女子在棚里干活。我走到棚边，棚里已经阴暗了，但还看得清棚里一行一行密密的小草一样的植物，我问棚里的女人："妹妹，这棚里种的是不是黄连？"

问了好几声，那女子才站起来，往我们这边望了望，我又继续问："妹妹，这是不是黄连？"

这次，她听清楚我说的话了，答道："是的。"

我说："这是育的黄连苗子啊？黄连长大了有多高？"

那妹子说："这已经是 3 年的苗了。"

我非常吃惊地说："3 年的苗才十几公分高？黄连不是树吗？这个苗子还要移出去栽啊？"

那妹子说："5 年的黄连也比这高不了多少，黄连从小就这样密植，1 亩地栽一万多株。苗子栽下后，每年就是除草和施肥。"

在我的心目中，一直以为黄连是灌木呢。原来黄连叶片有些像胡萝卜的叶片，植株地上部分跟胡萝卜叶片差不多大，又跟蕨的地上部分相似，叶片表面蜡质，有光泽。

我又问："黄连要种 5 年才收获，一亩产多少？我看黄连收购价 75 元 1 斤。"

妹子说："一亩大概收 500 公斤左右。"

我问："一亩黄连成本多少？"

妹子说："如果买苗，一亩黄连苗子要 6000 元左右，如果自己育苗就花不了啥子钱，种子是自己收的。主要是搭棚费事，你们看看这个棚嘛，好费事哦。原来这个山长满了杂树和草，要先把杂树砍了，大的劈开做桩，小杂树就盖棚顶遮阳。我这个棚两亩左右，人工费就用了 1 万多。"

先生说："一亩黄连年收入也是几千上万元，比种粮食高多了。"

妹子又给我们讲，树枝大棚比起遮阳网来间隙大一些，有利于透光透气。我在手机上查了黄连的生活习性："黄连喜欢寒冷的条件，土地一定要保持湿润，而且一定要在有遮阴效果的地方种植，它特别害怕高温和干旱的天气，害怕强烈的阳光照射。"

我对黄连的最早了解来源于课本。小时候读的书写旧社会劳动人民生活非常疾苦，常常用的一句话是："穷苦人民吃了上顿没下顿，心比黄连还苦。"那时，老师就讲，黄连是一味非常苦的清热解毒的中药，就这样，"黄连非常苦"的概念在我心中扎下了根。现在我们看到了生长在高山上的黄连，认识了黄连这种植物，并掌握了有关黄连的一些知识，我觉得很高兴，也很有收获。

前段时间跟小区车库门口的保安加了微信，想去他黄连地里看看。微信上联系他，他发了个定位，离此处不到1000米。告别了种黄连的妹子，我们还是沿着公路继续向前，一会儿就到了保安的黄连基地。他的黄连棚也在公路边，但他没有像那个妹子那样搭棚。保安告诉我们，他改进种植，除去坡上的杂树，把密植的树木砍掉一些，利用剩下树木的枝叶遮阳，在林下种植黄连。这样，免去了搭棚的辛苦，又节约费用，更大的好处是避免砍伐成片的树木，既种植了黄连，又不破坏森林。他又说，近些年，为了保护森林资源，政府规定不准大面积种植黄连，特别是黄水附近，环境保护要求很严格。本地人大多经营餐馆、农家乐，夏季两个月就能赚一大笔钱，比种黄连收入高多了。本地人不愿意种黄连，现在有的外地人来石柱租山种黄连。

为了做更进一步了解，我就刨根问底，问怎么个租法。他说，一般是离黄水远一些的石家、羊洞、冷水、枫木等地，山地多，人稀少，种不过来。有人就租来种黄连。黄连种植期5年，5年挖黄连后，承租方向出租方一亩地交黄连50斤到100斤不等，不管是否有收成，收成多少，都按事先的约定交。

我着急地问："干品吗？"

他说："嗯，干品。"

我心里默算一下，按50斤，每斤75元计算，就是3750元，每年一亩山地，租金就是750元。如果按100斤黄连计算，山地租金一年就1500元。天啦，我们老家平坝产稻谷，一亩稻谷收入大不了几百元，我突然萌生种黄连的念头了。

保安又说，在石柱，种黄连历史悠久，人们摸索出一些规律。一般家庭一年种2亩黄连，一年收入就有10万左右。我脑子想不通，问他："黄连5年收，种2亩地，一亩地收黄连1000斤，一斤75元，就7.5万元，除去成本，二亩地差不多10万元，是5年收入10万元，嘟个一年就收入10万元呢？"

他们是这样种的，每年都要增加种植2亩黄连，也就是说，第一年种植2亩，到第五年，地里黄连应该有10亩。所以，5年后，每年都要收2亩黄连，就等于是每年10万元左右的收入了。保安又说，前两年黄连种植面积小，人轻松，当种到第三年后，种植多了，人就很辛苦了。

黄连周身都是宝，黄连头和黄连花是药材，种子可以卖钱，剪掉的黄连须可以卖钱，吹黄连的渣都几元一斤，就连黄连头上附着的泥土都是肥料，都可以卖钱。

薰衣草庄园

在保安的黄连基地前方的公路边，出现了一个蜂场。我们肯定不会错过任何一个考察的机会，既然有蜂场设在这里，肯定附近有蜜源。蜂场在一个宽大的坝子上，摆了大概百多箱蜂，坝子靠近公路处，用琉璃瓦搭了两间木柱子的棚，一间棚四面敞着，一间棚四面用木板钉成一间工棚，每个棚大概有六七十平方米。棚旁边有一个铁皮炉子，炉子里还架着未烧完的木棒，炉子上搁置着烧水壶，敞开的棚里安置一张简易活动餐桌。我和先生走下公路，大声问道："有人吗?"

听见说话声，一个老头从围起来的棚里出来。先生问："老人家，我们也是养蜂的，来看看你的蜜蜂。"

老人听说是同行，连忙端出板凳来叫我们坐。我们相互做了介绍，老人是忠县的，满 70 岁了，养了几十年蜂，为了追花赶蜜，一年四季走南闯北。年轻的时候，夏天到内蒙古、云南、延安等地去赶蜜，现在年岁大了，出外不方便，就在老家附近几处赶蜜，到黄水度夏已经有六七个年头了。老人说："我今年夏天才把蜂场安在这个地方，前几年是在薰衣草庄园那里放蜂。"

先生问："您夏天在黄水放蜂都几年了，黄水夏天应该有蜜源吧？"

老人说："还好，我每个夏天都摇蜜。"

我们知道黄水场镇不远处有个薰衣草庄园，本来就打算找个时间去一游，听老人这么一说，更勾起了我们游薰衣草庄园的强烈欲望。

谈话间，一个老太太和一男一女两个小孩掀开简陋的布帘从棚里出来。我说："你们还把孙子带来避暑哦？"

老太太答道："家里实在太热了。"

我当时感觉好温馨啊。既避暑，又收获蜂蜜，还带孩子躲避了高温，见识了世景，增加了见识。

晚上，阿妮发来她拍的黄水日落时的照片，照片上，夕阳如血，群山如黛，薄雾似纱，充满了梦幻神秘感。我问阿妮在哪里拍的，阿妮说在林海道悬崖别墅别边拍的，说那里是看日落最好的地点，叫我以后跟她一起去拍日落。我突然想到，阿妮会拍照，如果我们去薰衣草庄园，有个喜欢拍照又会拍照的朋友，一定会留下很多精彩的瞬间。我问阿妮："姐姐，你去过薰衣草庄园没有？我们明天去那里玩。"

阿妮的确是个爱玩的人，一口就答应与我们同行。第二天，阿妮和我们一同去薰衣草庄园。这次，母亲同样不去。薰衣草庄园附近有上万亩的原始森林，庄园与大风堡隔着一个山涧，大风堡面积大，森林覆盖率极高，夏季应该有很丰富的蜜源。

薰衣草庄园在一个山顶上，山顶很平，也很宽阔，离黄水场镇大约 6 千米，是一个私人农庄，是随黄水的发展而兴起的一个农业观光园。庄园有几栋大型的建筑，里面主要是餐饮、住宿、娱乐场所。进庄园的大门有一个不大的售票室和零售门市，停车场还没有硬化，按车位栽一些水杉隔开。门票 30 元，听售票员

－ 蜜蜂与候鸟人 －

说，晴好天气，一天的门票要卖六七万元。

阿妮不愧是摄影高手，她穿的是一件很艳丽的绿色的轻薄裙子，还戴了一条黄色的丝巾，与花花草草挤在一起，更加的飘逸灵动。头顶黑色的遮阳帽，又不失庄重，一副像镜子一样反光的墨绿色墨镜，背着一个黑色背包，与大自然融为一体。她本来就身材高挑，还脚穿高跟凉鞋，把我这个矮个子又不爱打扮的女人比得都自惭形秽，不想拍照了。她婀娜的身材，矫健的步履，俏皮的摆姿，爽朗的笑声，搭上她脱俗的装束，活脱脱一个十足的少女，哪有奔六的太婆的痕迹？还好，阿妮人很活跃，很会鼓动人心，怂恿我去拍照，我们站在花丛中拍，合照，单拍，在不同的地点，换不同的角度，摆不同的姿势，拍了很多照片。

园里，依地形种有几十亩薰衣草、马鞭草，观光路旁有一些向日葵。薰衣草蓝盈盈的一大片，在阳光照射下，散发出浓郁的芳香，马鞭草色彩斑斓。我们换着地方、换着角色拍照。最撩拨人心的是花草种植基地中的一个水池，人工修建。水池在整个庄园的最高处，有四五百平方米，正方形，高有一米多。水池一边从正中修有一条与水池一样高的 T 形水泥台面，台面只修到整个水池的中部，不能到达水池其他几面。水池中满满的水清澈见底，水面就像一面镜子。人站在水池中的台面上，倒影与身影一样清晰，微风吹拂，水面如水晶帘动。如果不照倒影，就像是在天上一般。为了去水池上留影，人们不惜在酷暑天顶着烈日排几十分钟的队。这还不说，当辛辛苦苦轮到你去拍照时，后面很多张嘴一齐催："拍几张就走，我们大热天等了很久了。"你想多拍几张就不好意思。

有一队人精心准备而来，都是六七十岁的男男女女。女人都穿着五彩的纱裙，有的还拿着葫芦丝演奏，有的还拉手风琴，有的吹笛，有的跳舞，走在镜面水池的 T 型台面上，真像在舞台上表演，真有"八仙过海，各显神通"的架势。他们的队友急急地抢拍，生怕漏了一个瞬间，馋得我们旁观者也赶忙拿起手机拍照，把他们的美妙动人的画面作为激励自己积极向上生活的动力。

薰衣草庄园还有一处绝佳的摄影处，就是 10 多米高的独臂圆台。圆台如一只向斜上方伸出的手臂，高高悬空，站在圆台边缘，在地上摄影，拍出的人像宛如在天宫中一般，神秘梦幻。我们恍然大悟，原来电视剧中那些武侠玄幻的镜头就是这样拍出来的。

一阵知了的叫声震耳欲聋，又一阵人声也躁动起来，凉亭里不知发生了什么。大家都往一处涌，我们也怀着好奇心挤过去。伸着脖子往人堆里一望，原来是一个小男孩用喝完饮料的透明塑料瓶子装了几只蝉。几个大人都去向小孩子讨要了一只蝉，那蝉实在太可爱了，叫人一看就忘不了。红红的两只大眼睛凸在脑袋两侧，黄绿色的外衣上布着翠绿与黑色的花纹，个子比我们几十年所见过的蝉要大三分之一甚至一半。平时见过的蝉褐色或者灰色，即使有绿色，颜色也很暗而不翠。薰衣草庄园的蝉，颜色非常鲜艳，叫声洪亮悦耳，不像一般蝉鸣那么聒噪。估计那些人跟我一样，也觉得这里的蝉与众不同，大家才那么好奇去看稀奇。到黄水也有那么些天了，凤凰栖附近就是大森林，但很少听到蝉鸣。要是在低山上，夏季的蝉会吵得人心烦。那年在西山度夏，每天蝉从黎明开始叫，要叫到深夜，而且是很多只此起彼伏地叫，就像在耳朵边叫，吵得人就想拿竹竿去赶。

囚王断子

8月15号，我们送父母回邻水后，赶到高登山去。已经10天左右没有检查蜜蜂，不知道蜂情如何。

车停在夏老师帐篷边，停车声惊动了拴在帐篷旁边的狗，狗跳起来狂叫，没有拴的黄狗小宝也跑过来。刚下车，小宝摇尾摆尾，欢跳着做着各种忸怩的姿势扑向我们。小宝体型硕大，尽管见过几次，我还是害怕，先生从车后面转过来，叫："小宝。"小宝跳向他，先生用手摸摸它的头，拍拍它的身子，小宝喉咙里发出"咦咦咦"的声音，用头在先生的身上碰了又碰。

郭师傅从他的帐篷里走出来，我说："郭师傅，你一个人在这里啊？"

郭师傅说："夏老师刚才还在这里，可能去山林里找鸭子了。"他又补充一句，"夏老师他们把鸭子拉上来了。"

夏老师就是这样，蜜蜂搬到山里度夏，在野外生活。他喜欢养狗，每次都把狗养在蜂场，一来帮忙看管蜂场，二来在山上孤独时，有狗陪伴，多了一个伴。夏老师养狗可费心了，他的狗都是吃肉，他经常要下山去市场上帮狗狗弄肉。为何说弄肉呢？因为夏老师热心，平时爱帮助人，他有很多朋友。他经常去帮狗弄肉，也结识了很多屠夫，屠夫朋友晓得夏老师养了狗，把一些不能卖的颈部淋巴附近的肉或者卖不掉的肉集起来，送给夏老师喂狗。所以，夏老师的狗不缺肉吃。

高登山上，只有一两家农村小商店，很多东西买不到，养蜂人吃的用的都是到县城去买。特别是蔬菜，每次下山都要采购几天的量，还买一些土豆、南瓜、粉条、花生米、盐蛋、皮蛋之类，可以放一段时间的食品，以备无菜之需。为了解决吃蛋问题，夏老师就在蜂场养鸡养鸭。

先生问郭师傅："这里这段时间下雨没有？"

郭师傅说："前段时间很久没有下雨。但昨天傍晚下了一场大雨，把土浇透了，山上还走水的。"

"下雨就好。五倍子花已经进入旺花期了，下大雨，土壤湿润泌蜜才旺盛。"先生这样说着，"要是这里十几天前下一场大雨，应该进蜜了。黄水那里早就进蜜了。"

跟郭师傅寒暄了几句，我对先生说："趁太阳不是很大，看看进蜜没有。"

我跟在先生后面来到蜂箱处，我揭开盖子，拿起覆布，继箱上面巢皮有点白了，一看就知道有蜂蜜了，比起 10 天前，蜂蜜数量增加了一些。一个熟悉的声音传来，"哎！我们的蜜蜂，蜂势降得不得了，继箱上已经没有蜜蜂了。"

不用回头就知道是夏老师回来了。夏老师走到我们蜂箱处，看着副盖下面的蜜蜂，说："你们蜜蜂还好，我和郭师傅的蜜蜂没有多少了。"

先生打开蜂箱，提起巢脾，上面密密麻麻爬满了蜜蜂，但巢脾上进了一点蜜，没有黄水那几家蜂场的蜜蜂进蜜多。

先生跟夏老师说："黄水每天都要下雨，高登山可能这段时间没下雨，太干了，五倍子植株水分不足，泌蜜少，这里进蜜没有黄水进得好。"

夏老师见我们检查蜜蜂，对我们说："就在这里吃午饭。"又回过头招呼帐篷边的郭师傅："煮饭，煮饭了。"我和先生没有推脱，反正谢大姐不在家，在蜂场夏老师和郭师傅处吃饭，也免得我们去慢慢生火煮饭。

我们到高登山时还是阴沉沉的天，吃过午饭，太阳出来了。虽然昨天晚上下了整晚的大雨，地上还比较湿润，但 8 月中旬的太阳一出来就火热得很。气温比下雨前降了一些，但太阳底下还是晒人。我们蜜蜂 10 多天没有检查了，这么高的温度，先生也不敢在蜂箱处逗留太久。

郭师傅与夏老师在高登山一块放蜂几年了，蜂场在一起，帐篷挨着，两人就搭伙煮饭。夏老师会弄饭炒菜，一般是郭师傅淘米煮饭，夏老师炒菜，有时夏老师老婆炒菜。他们在野外搭帐篷风餐露宿，帐篷就是一个家，前几年都在山上捡干柴烧，现在用液化气做燃料，一块电池板，储蓄太阳能照明、看电视。摩托车就是他们的交通工具。

饭菜好了，夏老师支起张小桌子放在帐篷门口旁的平地上，几个菜很快端上桌，一大盆粉蒸肉、回锅肉、油酥花生米、外加我们买来的鱼，水煮的，几个小菜，小桌子都搁不下。先生、夏老师他们俩喜欢喝点小酒，郭师傅前两天肠胃发炎，不敢喝酒，我们几个边吃边聊。聊今年的天气对蜜蜂的影响；聊高登山上的几家蜂场的采蜜情况；又聊黄水的气候和蜜源。

我很快就吃好饭，在饭桌旁边玩起手机。太阳底下热气腾腾，但阴凉处却是非常凉爽，这就是高山和平坝地区夏天的区别。等着他们吃完，我把碗筷收拾好，去帐篷上面竹林下的平台乘凉，几个男人不怕晒，仍在帐篷边摆龙门阵。

下午 4 点左右，太阳不那么大了，一阵阵凉风吹过，凉飕飕的，先生必须抓紧时间检查蜜蜂。这一次我们要做的工作是"关王"，不让蜂王产子。

怎么又不让蜂王产子了？因为我们一般每年要育两次王，一次是 4 月末，一次就是 8 月中旬。在育新蜂王之前，要把蜂箱里面的蜂王关住。关一两天后，把蜂巢里面刚孵化的幼虫用移虫针移出，放在一个人工做好的蜂王台基里面，蜂王台基固定在一个专门的育王框架上。一个育王框可以安放五六十个蜂王台。再把蜂王台基里已经装有幼虫的育王框放在蜂箱里面，工蜂就会去饲喂人工培育的蜂王。这种方法就是"人工育王"。

一个蜂箱里面底箱有两个独立的区间，每个区间都有一只蜂王，有的继箱里面还有蜂王。先生先看继箱，如果有蜂王的区间里面，就有封盖的蛹和还没有封盖的幼虫，只要拿出巢脾就一目了然。先生一箱一箱打开继箱，再一个巢脾一个巢脾地检查。继箱检查完后，又端开继箱检查底箱，底箱检查要格外认真。有蜂王的箱，要更加仔细地寻找。如果蜜蜂多，找蜂王很慢，但无论如何，要把蜂王找出来。找到蜂王后，就用特制的王笼把蜂王关起来，挂在蜂箱里面。

我不时也去看看，先生从提起的巢脾看，观察蜂王前段时间的产子情况，从封盖的巢脾优劣，可以判断蜂群的发展趋势。底箱左右两个区间，一个区间有 4 个巢脾。我看，4 个巢脾已经有 2 个到 3 个封盖的子脾，剩下的都是虫脾，并且幼虫和封盖脾都非常健康。一般一个子脾羽化出蜂后，就有两三脾蜂。这样的蜂群，等十几天封盖脾上的蛹羽化成蜂，群势一定很强。我和先生边关王，边看着这些平平整整一整脾一整脾的幼虫和封盖的蛹，即使累得直不起腰，心里也比喝了蜂蜜还甜。

夏老师不时也过来看看先生检查蜜蜂，他看着我们的蜜蜂情况，不时发出"唉，唉"的叹息声。他说："今年我的蜜蜂，蜂群太弱了，已经合并了一二十箱了，还要合并一些。"

夏老师早早把晚饭煮好，催先生吃了再检查。我们很快吃了饭，趁太阳落山后凉快，光线也好，匆匆忙忙又关了几个蜂箱的王子。到傍晚时分，蜜蜂有些暴躁，一窝蜂地飞出蜂箱追人，用喷烟也不行，光线越来越弱，我们只好停下，等第二天再来关王。

山野夜谈

　　傍晚，凉风呼啦呼啦地吹，满山遍野的灌木哗啦哗啦地响，远山如黛。月亮早早地升上了天空，天空中一闪一闪地出现了好多星星。夜色笼罩下，我、先生、夏老师、郭师傅站在公路边，望着茫茫的高登山，低矮处邻水境内的片片灯光，还有那在月光下依稀可见的铜锣山脉，那被夏天的热浪围困的神州大地，我感觉这片土地既荒凉寂寞但又舒适宁静。我苦苦寻觅这些年，不就需要这样一片心灵的净土吗？

　　农历七月初的夜晚，太空中的月亮接近半圆，月亮外有一圈晕。夜色中，远处、近处的山脉朦朦胧胧，如灵蛇游走。邻水县城灯光闪烁，恍惚间，以为是银河降落在铜锣山脉和华蓥山脉之间。凉风一阵阵吹过，整个人透心儿凉。

　　我在裙子外面加了一件外套。明朗的夜空，星星稀疏，月亮匆忙地行走。我们谈的话题还是蜜蜂。郭师傅说，十几年前，他们为了躲避高温，第一次到高登山上放蜂，那时只有他和邻水的小陈师傅两家，一共就 100 箱左右的蜜蜂。夏天两个月，摇了 3 次蜜，并且 9 月份下山时，每箱蜂箱里不但蜜蜂是满满的，还有满满一箱蜜。最近几年来，高登山的蜜蜂多了，采不到多少蜜，但就是找不到是啥原因。每家蜂场下山，回家跟上山来时比较，蜂势弱很多很多。大家一直在探讨这个问题，但都还没有找到原因。

夏老师说："今年我上山时，满满的六十几箱蜜蜂，一个多月下来，蜜蜂数量减少一半。现在，就是两箱合一箱，蜂群也不强，可能还要合并。"

郭师傅指着夜色中还看得到的白色蜂箱说："看看我的蜜蜂嘛，也撤了不少箱子了。"

我学化学的，突然想到水的问题，我说："是不是山上的水含有某种重金属元素，蜜蜂喝了引起中毒？或者说是水中缺盐，蜜蜂身体电解质紊乱，造成大量死亡？"

先生说："我们前几年蜜蜂上山两个月，蜂势减弱大半，来时 20 多箱满满的蜜蜂，回去 10 箱左右稀疏的几脾蜂。但今年我的蜜蜂不但没有垮蜂，还有上涨趋势。我粗略看了一下，每箱里，都有 6 到 8 个满满的子脾，马上就要出蜂了。"

夏老师和郭师傅说："那你的蜜蜂还要涨蜂。"

先生说："我今年的做法跟往年不一样，往年我为了上山采蜜，五六月份大量繁蜂。今年我 6 月中旬末关王断子，20 多天后，7 月 4 日放王。正好 7 月中旬温度不高，到现在 8 月中旬放王已经快 40 天了，第二批子也快出了，我今年的蜜蜂蜂势不但没有降，反而上涨了。"

郭师傅和夏老师养蜂几十年了，对蜜蜂有研究，他们几个你一言我一语地说着。养蜂人为了赶 8 月份高登山的五倍子蜜，六七月份大量繁蜂。6 月底平坝高温，6 月中下旬产的子因温度太高，工蜂离巢，使蜂箱里面的温湿度没有控制好，加上箱内温度过高，蛹羽化时间缩短，相对于蜜蜂早产。早产的工蜂弱，很多不能飞行，造成大量的爬蜂。再加上成年工蜂为了抚育幼虫，劳心费力，累死很多，成年工蜂损失很大。高温天气，繁育的幼蜂，即使不爬，也不健康，生命期短。这样，蜂势很快就削弱。

夏老师说："我的蜜蜂，如果今年早上山一个星期，也不会削弱得这么厉害。6月底到7月初正好高温，蜂箱又是放在石坝上，石坝上地温过高，造成工蜂羽化不完全。"

郭师傅说："你的蜜蜂，螨太重，你看爬出蜂巢的蜂，好多都是烂翅膀的。两个原因，所以你的蜜蜂群势减弱得更厉害。"

几个人根据这些情况总结出：每年6月底都有几天气温骤升，不但这段时间繁殖的幼蜂得不到，还要累死很多成年蜂，以后就在6月份关王断子一段时间，保持蜜蜂群势。

先生说："照我今年的做法，以后还要提前几天关王，如果在6月10日左右关王，7月初放王出来，繁殖的蜜蜂正好赶上8月份的五倍子开花。"

夏老师说我们蜂场上面的马师傅、包师傅从外地也回来几天了，他们的蜂势也不行，说今年陈师傅没有回来，去青海赶枸杞蜜啦。

夜色蒙蒙中，8月中旬的高登山上，空气中没有一点露水，但野外温度还是很低。我周身冰凉，双脚冷得很痛。实在受不了，我赶紧回到车子旁，从车子里的行李箱里取出厚裤子，借着夜色掩护，躲在车子里穿上，身体才暖和一点。外面风刮得呼呼响，山上蟋蟀吱吱吱吱叫个不停，使本已宁静的夜晚，显得更加寂静。

他们几个男人在月光下的夜色中聊得正酣，我顾不得和他们说话，钻进车里不敢出来了。

打开平板，看看微信。快10点了，我叫先生回谢大姐住处，

- 蜜蜂与候鸟人 -

郭师傅和夏老师也好休息。

我们回到农家乐住处，谢大姐还没有回家，我和先生以为她又在下面垮上打麻将，如果要回来好开车去接。我打电话给她，谢大姐却说她回不来，在邻水城里，有一个案子，她要在那里耽搁两天。天啦！她一说案子就把我吓一大跳，我的心噗噗直跳，快要跳出嗓子了，但又不好意思问她犯了什么案。我跟先生说，看先生的表情也有些沉重。毕竟我们在谢大姐这里住了好几年了，大家不是亲人胜似亲人。我们忐忑不安地上床睡觉，我和先生猜着可能发生的事情。

人工育王

第二天，我们早早起床，快速地洗漱完，直奔蜂场。高山上，太阳出来要早一些，我们必须在气温还不是很高之时，把没有关的蜂王全部关住。我和先生相互配合，关完蜂王已经9点多了。在夏老师那里吃过早饭后，就回到农家乐休息。

下午，我和先生又到蜂场去，先生把已经关在王笼的蜂王连同王笼一并提出蜂箱，挂在继箱里面。同时，检查几箱蜜蜂，看蜂势强弱情况，看巢脾里面进蜜的多少，分别做好记号，并准备在强势蜂群里面育新王。

我们蜜蜂整体比往几年强很多。今年夏天（2018年）高登山上蜜蜂数量比前几年多，所以进蜜情况也不好，只有底箱里几张巢脾的四角装满了蜜，继箱上面的蜜脾进得很少。要是在往年，蜜已经装满了。

我们上高登山已经3天了，谢大姐还没有回来。我担心她有什么事，又打电话问了几次，她只说可能要耽搁一两天。中午，山上都热得喘不过气来。我到吊床上乘凉，虽然树下不怎么热，但有一些散射光从树枝的缝隙中射下来，照到身上、脸上，脸被晒得紧绷绷的。光太强，看东西眼睛都要眯成一条缝。我看了一会儿书，还是进屋去了，但在屋里，手机又没有信号。我在房间看了一会儿书，忍不住又到地坝边去翻开手机看微信。

我打开微信，看到黄水凤凰栖业主群里面几十条信息，好热闹。我赶忙打开，看见凤凰栖小区的业主在议论些什么。最多的信息还是群里面的各地想回家的人在找车，或者要来黄水的人找车，有车的又在群里找人，好顺带捎人捡点油钱。

凤凰栖业主群里，已经有快 500 个业主了，很快就看见他们找车找人的联系上了。还有一条信息引起了很多业主附和，有人说黄水建动车站，也不知道这消息是否属实，但很多人就在群里议论此事。我们邻水到黄水路途中，离冷水下道不远那一段高速公路边，不知是建的什么，很多的柱墩，就像是动车道的一个个柱子，只是我们路过几次都没有修建。打听了一下，谁也不知道是修的什么，也不知道为何停工了。不知这个是不是修到黄水的动车道。如果是，那黄水以后到重庆就更方便快捷了。因为现在只有石柱县城才有动车。

午睡后，太阳仍然很大，没有一丝风。这里只有我和先生两人，实在没有什么事，外面又热，我们两个打麻将混混时间。先生知道我玩久了腰酸背痛，我们每次玩几回就各自看书做事。

玩了一会儿，我们两个躺在吊床上翻看手机。这些梨子都是前几年退耕还林，政府发放的黄花梨树苗。本来是好品种，由于没有人管理，去年是大年，梨子结得过多，消耗了大量的营养，今年梨子结得很少，一根树枝上稀稀拉拉挂着几个梨子，并且都不大。已经 8 月中旬了，梨子叶掉了一些，透过树枝的阳光也多了。

我们只要在这里，就把吊床系在几颗叶子比较茂密的梨树下，空闲时，出去乘凉。天气预报这段时间没有雨，所以吊床一直系着，有人来这里乘凉都可以坐坐。

梨树林下面的公路上开上来一辆白色轿车，一路按着喇叭往上开。听喇叭声，一定是熟人在跟我们打招呼。我和先生忙低着头往下看，可车子一晃就过去了，看不清楚是谁，我们也不熟悉车牌号。先生的目光一直追着那辆车，车子在上面岔路口驶进了我们住的农家乐。先生说："那辆车进来了。"

白车开到地坝上离我们不远处停下。先生笑着说："是甘老师他们。"

我连忙抬起头来，甘老师已经从车上下来了，他打开后面的车门，从车里蹦出一男一女两个小孩。男孩有八九岁，女孩大概十二三岁，生得水灵灵的，非常高挑，清纯。

甘老师是我文学引路人。他们的突然到来让我很高兴，赶忙去屋里，端来椅子放在梨子树下的阴凉处，叫甘老师休息。他的一双孙儿孙女，从车子的后备箱里拿出吊床，先生帮他们系上。两个孩子平时都在城里，难得出门，感觉很稀奇，就在树林下追逐打闹。先生又爬到树上去，给他们摘仅有的几个梨子。

甘老师对他的孙儿孙女说："这里好凉快哦，你们还不想出来，这里是不是比空调屋里舒服多了？"两个孩子都不搭理他，一会儿在吊床上荡来荡去，一会儿又去树上捉知了，各自玩着各自的。

我和先生看着两个孩子和甘老师笑了笑，甘老师又调过头来对我们说："还是你们这种生活安逸，在山上避暑凉快，城里气温高得很，一天都躲在空调屋里不敢出来。"

甘老师给他的孙儿孙女说我们在山上养蜂，在梨树下耍了一阵，两个孩子硬要缠着我们去看蜜蜂。先生说："走吧，反正我还要去做育蜂王的蜡碗。"

先生从屋里拿来育王框，我们各自进入各自的车。我和先生的车在前面，甘老师开车拉着他的孙儿孙女，车在夏老师帐篷附近停下。

　　帐篷边拴着的两条狗看见有生人来，在那里焦急地叫着，散养的狗狗小宝，欢天喜地跳过来。看着小宝跳近，甘老师的孙子吓得大声尖叫、往后倒退，我们几个赶忙招呼小宝。但甘老师的孙女却迎上前去，用手去摸小宝的颈部，她的手随着小宝的跳跃，不断高高低低抚摸小宝的头部、颈部，小宝跳起来，用尖尖的嘴去顶小姑娘伸在空中的手心。小姑娘又用双手抱着小宝的脖颈摇了摇，小宝一下子就安静下来，趴在地上，小姑娘又用手温柔地和小宝玩耍，就像逗着小弟弟一样。

　　看到小宝和小姑娘亲热，我们也放心了。先生到夏老师帐篷里，拿来一个盘子，盘子里盛着用巢脾融化好的蜂蜡。他把盛有蜂蜡的盘子拿到郭师傅帐篷里，放在煤气炉上加热。趁蜂蜡慢慢加热融化，先生拿出塑料台基，把育王框放在凳子上，竖立起来。

　　育王框跟巢脾框一样长，宽度、厚度稍稍小一点，自己用木料制成。一个育王框中间横着两根木条，王台就一个一个固定在木条上。一般，一根木条可以安放20个左右王台，也就是一个育王框可以育40个左右的蜂王。

　　王台的台基一般是用蜂蜡融化后，用一个木质的圆头小棒蘸一些液体蜡。由于蜂蜡的熔点不定，粘上蜂蜡的木棒一拿出来，温度降低很快冷却成固体。操作的人要趁蜂蜡还没冷却，一只手拿粘有蜂蜡的小棒，另一只手轻轻转动小棒圆头上附着的蜂蜡，一个小小的蜡碗就做成了。一般是把做成的蜡碗轻轻放在一个小盆子里，一个一个地做，育多少王就做多少个蜡碗，蜡碗就是育新蜂王的台基。

我们这次育王不是用蜂蜡做的蜡碗，而是买的塑料育王台基，塑料台基育王效果没有蜂蜡台基好，但塑料台基方便，直接用融化的蜂蜡固定在育王框上。

看着先生把蜂蜡放到煤气炉上，甘老师和他的孙儿孙女一起站在旁边观看怎么做。先生把育王框放在凳子上，搬动中间的横木条，使木条和育王框垂直，便于操作。先生左手压着育王框，右手拿起塑料蜡碗台基，在融化了的蜂蜡里面粘一下，蜡碗底部外面就粘有蜂蜡，趁蜂蜡还没有冷却，赶快把蜡碗粘在横木条上。粘蜡碗的动作要快，慢了，还没有粘上蜂蜡就已经冷却了，黏不上去。甘老师的孙儿看着先生粘蜡碗，觉得好玩，他也要粘，先生索性就教他粘。

塑料台基用蜂蜡整齐地黏在育王框的横木条上，再把育王框放在蜂势强的蜂群里面。台基就是王台的基础，不管是塑料的还是蜂蜡做的，只要放在蜂箱里面，工蜂就会去修正这些台基。工蜂会吐出蜡来，把不怎么牢固的地方粘牢固，把不完整的地方修得更加完整。

人工育王的目的就是要人工分蜂。分蜂有自然分蜂和人工分蜂两种。如果自然分蜂，修造王台这些工作都是工蜂做的。当蜂群群势很强或者其他原因，原来的蜂王已经不能维持这个群体了，工蜂就会在巢脾上造王台的台基，迫使蜂王把卵产在台基里面，就是自然造王台。新王出之前，老王会把蜂群里的蜜蜂带一部分逃出，这就是自然分蜂。但养蜂人为了培养更好的蜂王，也为了在同一时间里，统一换蜂王，方便管理，并且不让蜜蜂自然分蜂逃逸，养蜂人一般不会让蜜蜂自然造台育王。为了控制蜜蜂自然分蜂，养蜂人做一项工作，就是人工育王。

甘老师的孙子孙女觉得很稀奇，跟着我们把育王框放在蜂群里面。小姑娘突然发现蜂箱附近丢掉的巢脾，白白的巢脾上面排列着很多六边形的巢房。她从地上捡起来，放在手上欣赏把玩，并问我这个是什么。我说刚才那个盘子里的蜡就是这个融化的，并给她讲这个六角形的蜂房是蜜蜂自己造的。她看着工整的六边形蜂房，更加好奇了，硬要把地上的蜡屑一点一点收集起来，说是拿回去做蜡烛。蜂箱巢门处的蜡屑上有很多蜜蜂，小姑娘不敢去捡。我小时候也和这些孩子一样，什么都好奇，什么事都想去探索，我很理解孩子的心理，就帮着她把蜂箱巢门边的蜡屑捡起来给她。

　　蜂场处比我们住的地方，垂直高度要高两三百米，比我们住处的梨树下还要凉快很多。太阳落山了，凉风习习，周身通透极了，树林中传出鸟儿归巢时叽叽喳喳的叫声，不远处的知了也跟着鸣叫起来，两个孩子跑前跑后，叽叽喳喳，给高登山上寂静的暮色增加了一些热闹与生气，整个山都活跃起来了。甘老师不住地赞叹："好凉快、好舒服哦，跟家里的空调屋比起来，简直一个在天上，一个在地下。哎！太凉快了。"

　　太阳落下山去，我留甘老师他们在高登山上欣赏夏日夜晚的清凉，但他们还是执意要走。他们走后不久，落日把余晖射向天空，西边的天空出现了一片熊熊燃烧的火海，那么红，那么艳，那么阔，真像西游记里面的火焰山。我怀疑是不是哪吒在西边的天空搅动混天绫？于是急忙拿出手机，拍下这美丽难得的画面，并把这组火烧云图片发在朋友圈里，引起了好多朋友的称赞。但朋友们就没有想到"晚霞行千里"。这火辣辣的天啊，不知道还会晴多久？看着这么红彤彤的天空，我们的蜜蜂啊，今年有没有好收成咯？我心里真有些悬啊。

房屋退税

第二天早上，我们吃过早饭去蜂场，先生把关在底箱的蜂王连同王笼一起提出来。由于王笼上面系有一根细铁丝，细铁丝的一端系着王笼，另一端弯成一个勾，王笼就用这个勾，悬挂在蜂箱里面巢框的横梁上。蜂王虽然关在王笼里，但王笼四周都有空格，蜂王爬不出来，工蜂却可以进出王笼，饲喂里面的蜂王。蜂王不仅关在王笼时靠工蜂饲喂，它一生都是工蜂在饲喂。

先生端开继箱一看，继箱和底箱中间的隔王板上有一堆一堆的蜂巢，白生生的，隔王板被蜂蜡黏着。先生用割蜜刀敲动隔王板的四周，用力一撬，堆在隔王板上的蜂巢被撕破，一个一个巢房里流出绿莹莹的蜂蜜来，接着，一股带着药味的蜜香扑面而来。我不由得发出一声感叹："好香啊！"

先生说："这两天蜜进得好。"

我说："刚下过雨，又是盛花期，所以进蜜好。"

距上一次检查才间隔两天，底箱的角蜜都装满了。蜜蜂为了装更多的蜜，在外面有大蜜源时期，就把巢房往外升高了一段，才建造的巢房雪白，很漂亮。养蜂人不用提出巢脾，只要打开蜂箱看巢房颜色和高度，就知道外面的蜜源情况，也可以判断进蜜情况。

先生打开一个个蜂箱，把底箱里的蜂王提到继箱上，又一箱一箱地还原。晚上，我和先生在地坝乘凉，微信上发现凤凰栖售楼小姐小张有一条语音。小张说凤凰栖 2018 年买的房屋要退税，叫我们拿身份证去石柱房管局查询是否是首套房，如果是首套房就可以退税，并把材料准备好拿到凤凰栖售楼部去登记。

先生洗漱完后，我去洗漱，在浴室里听到地坝有摩托车开来的声音，随后又听到谢大姐、吴文和先生打招呼的声音。谢大姐好几天没有回来，我打了几次电话，都只是说谢大姐家里的一些事，至于谢大姐说的案子，她电话里不说，我也不好问。

我知道先生不会去问她。我很快洗漱完，还没有吹头就跑到谢大姐那边去。谢大姐看我过去，也从房屋里出来。我想：既然人回来了，可能事情已经说清楚了。我问："谢大姐，啥子事情？"

她用帕子擦一擦房屋门边的木椅，说："坐，妹。"她又压低声音说："这个案子要牵连一些人进去。"

我想：这段时间扶贫工作抓得很紧，难道是村上与扶贫有关，或者村上的什么扶贫项目出了问题？

我说："这几年扶贫工作抓得很紧。"

谢大姐压低声音说："不是扶贫，是扫黑。"

我反问："扫黑？扫啥子黑？"

我知道打击车匪路霸，打击各行各业的黑恶势力的运动，全国各地已经开展进行好几个月了，各个地方打击力度都很大。我心里只是想着谢大姐本人，我想：她一个 60 多岁的女人，不可能还是黑恶势力？我们在高登山六七年了，多少知道她的为人，她天天都在家里。

谢大姐说了好一会儿我才知道，她说的案子是他们村上的村民，他们村上 10 多年前有一伙黑恶势力，几年前敲诈勒索某个企业。现在该企业已经报案，涉及此事的当事人已被公安机关逮捕。

谢大姐讲了有关的案情，我一颗紧张的心终于平静下来了。谢大姐说这个案子已经涉及一些人，相信公安机关会依法处理。

我说："这段时间全国都在扫黑除恶，也好，黑恶势力扰乱一方平安，只有打击这些黑恶势力，人民才能安居乐业。"

第二天，李老师打来电话，他联系我们一起去黄水办退税证明，我们商定好 8 月 20 日去办理。

如果不是去退税，这个暑假，我们本不打算再去黄水了。谢大姐叫我们第二天直接从高登山去黄水，叫我们不回九龙，说九龙太热了。但我们已经在微信上联系好我在九龙的妹夫一起去黄水，我们必须回九龙去。妹夫才买车不到一个月，他要有人带着练车，特别是高速公路，更要熟手带，他答应和我们一起去黄水。一来练车，二是去感受一下黄水的凉爽和清新，妹夫是做生意的，顺便去考察，有没有合适做的生意。

下午，我和先生匆匆赶回九龙。7 月 20 日早上 6 点半，我们从九龙出发，妹夫开车，先生坐在副驾驶上指导他。一路上，车开得很慢，我们到石柱县房管局已经 10 点半了。

我和妹夫去找地方停车，先生先到房管局去。把车停好后，我叫妹夫在那里等着，我也去房管局看看有没有要我帮忙的。我走进大厅，没有见到人，不知道在哪里办手续，就去咨询室问。坐在咨询室窗口的一个人说办退税的下午来嘛，站队都站到楼梯下面来了，人多得不得了。不然，叫我去楼梯处站队。

房管局的工作人员指了一条上楼的道，我沿着她手指的方向咚咚咚跑过去。才进楼道，就听到叽叽喳喳的说话声，一仰头，正如咨询室的工作人员所说，排队的人已经从二楼一个挨着一个快到底楼了。我连忙站在队伍的后面。才站稳脚跟，后面又来了一些老头老太太，还有一对七十几岁的老人，竟然推着一个一岁左右的宝宝来排队。

我不知道先生在哪里，掏出手机给他打电话，先生说他和李老师也在排队。看着来办无房证明的人实在太多，一个窗口忙不过来，又增加了两个窗口。在核实信息那个窗口拿到了相应的资料，又到另一个窗口去登记。房管局开始没有预料这么多的人，任由人们排队。有的一个人排队，办了自己的又帮熟人办，引起后面的人极大不满。

石柱是黄水所在县的县城，海拔低，气温比黄水高十几度。尽管房管局营业大厅里面有空调，但密密麻麻站了一大厅人，加上外面快40℃的高温，空调已经失去了它的功效。

站了很久，没有见到队伍向前移动，不知道像这样的速度要等到什么时候才能排到。后面的人发现前面很多人插队，几个大男人走过去和插队的人扭起来了。看着这种情况，出来几个保安也无法维持秩序。大家在那里推着，攘着，声嘶力竭地吵着。前面有人出来把守，一个人只准办一户，不准代办。有的推过去，有的又挤过来，看到有人挤，有的又出来伸手拦着，大声叫嚷，甚至前面有一堆男女在出言骂娘。看到实在太乱，工作人员只好来发号。

我问挨着我排队的几个女人，她们都是凤凰栖的。在楼梯排队时大家互相打听，也是凤凰栖的。我问站在我后面的李老师："怎么这些都是凤凰栖的？"

李老师说："今天办证明的全部是凤凰栖的业主。"

我说："天啦！一个凤凰栖今年都卖了这么多房？"

李老师说："今天才办第一天，还有很多人没有来。你看到没有？有很多是一人来办几家的。"

站在我们后面的几个女人也接上说："黄水那么多避暑房，这几年来黄水买房避暑的人太多了。"

房管局大厅吵闹声很大，人挤得都透不过气来，有的还用帽子当扇子扇，挨着的人说一句话，要耳朵凑到嘴边才能听到。我站在那里很久了，很费力，先生一个人排队就行，我去给他打了个招呼。先生叫我去停车处休息。

我们车就停在房管局这条街前面几百米处，我沿着人行道到停车处。妹夫没在车上，我想太阳这么大，他可能去附近城里转去了。在车子旁边人行道的树下，一个稍稍发胖的男人坐在一把躺椅上，显得有些悠闲自在。我看看附近的门市，有几个门市开着，但里面没有人，看里面的摆设和门上的招牌，是修车的。我又看看在躺椅上躺着的男人，大概60多岁，身体壮壮的，穿着打扮很讲究，手指上戴着金戒指。他椅子放在街沿上，附近的门市关着，离开着的修车门市还有些距离。如果他是门市的老板，椅子应该放在门边，我问："你在这里照看车啊？"

男人看了看我，欠了欠上身，又躺下，用两手交叉着枕在头下，眼睛横过来看我，点了点头，鼻子里"嗯"了一声。

我问："你们是来房管局开无房证明的吗？"

他说："是的，我们有人去办了。"

我说："我们在凤凰栖10栋，你们哪一栋楼？"

他笑起来，坐起身，说："10栋哦，我们是5栋，就在你们旁边。"

我说："对头，你们5栋是横着的，我们10栋竖着的，就隔

－ 蜜蜂与候鸟人 －

一条横着的路。哎呀，今天来办证明的才多哟。"

他说："黄水好凉快嘛，比这里低十几度，空气又好。"停了停，"你看看，我昨天拍的一个视频。"说着，拿出手机来，打开视频，说："昨天我吃过晚饭后出去，看见凤凰栖售楼部来预定三期房的人多得不得了。这是凤凰栖三期房预定的场面，可能明年房价至少要上万。"

他打开视频给我看，凤凰栖售楼部里排了好几列队，整个大厅都挤满了人，人声鼎沸。有条红色的标语写着：凤凰栖三期房预定报名。

我说："我们 6 月底买房时，你们 5 栋还有好几栋还没有开始卖，到 7 月底就卖完了。"

他说："黄水夏天比其他地方低 10 到 20 摄氏度，空气质量又好，人们怎么不往那里挤嘛。"

我点点头："就是。"

再到黄水

办完手续已是下午了，我们驱车往黄水赶。在冷水下道。小林子打来电话，说他已到高登山，把育蜂王的二次虫移了，我听到先生问小林子："我昨天移的第一次虫，接受得怎么样？"

8月下旬了，往年这时天气都会逐渐转凉。今年（2018年），立秋已过一段时间，天气还没有转凉的迹象。除高山外，全国各地每天都还是红色预警，在哪里碰到一个人，都抱怨热，但都对天老爷无可奈何。

我们的蜜蜂这段时间正要移虫育王，过几天就要摇蜜了。先生昨天匆匆忙忙移了第一次虫，我们急于到黄水开证明，就叫小林子从九龙赶到高登山来移第二次虫。

先生前几天做好的塑料王台的育王框，并把育王框放在蜂箱里面，让工蜂去把育王框上的台基加固，修整完好，几个小时后，取出育王框。8月19日中午，先生取出蜂箱里面有幼虫的巢脾，用专制的移虫工具——移虫针，从巢房里面把才孵化的幼虫取出来。移虫时，动作要轻，不然会弄伤幼虫，造成移虫不成功。移虫除了动作轻，还要动作快，不然那么弱的幼虫从温暖的巢房里移出来，到一个陌生的环境，温度低了，时间长了要冻

－ 蜜蜂与候鸟人 －

死，会使移虫育王失败。

幼虫移到育王框里面的塑料台基里，一个台基放一个幼虫，一架育王框上的台基放完虫后，很快把这架育王框放在强群的蜂箱里，让工蜂去哺育幼虫。

看到这里，你肯定会问：怎么一样的幼虫，移到台基里面就发育成蜂王了？对，一样的幼虫，在工蜂巢里，出巢后是工蜂，在王台基里发育的就是蜂王。雄蜂是蜂王产的没有受精的卵，工蜂和蜂王都是蜂王产的一样受精的卵，只是它们的巢不同，喂养不同而已。

自然育王，当蜂群有分蜂的趋势时，工蜂就会造王台，迫使蜂王把受精卵产在王台里。王台里的卵孵化出的幼虫，整个幼虫期工蜂都喂给它王浆，而产在工蜂房里的受精卵，孵化成幼虫后，工蜂只喂几天王浆，其他时间都喂蜂蜜。雄蜂房里产未受精的卵，产出来的蜂是雄蜂，幼虫时期还要喂花粉和水。

人工育王和自然育王原理是一样的，只是人工育王一次性可以根据自己的需要育王，根据季节来淘汰老王，更换新王。人工育王还可以按自己蜂群的情况，培育适合当地的优良品种的蜂王。

我们每次育王都是移两次虫。幼虫移在王台台基里，工蜂就会把王浆吐在王台里，由于王台大一些，工蜂吐的王浆就会多些，幼虫吃王浆后，很快发育。第一次移虫一昼夜，把育王框取出来，并把王台里成活的幼虫取出不要，只要里面的王浆。有了这些王浆做基础，第二次移进去的幼虫成活率不但高，而且有非常充足的王浆饲喂，蜂王相对要健壮得多。取蜂王浆，就是这个方法。

第一次移虫相对要粗糙一些，只是为了得到王浆。第二次移虫就很讲究了，要选择品种非常好的幼虫，既要产子强、繁殖快的，又要产蜜量高或采粉强的，还要选择健康无病的蜂群，而且尽量移刚开始孵化的幼虫。所以，我们平时要仔细观察，选出符合这些条件的蜂群。

进入黄水路段，车多，先生怕妹夫车技不熟，要求自己开。先生和李老师根据妹夫开车的情况，给他讲解开车时遇到的一些问题，应该怎么处理。我不时看着车窗外面，迎面从黄水方向来的车，比起前几次少了很多。

前几次，不光是进黄水的车连成一条长龙，就是出黄水的车也是像项链上串着的珠子一样，一个紧挨一个。这次，公路两边的农家乐、坝子上停的车少了，路上游人也少了。我看着车窗外面，说："避暑的人很多回去了。"

黄水街道，行人还是很多，但不像前段时间密密麻麻、黑压压的一大片；车子在街上可以畅通无阻，交警也撤了。先生说："8月下旬要开学了，很多老人也跟着回去照顾孩子了。"

进入凤凰栖，整个小区很冷清。我们八楼的楼道很黑，我感到有些意外，怎么比原来暗这么多？我下意识一看，八楼每家都关着门，以前楼道的光线是从各家开着的门进来的，现在大家都回老家了，门关着，所以楼道光线很暗。当我打开我们家的门，一束光射进来，阴沉的楼道顿时明亮了一些。

吃过晚饭，我们带着妹夫去黄水场镇附近逛逛。街上，很多餐饮店已经关门了；服装店、鞋店都在降价处理商品；摆在门市外面的一排排的餐桌，原来宾朋爆满，座无虚席，现在很多地方店外都没有摆桌椅了。即使摆了几张桌凳，也只有稀稀拉拉几个人。黄水大剧院虽然音乐声悦耳，坝坝舞照样欢快地跳起，但只有剧院门前有一些人，感觉整个大剧院广场收缩了很多。走到黄水民俗文化广场，戏台附近围了一大堆人，我们也过去凑热闹。一个乐队有几个人在伴奏，中间站着一个高挑很有风韵的女人，看样子60岁上下。她穿着紧身的丝绒旗袍，盘头，头上的发簪在灯光照射下闪闪发亮，白皙的脸庞上透着淡淡的红晕。女人手一挥，音乐声起，围在她外面的男男女女跟着大声歌唱。唱的都是20世纪80年代的歌曲，我们也不由自主地跟着唱起来。

夜色越来越浓，有些冷了。民俗文化广场旁边卖书的大店里静悄悄的，明亮的灯光照着，显得偌大的房间更加空旷。横跨湖的木走廊，迎面有几个人与我们擦肩而过。公路边偶尔有一辆卖蔬菜水果的车辆，商贩已失去了往日的风采，坐在车边耷拉着脑袋。一路沿街卖菜的农民没有了，回凤凰栖那条商业游玩道路上，只剩下几家小孩游乐场。

我说："才10天左右，黄水就冷清了很多。"

先生说："避暑的人回去了。黄水的本地人，也有很多在石柱县城或重庆主城买有房屋。9月份，孩子开学，他们要到石柱或重庆主城居住了。"

妹夫说："现在家家户户都有钱了，谁都愿意生活环境好一些。有钱了，大家都任性，都过起候鸟的生活。"

黄水特产

回到凤凰栖才 8 点多，先生说时间还早，不如去药店再按摩一次。妹夫在家看电视，我和先生又披着夜色出门了。药店里，只有给我按摩的那个医生，他坐在柜台里，正在看手机。看见我们去，他笑着说我们几天没有去，以为我们回家了。他闲下来，不慌不忙，跟我一边聊天，一边按摩。我问他黄水镇历史上种植黄连，为啥黄水附近现在没有看见多少黄连基地？为啥黄水场镇附近那么平整的土地不种黄连种水杉？整整齐齐的水杉间距行距相等，几十米高，看树龄应该有几十年了。难道黄水人那么有远见，几十年前还吃不饱穿不暖，不种粮食和经济作物来种树，他们不会是只为了保护环境吧？更不会想到人烟稀少、偏僻的黄水大山上，几十年后，大重庆及周边的城镇人会蜂拥地挤到这里来吧？这些问题，我问过黄水当地的一些人，他们都说水杉是大集体时候种的，再问，他们也说不清楚了。

按摩医生在黄水几十年，他有知识，他说黄水镇编有《黄连志》，他手上有一本，他也认真读过。他说，黄水处于大山，面积广，人稀少，人均山地几十亩。黄水种黄连历史悠久，如今是全国黄连最大的生产基地和交易市场。20 世纪 60 年代，黄水有

- 蜜蜂与候鸟人 -

个国营黄连农场，以种黄连为主。毕兹卡绿宫原来就是黄连农场的基地。那些年，黄水的农村，集体和私人都种黄连。黄连是喜阴植物，黄连种植地的上空要搭棚遮阳。搭棚要砍树做桩，破坏森林和植被。为了保护森林，政府推行一树一桩制。就是在黄连地上，搭棚打桩的位置换成种树，以树代替桩。黄连的种植周期一般是5年，5年后收黄连时，树也长起来了。黄连要轮作，这片黄连挖后，换作另一片地种植。这样，几十年后，大片大片的水杉森林就形成了。

真是"前人栽树，后人乘凉"。正因为黄水有大面积的原始森林和人工森林，才使海拔本就高的黄水，夏天不但凉爽宜人，空气还更加清新，负氧离子含量非常丰富，雨水丰沛。

黄水地处东经108°25′~108°30′，北纬30°10′~30°15′，本是亚热带气候，由于森林覆盖率高，却有热带雨林气候特征。夏天即使烈日当空，也凉风习习。每天中午，蓝天上阳光灿烂，几大朵云飘过来，亮白的云朵眨眼间暗淡下来，当你还没反应过来，雨就哗啦哗啦下起来了。明明在下雨，可你打个盹睁开眼，又是红艳艳的太阳挂在天上。夏季几乎天天如此。黄水的空气像用水清洗过一样，在这样的地方居住怎会不爽？

黄水由于森林面积广，森林覆盖率高，夏季雨水多，林下菌子特别多，品种多，品质佳。由于我们老家低海拔地区野生菌特少，我们对菌子了解也少。我们知道，菌类生物体内不含叶绿体，不会利用光合作用制造有机物，它们是分解动植物遗体中的有机物来维持生存。黄水森林大，林下枯枝败叶厚，海拔1500米左右的黄水，夏季气温适宜，雨后水分充足，菌类子实体很快就能出土。这就是黄水场街沿上，每天到处都有一堆一堆五花八门的菌子销售的原因。鲜菌子最低价十几元一斤，高的卖到100多元一斤。雨后，随便去林中转转，回来就是一筐菌子，拿到街上一卖，几十元、几百元钱就到手了。据说春秋两季，菌子更多。但春秋，候鸟人没来，鲜菌销售有限，聪明勤劳的黄水人就捡来菌子晒干成干菌，或者烫煮后用盐腌制保鲜，七八月份再拿出来卖。

黄水还有一个最大的特点是夏天没有蚊虫，人们都认为是黄水盛产黄连的原故。我想一来是黄水的夏季气温低，达不到蚊虫卵孵化的温度，二来是黄水卫生搞得好，蚊虫卵失去孵化的场所。所以，黄水的气候特征很受人们欢迎，特别适宜老人小孩生活。

医生帮我解开了困扰已久的谜团。没想到几十年前，农业生产中的一项改革，为人们提供了康养的场所，为子孙后代带来了无穷的财富。真的是"绿水青山，就是金山银山"。

8月21日早起，出凤凰栖小区，清新的空气扑面而来，全身的毛孔都舒张开来，每个细胞都贪婪地呼吸着负氧离子十足的空气。我活力充沛、脚步轻快地跑起来，朝油草河方向慢跑。一路上，鸟儿叽叽喳喳地在树枝间跳来跳去，跑步的你追我赶，散步的成群结队，遛狗的也兴致勃勃。跑了一阵，一岔路口上打着"老院子农家乐""望天丘农家乐""藤家大院农家乐"的招牌，原来从这里经过几次，但都没有进岔道里去。

从水泥岔路进去，"望天丘农家乐"掩隐在森林里。农家乐宽大的坝子上空拉着彩色的小三角旗，坝子上停有几辆车。农家乐坝子外有几块田，田里的植物叶片漂浮在水面上，我很欣喜，是莼菜！莼菜叶片跟荷叶有些相似，但不像荷叶是圆形的。莼菜漂浮的叶片是两头稍钝的椭圆，就像我们当地田里的水板凳。水板凳我是小时候见过，距今快50年了。现在，我们家乡水板凳

- 蜜蜂与候鸟人 -

已经绝迹了。水板凳到底什么年代绝迹的？究竟啥原因？大家都说不清楚。的确，莼菜很像水板凳，但莼菜叶片比水板凳略大，水板凳是长椭圆形的。

我在田埂上粗略看了一下，拍了个照片。没有看见我们在餐厅里吃的那种卷曲的莼菜叶片，也没有见着叶片表面有果胶裹着。我想：莼菜原来就这样，煮熟了就卷成筒状，煮熟后外面就有一团凝胶裹着。

金色的朝阳斜射在莼菜上，黄绿的叶片显出岁月的沧桑，有的呈现出斑驳的锈迹，一枝枝殷红的花茎直挺向上，顶端生着殷红的小花，就像一朵朵微型的小荷花。我蹲在田埂上拍莼菜，两个男人拿着渔具从农家乐出来，径直来到我身边。看他们走近，我问采莼菜是不是采漂浮着的叶片？莼菜煮熟了外面就有果胶吗？

操着黄水本地口音的男人说，莼菜不是采水面上浮着的叶片，是采水中从茎上新生的嫩叶，嫩叶片上本来就包裹着果胶，并不是煮熟了才有。

说着，男人蹲下身子，从水里捞出一根横生的茎，茎上着生一些嫩叶，他捻着茎上的一片卷曲的嫩叶对我说，采莼菜就采的这个嫩叶。

我一看，嫩叶卷曲，像刚出土的小荷叶，一团很厚实的亮晶晶的果胶包裹着叶片。不光叶片被果胶包裹，就连整条茎上也覆盖着果胶，水中展开的叶片的背面，也粘着一团果胶，亮晶晶，像煮熟的藕粉，摸着嫩滑、柔软，从手指间滑过，怪舒服的。植株外面的胶体犹如露珠，又像冰凌，晶莹剔透，酷似水晶，在阳光映照下，璀璨夺目。

男人说，过去黄水沟涧的水田种植水稻，近些年，政府引导，田里都种植莼菜。莼菜每年 4 月到 9 月采收，价格高，一亩田一年收入万元左右。他又说，冷水有上万亩大型的莼菜基地。莼菜嫩茎叶作蔬菜，生长在池塘湖沼。湖北利川、重庆市石柱县很多水田都种有，江苏也有生产，产出的莼菜还出口韩国、日本等国。

莼菜嫩叶口感圆融、鲜美滑嫩，为珍贵蔬菜之一，含有丰富的胶质蛋白、碳水化合物、脂肪、多种维生素和矿物质，常食莼菜具有药食两用的保健作用。

候鸟返程

　　黄水蜜源还没有了解清楚，我对先生说，既然又到黄水，不如多待上半天，再出去转一转，五倍子树开花期，一眼就能看见，如果花期过了，看不清了，又得等明年了。先生说还是再问问黄水本地人马师傅的儿子小马，看他方不方便？如果方便，带我们出去看看。

　　先生微信联系小马，小马正好在黄水场镇家里，他很乐意带我们出去。很快，小马就骑着摩托车到我们小区外面了。小马个子矮小，皮肤稍黑，两眼炯炯有神。先生开车，小马带路，跑了几十千米路，走了我们从没去过的洋洞、沙子、枫木、石家等好几个镇的乡村。海拔高的地方，五倍子花虽谢，但褐色的花簇在绿色的枝叶间也很耀眼；中山上的花正在凋谢，花簇粉中带黄，略显沧桑；低山的五倍子花一片粉黄，活力十足，花朵里仿佛蜜在往外溢。小马一路指五倍子叫我们看，视野中出现那么多的蜜源植物，觉得那不是树，而是一汪一汪的蜜，我们都很兴奋。小马说，夏季同一种开花植物，花是从高山逐渐开到低山。所以，他们家蜜蜂采五倍子就按几处不同的开花时间搬几次家，去追花夺蜜。8月初，在海拔高的黄水、枫木采；8月中旬，第二站搬到海拔五六百米的沙子或冷水采；8 月底，又搬到忠县采低山的五倍子；9 月份，又回到黄水采酸泡蜜。

小马比较健谈，经他指点和解说，我们对黄水周边的蜜源分布情况有了大致了解。黄水周边什么季节有什么蜜源，哪个方向的蜜源比较好，哪个方向植物不流蜜，他了如指掌。近几年夏天，外地到黄水来的蜂场数量和分布情况，以及夏天到黄水养蜂的注意事项，他说了很多。有些东西，我们还是第一次听说。小马反复对我们说，黄水附近的野板栗 6 月中旬开花，叫我们 6 月中旬拉蜜蜂来，可以采一季板栗蜜。又说，板栗花期只有 10 多天，如果晚了，就赶不上了这个蜜源了。还说，7 月份黄水蜜源植物少，有伤蜂的苦糖花，最好到海拔 1000 米左右的石家一带，那里玉米先开花，有花粉。叫我们 8 月可以先在高山采一季五倍子蜜，再把蜜蜂移到沙子中山又采一季蜜，然后再搬回老家。

跑了一上午，小马帮我们找了几处蜂场，都留下了主人的电话，究竟在哪里设蜂场，等明年夏季再做定夺。

我们去找蜂场，李老师带妹夫到黄水场镇周边去游了一些景点，让妹夫体验一下黄水夏天的凉爽和清新的空气。跟往常一样，本是大太阳的天，吃过午饭，睡一觉起来，雨哗啦哗啦下起来。我们早已习惯这种天气，尽管下雨，还是要急于回九龙。车从车库开出，雨还在哗哗地下，汽车雨刮器不停地刮，但影响不了我们返程的心情。

从黄水返回邻水的高速公路上，与我们相向而行的有很多拉着收割机的车辆，这些收割机是 8 月初从江浙一带而来，又要去赶下一个收割稻谷的基地。

我说："这些收割机，来收割的人好辛苦哦！"

我心里有些悲哀，同是候鸟，一群是飞到天南地北舒适的地方游玩躲避恶劣环境的人；一类却是飞到恶劣环境下，干别人不愿意干的工作挣钱、养家糊口的人。唉！我摇了摇头，不知道用什么来表达我的心情。我真希望老天爷赐福于天下每一个人，希望每个人都幸福美好。但这群江浙一带过来割谷的候鸟人，在恶劣的环境下，却为人类的发展、为人民的美好生活贡献出自己的汗水和热血。现在，我觉得他们很伟大。

回九龙住了一夜，我们又上高登山了。8月23日一早，我们去蜂场，见夏老师和他老婆在摇蜜。夏老师把蜜脾从蜂箱中取出，一脾一脾装在空箱子里，端到帐篷里面去。帐篷里安着摇蜜机，我和先生也进帐篷帮他摇蜜。

夏老师说："山上蜜蜂太多，摇蜜不注意会使整个蜂场产生盗蜂，引起全部蜂场大乱。"

我们帮夏老师摇完蜜，先生便去检查自家蜜蜂，发现我们蜂箱里面都是白生生的，很多巢脾都升起来了，并且还升得很高。先生每端一箱继箱下来，腰都直不起来，咬着牙，憋着一股劲，脸涨得通红，嘴里发出"唉，唉"使劲的声音。我一看这个情景就知道这季蜂蜜收获不错。先生小声对我说："一箱好重哦，我端都端不起。"

我说："等两天应该摇蜜吧。"先生点点头。

先生把育王框提起来，数了数，每个育王框上都有几十个已经封盖的王台，这些新育的蜂王，我们几家换王应该不成问题。我们检查完了，上面蜂场的包师傅下来了，他看了看蜂场上的蜂箱，没有说什么，又到夏老师他们帐篷边来和我们聊天。

快11点，我们开车回农家乐去。车子开到我们蜂场下面这家蜂场时，先生有意把车开得很慢，看看他们的蜂群如何。

我们在高登山的时候不多，这家才到几天，又是第一年来高登山放蜂，我们尽管路过了好多次，但从没跟他们搭讪过。我抬眼一望，他们蜂场的蜜蜂出勤很频繁，看样子蜜蜂群势确实很旺。

我也不自觉地看看他们蜂场，我惊叫起来，"哎呀！你看，那一排蜂箱上面怎么那么多蜜蜂？"我指了指那一排蜜蜂。

先生说："他才摇了蜜，可能蜜蜂有些乱。"

我说："蜂箱盖子四周密密麻麻的蜜蜂，空中还有那么多在盘旋，不像正常出勤。"

没跟他们来往过，人都不认识，我们也没有多想，开车走了。

第二天，郭师傅回邻水老家了，蜂场就夏老师一个人在那里看守。我在谢大姐农家乐里写稿子，先生说夏老师一个人在蜂场，上去陪陪。中午，我煮好饭，打电话叫先生吃饭，他很久才回来。他回来时，脸色有些凝重，叹了一口气，说："蜂场起盗了，夏老师和郭师傅的蜂群来了很多盗蜂。"

我问："那我们的蜂群里有没有盗蜂来？"

他说："估计是下面那家蜂场摇蜜后起的盗，我和夏老师去下面那家看了，那家人也上来看了。他自己也看到，盗蜂是从下面来的。"

我们的蜂群按郭师傅、夏老师、我们、小林子、小李几家蜂群这个顺序，成一字排列，郭师傅的蜂群离下面一家蜂场最近，夏老师次之，我们离得稍远一点，所以郭师傅蜂场首当其冲，来的盗蜂最多。

我问："那郭师傅回去了，他晓不晓得？"

先生说："已经跟郭师傅打了电话。"

盗蜂事件

我们吃过午饭，在吊床上乘凉，一阵摩托车响，见到郭师傅拉着他老婆飞快地过去了。我跟先生说："郭师傅回来了，还有他老婆。"

先生说："出现盗蜂要来看怎么处理，我和夏老师上午还烧了喷烟器，一直对着那些盗蜂喷烟，来得太多了，赶都赶不走。"

蜜蜂有盗性，蜜蜂起盗是常有的事，有经验的养蜂人都知道。蜜蜂嗅觉很灵敏，对蜜糖很敏感。只要蜂箱周围有蜜糖，其他蜂群的蜜蜂一经发现，会呼朋唤友来吸食蜜糖。如果蜂群群势不强，外来的蜜蜂就会进入蜂箱，盗走这群蜂箱里的蜜，这叫蜜蜂"起盗"。

来盗蜜的蜂叫盗蜂。盗蜂属于外敌，被盗的蜂群的蜜蜂，不会轻易让盗蜂盗走自己蜂箱里面的蜜，它们会群体出来阻挡。一个要来盗，一个不准盗，就出现被盗蜂群的蜜蜂和盗蜂相互打斗的现象。如果两群蜂势均力敌，盗蜂和被盗的蜂就会两败俱伤，被盗蜂群的蜂箱前面有很多被打死打伤的蜜蜂，蜂箱外蜜蜂的尸体撒在飞行路径上。不出几天，两群蜜蜂群势会迅速削弱，甚至两箱蜂都会毁灭。如果盗蜂比被盗的蜂群群势强，被盗蜂群抵挡不住，盗蜂就会长驱直入，一两天就把被盗这箱蜂里面的蜜盗完，被盗这群蜜蜂会因缺蜜而饿死。

盗蜂有时是自己蜂场的蜂互盗，有时是别蜂场的蜂来盗。如果发现蜂群起盗，必须把来盗的蜂群搬离一段距离，使来盗这群蜜蜂飞不来。或者把被盗蜂群搬离，但被盗的蜂群搬离，起盗的蜂又会去盗另外的蜂群。一般还是搬走来盗的蜂群为好。

蜜蜂本来就是动物，不通人性，但养蜂人都懂这些，只要发现盗蜂，互相之间都能理解，都要采取相应的措施，把损失降到最低。

午睡后，先生说去蜂场看看情况有没有好转，我也随他而去。来到蜂场，太阳底下，郭师傅夫妇和夏老师一人拿着一个冒烟的喷烟器，对着蜂箱不停地喷烟。他们喷了这箱又去喷那箱，几十箱蜂，赶走了这箱的盗蜂，那箱又来了盗蜂，把那边的赶跑，这边又来了。他们像陀螺一样不停围着蜂箱转，累得直喘气，气得七窍冒烟。

上面蜂场的包师傅和马师傅也下来了，都来看郭师傅和夏老师的蜜蜂，大家商量，还是要求下面一家蜂场搬走才行。

我说："我们原计划明天摇蜜。"

包师傅瞪大眼睛着急地说："摇不得哦，不能摇哦，山上蜜蜂太多了，花期已经到尾期。如果旺花期摇蜜不会出现问题，花到尾期了，外面没有多少蜜源。山花蜜很香，只要一摇蜜，香味扑鼻，蜜蜂很快就来了，最容易起盗。"

我和先生说："那等几天看情况再摇，我们蜂箱巢脾早装满了。"

包师傅说："我蜂箱巢脾里也装满了蜜，就是不敢摇，怕蜜蜂乱。"

- 蜜蜂与候鸟人 -

我说:"下面蜂场才来几天就摇蜜,他蜂蜜怕还没有成熟吧。"

大流蜜季节,工蜂会把装蜜的巢脾和装粉的巢脾分开,装蜜的脾就是整脾的蜜,装花粉的脾里就是整脾的花粉。

晚上,工蜂再把巢房中的花蜜吸到自己的蜜囊里,用它体内的生物酶进行调制,然后把调制的蜜再吐到另一个巢房里。再把吐出来的蜜吸入蜜囊里,再一次用生物酶调制,然后又吐出来,这个过程叫着酿蜜。工蜂这样轮番吞吞吐吐,要进行 100~240次,最后才酿成香甜的蜂蜜。工蜂在搬运、酿造蜜的过程中,还不断地用翅膀扇风,把蜜中多余的水分蒸发掉,也就是浓缩。工蜂把蜜酿造、浓缩到一定程度,蜂蜜就成熟了。成熟的蜂蜜很香甜,在蜂箱外面很远的地方就能闻到一股浓浓的蜜香,像酿熟的醪糟一样,醉人心房,这种蜂蜜叫成熟蜜。

蜂蜜成熟后,工蜂会吐出蜂蜡把蜜封起来,即封盖蜜。这种成熟的封盖蜜,水分低,浓度高,常温下可以放置很多年不会变质。成熟蜜含有很多种维生素、20 多种氨基酸、矿物质和多种生物酶。

第二天,天还是很蓝很深邃,没有一点要下雨的迹象。太阳像火一样炙烤着大地,我们蜂场下面那家蜂场搬走了。他们搬走后,夏老师和郭师傅的蜜蜂恢复了正常,但很多箱都没有蜜蜂了。

夏老师看见我们,便去淘米煮饭,我也在旁打打下手,先生去检查育的新蜂王。从移虫那天算起,新王 11 天到 11 天半就要羽化出房,也就是 9 月 31 日左右,新王就要出房了。原计划 8 月24 日摇蜜,28 日搬蜂回家,让新蜂王回家后再出房。但天气预报 8 月下旬到 9 月初,一直都是三十八九度的高温,这样的高温下,不是特殊情况,一般不敢搬动蜜蜂。

我很快吃完饭，又去蜂箱处走走，夕阳的余晖把我的影子拉得老长。我背着斜阳，举起手机，照片中除了如血的夕阳、蓝天白云下美丽的高登山外，还有夕阳下我举起手机的影子，我连忙把这个场景拍下来，好美的一幅图画！

　　我一边拍照一边往蜂箱处走，突然听到一阵很急促的"嗡嗡"声，像飞机从天而降的轰鸣。根据已有的经验判断：大黄蜂来了。我连忙警惕起来，用目光顺着声音寻找，一条影子在空中划过，虽然速度很快，但凭模样我已知道是大黄蜂了。我拿着专打大黄蜂的拍子，站在蜂箱面前，等待这只大黄蜂的降临。我的机警地注视着大黄蜂，大黄蜂绕着蜂场，在上空忽上忽下盘旋几圈，一下子刹到一个蜂箱前面。我赶忙追过去，举起拍子打下去，哎哟！不好，打偏了。大黄蜂发现危险，仓皇逃跑了。

凯　旋

　　我等了好久，希望这只大黄蜂能再次出现，好消灭它。可惜，直到天快黑了，视觉已有些模糊，这只狡猾的大黄蜂也没有出现。

　　蜜蜂的天敌很多，胡蜂、蜻蜓、蜘蛛、蟾蜍、蛇等，我们这里，蜜蜂最大的天敌就是大黄蜂。

　　胡蜂分为好几个种类，大到大胡蜂，小到马蜂。胡蜂一次来抱一个蜜蜂，抱回巢去喂它的幼蜂，尽管一次只抱一只，但胡蜂的数量很多，飞行又快，一天可以来数次，所以，胡蜂对蜜蜂危害很大。尤其是大胡蜂，也就是大黄蜂，常常几只、十几只趴在巢门前不停地咬，要不到一个小时，就可把整群蜜蜂咬死完。

　　到高登山上这么多年，没有听说哪家的蜂群遭到过大黄蜂的危害。高登山海拔高，冬天寒冷，大概胡蜂冬天难越冬，数量很少，基本上用不着专人打。我们平坝地区马蜂和大黄蜂都很多，每年9月初把蜜蜂搬回家后，蜂场必须有专人打胡蜂。最不能马虎的是白天，要时时刻刻警惕大黄蜂。我们和蒋老师的蜂群前几年就遭到过大黄蜂的偷袭。

　　还是2010年，我们只有几箱蜜蜂，当时蜜蜂群势不强。一天中午我们出去办事，下午回来一看，几箱蜂箱外面有一大堆死蜜蜂，几只大黄蜂的尸体外面裹了一团蜜蜂的尸体，还有几只大黄蜂爬在巢门边等待进出的蜜蜂。蜜蜂吓得不敢出，巢门处见不到蜜蜂进出。一看这情况，我们就知道不妙，拿起事先准备的枝条，唰唰唰，打死守在巢门边的大黄蜂。巢门边一大堆蜜蜂的尸体，估计里面的蜜蜂所剩无几。连忙打开蜂箱，正如所料，蜂箱里面都进了好几只大黄蜂，同样几大团蜜蜂把进去的大黄蜂活活绞死在蜂箱里，裹在大黄蜂尸体外的蜜蜂与大黄蜂同归于尽。

大黄蜂身长好几厘米，十几只小蜜蜂才抵得上一只大黄蜂的体重。开始是一只大黄蜂来侦查，这只侦查的大黄蜂没有被消灭，它飞回去后，很快就引来同伴。几只甚至数只大黄蜂守在蜂箱巢门口，等待进出巢的蜜蜂。大黄蜂的嘴上有两个很大的钳子，非常锋利，它动作迅猛，大钳子对准进出巢的蜜蜂，一口咬死一个。

小蜜蜂发现天敌大黄蜂来了，也群体出动，一只甚至几十只都不是大黄蜂的对手。对强大的天敌来侵，小蜜蜂为了保卫家园的安宁，会对大黄蜂发起自杀式冲锋。大黄蜂的身体外壳很硬，蜜蜂蜇不进。小蜜蜂只有几十上百只围住一只大黄蜂，用它们的身体把大黄蜂裹在里面。这些小蜜蜂一起扇动翅膀发热，使内部温度升高，被裹住的大黄蜂挣扎着在地上翻滚，裹在外面的小蜜蜂仍然不松开，跟着大黄蜂一起滚动。大黄蜂越是挣扎，小蜜蜂越裹越紧，使内部温度越升越高，直到大黄蜂被烫死为止。弱小的小蜜蜂团结起来，就用这样方式，对付强大的敌人，保护家园的安宁。

虽然大黄蜂被裹住闷热死了，被裹在大黄蜂外面的一大团小蜜蜂同样也闷热死了。在死掉的大黄蜂现场，看到的就是几十上

— 蜜蜂与候鸟人 —

百只小蜜蜂和一只大黄蜂同归于尽的惨状。当你看到这一场面，也会产生对小蜜蜂油然而生的敬意。

前几年的一天下午，蒋老师的蜂场里，人离开不到两个小时，3 箱群势很强的蜜蜂就被大黄蜂洗劫一空。所以，养蜂人最怕大黄蜂了。大黄蜂不会酿蜜，为了生存，它们就残忍地掠夺小蜜蜂的劳动果实。它们成群结队攻击小蜜蜂，把整箱蜜蜂消灭后，再夺取蜂巢里面的蜂蜜。每年九十月份，平坝上就是胡蜂危害蜜蜂最大的季节。

8 月 27 日晚，我们和夏老师都各自回家了，蜂场的一切事务都拜托给郭师傅。还好，后面两天，郭师傅电话告知大黄蜂没再出现。

8 月 28 日，按时间算，我们育的新蜂王要出房了，我们必须要在新王出房前把蜜蜂搬回九龙。由于我们 24 日晚上就回九龙，25 日下午，郭师傅帮我们把原来蜂箱里面关的蜂王提出，挂在继箱里面，使底箱造成失王状态。因为蜂群里面失去蜂王，蜂群才会接受新蜂王。一箱蜜蜂不能有两个蜂王，如果蜂群里面有蜂王，即使是用王笼关着的，放入新蜂王进去，蜜蜂是不会接受的，工蜂会把新王杀死。

郭师傅在 8 月 27 日下午又帮我们检查了蜜蜂。蜂王提出后，蜂群失去蜂王，有的蜂群很快会造王台，就是自然造台。郭师傅这次对蜂群的检查，就是要把这些自然造的王台全部去掉，一个不留。如果蜂群里面有自然王台没检查到，没完全去掉，工蜂就会承认原来巢脾上的自然王台，这个王台出房后就是本群的王。一山不容二虎，一群蜜蜂不容两只蜂王。所以，只要蜂群里面有蜂王或者有王台，工蜂和蜂王便不会接受人工放进去的王台，会把放进去的王台咬掉。一箱蜂群里面，自然王台一般情况下有多个，第一个蜂王出巢后，新王也会把剩下的王台全部咬掉，把里面还没出房的蜂王杀死。

蜂王和蜜蜂一样，是完全变态发育的昆虫，王台相对于是蜂王蛹这个时期。蜂王的蛹期11天到11天半。王台出房前一天就要把王台放进已经失去蜂王的蜂箱里，让王台在蜂群里再发育，到时候，王台里面的新蜂王咬掉王台外面的台基，就出房了。出房后的新蜂王就自然成了这群蜜蜂的领袖。新蜂王出房4~7天，天气晴朗，就会出外交配，然后在蜂巢里产卵，不再出巢。

8月27日准备晚上搬蜂回家。吃过午饭，我们一行人赶到了高登山。要在天黑之前把全部蜂箱收拾好，尽管气温还是30多度，先生几人还是顶着烈日，把每箱巢脾之间用专用的卡条卡住，给蜜蜂和蜂王留出活动空间，不至于在搬动过程中被压死。我也不时给他们打打下手。

高山上太阳虽然很大，但总有凉风一阵阵吹过，即使干活流汗，还是感觉凉爽爽的。一阵叽叽喳喳的声音从我们头顶上划过，我抬头一看，是几只燕子在空中追逐打闹。我不禁抿嘴一笑：小燕子，你们也该回南方了吧？

我去车上提一个小桶，小桶里面装着钉子。我把小桶提到先生面前，他拿起钉子，用锤子叮叮咚咚把副盖钉在蜂箱上，固定蜂箱，不然搬蜂时抖动，副盖一活动，蜂蜜就会从缝隙钻出来，既损失蜜蜂又会蜇人。

收拾停当，两个嫂子将饭也煮好了，我们十几个人围在帐篷边一个小桌上，边吃边谈今年的辛酸和喜悦。夜幕降临，一阵阵凉风吹得周围的树叶哗啦哗啦响，星星眨着眼睛一颗一颗跳出来，就像一个个姑娘，正咧嘴向我们笑。我们几个人站在公路的栏杆边，感觉彼此的心跳都能听见。

- 蜜蜂与候鸟人 -

一束灯光从下面的山脊射过，打破了高登山的寂静，顿时觉得整个高登山都亮了起来。灯光越过一个一个山脊，蜿蜒曲折向上爬行。约莫20多分钟，两道灯光移到我们蜂场，照亮了我们脚下的每一寸土地。

　　"轰隆隆"的车声在耳边响起，司机看见了在路边招手叫停车的我们。停车熄火，高登山又像陷入沉睡之中。

　　女人们打着手电筒照路，男人们"嗨咗！嗨咗！"抬着蜂箱装车，听男人们的号子声，几个内行的养蜂人都心照不宣，今年的收成一定非常可观。